U0068247

從介入境遇
到自我解放

郭松棻再探

顧正萍————著

代序

　　選擇郭松棻為本書的研究對象事實上是經歷了一段漫長的過程。

　　能夠欣賞到郭松棻的文學作品必須先感謝曾守仁老師所推薦的《奔跑的母親》，讓我能徜徉在質美精純的語言之海中。是的，郭松棻一下子就吸引我之處就在於他的詩化語言，其次才注意到那樣細緻的語言背後所隱藏的深邃意涵。

　　閱讀郭松棻的作品無疑是一種精神冒險，得將心力、腦力全然投入才能見到一絲光芒，卻又不敢說自己的解讀是郭松棻的原意，於是又陷入某種疑慮的黑洞之中。在明與暗之間雜揉著自己的心靈呼喊，彷彿隨著他的文字撥弄起自己的心弦，這是與他對話更勝於與他共鳴交會，忽近忽遠的面對面與距離，訴說著沉默也道不盡的思索，同時也喚醒了一種無可言喻的憂鬱。廚川白村所謂的文學是「苦悶的象徵」在郭松棻的小說中得到了印證，也使讀者感染了這股苦悶的快感，有如一不小心跌倒，爬起來拍拍灰塵又繼續在迷宮中尋找出路。他的小說的確是晦澀難懂，必須將它們當作精神養分慢慢咀嚼，否則輕者

會造成營養不良，重者槁木死灰。這或許也就是相對於其他作家，探索他的作品的文學研究者為數並不多的緣故。他似乎是為想要挑戰自己的精神深度的讀者而書寫的（在舞鶴的訪談錄中郭松棻自述「不為何為誰而寫」）。

　　從寫大小論文以來，我用分析的方法處理作品多於評價作品（雖然郭松棻曾表示分析作品是不夠的，評價更重要。巴赫金（M. M. Bakhtin）也有類似的看法），因為，始終有個聲音纏繞著我：「我憑什麼給予這些作品作價值判斷？我的文學造詣比那些作家高超嗎？」對於書寫郭松棻及其作品更是如此。這不是卑微的感受，也不是自我貶低，而是身為一個文學研究著的反省。即使在評論其他研究者的論文時，這個聲音也不時出現腦海，干擾我的審稿工作。但這又是件無法避免的事。我只能中肯地以自己有限的知識與觀點為文學研究盡一份心力。未來的路還很長⋯⋯。

　　最後，我要感謝中文系黃湘陽老師、哲學系邱建碩教授給予我的寶貴意見，感謝跨文化研究所博士班的同學杜孝婕（Alicia），為我翻譯西班牙共產主義領導人之一兼作家的聖地亞哥・卡里略（Santiago Carrillo）生平事蹟。還有感謝經常關心我的論文撰寫狀況的老師們。

目次

導論

一、緣起與問題意識

在政治始終干預或介入文學（文化）場域的台灣，具有特殊背景的郭松棻能被「台灣文學」封為台灣戰後第二代作家無疑是件可喜又暗藏玄機之事。「台灣文學」的誕生是在歷史與權力糾纏過後，屬於二十世紀後期到二十一世紀前期勝利的一邊所制訂下的產物，它帶有濃厚的政治意識型態標記與意義，以及其他各種意識型態的衝突與鬥爭。它不僅指台灣的文學，題材最好是有關鄉土人情、台灣的悲慘歷史（反抗日本殖民主義、國民黨政治迫害），乃至於宣揚對台灣這塊土地的熱愛，其他非被列入台灣文學的年輕當代作家則根本不去觸碰這些敏感問題的題材內容，像都市文學、環保文學，同性戀文學、女性主義文學、魔幻寫實文學、後設文學……。這段時期如此以「政治正確」為準則的文學場域，若干作家和文學研究者也跟著起舞。尤有甚者，教育部還下令在各個大專院校文學院開設「台灣文學系」或「台灣文學研究所」，教授「台灣文學」，

於是魯迅、郭沫若、徐志摩、郁達夫、沈從文、張愛玲等等早、中期「中國大陸作家」都被排除在課程內容與研究之外，或以「現代文學」而非「台灣文學」的名義囊括這些在「中國現代文學史」上的重要作家。魯迅大概是經歷過最多災難的一位作家，先前蔣氏政權時代被打入禁書的囚牢，更別說是教授魯迅了。之後民進黨執政時代，又因提倡「台灣文學」而被擠到陰暗的角落裏，擱置招蠹。就是在這樣的台灣的文學（化）環境、生態被泛政治化的背景下，曾是積極參與保釣運動的左派知識份子、滯留美國，推崇魯迅、民族主義者、反蔣也反台獨、批判過台灣的文學，八〇年代開始文學創作，在九〇年代後才被「台灣文學」所接納而被收編於「台灣文學史」中的郭松棻，他的生平與評論文章似乎都不符合「台灣文學」的標準與原則，但小說卻被「台灣文學」認可，這是因為他的小說作品「恰巧」是「政治正確」才有這樣的結果嗎？上述的觀察也許只是筆者的淺見。但這正是筆者想更進一步瞭解郭松棻的原因之一。

在初讀〈奔跑的母親〉和〈月印〉後，更產生了研究這位在成長經歷、思想、心理、語言上都千迴百折、綿延迂曲的作家郭松棻的動力。

至於台灣文學研究環境是從印象式批評或新批評走向以西方許多領域的文論，尤其是女性主義、精神分析、後殖民理論、離散理論等的人文社會科學或哲學為基礎的論述或為研究方法的現象，展開了西方人文社會科學理論與哲學的大集合也是大作戰，以加強論文的深度與份量。這是一件可被理解的事。但這種現象所帶來的問題是重複、反客為主、單調，也就

是說有時會導致研究對象的失焦，或對不同研究對象產生相同的論述，反而無法深涉作品的核心。一如簡義明在他的博士論文的緒論中說道：「貌似百花爭鳴的台灣文學研究，宛若體質貧瘠的花園，說著單調、重複與移植的語言。因為栽種的人並沒有真正彎下腰去觸摸土地的性質，更不願意耐著性子去分辨文學種子的多樣，所以用論述語言與框架構築起來的形貌，便逐漸趨向一致。當論域被圈圍起來之後，想像力自然也被凝固了。」[1]關於想像力或說聯想力被批判的經驗，筆者有所體會。筆者曾經為了避開早已成為共識與定見的論述而以「另類閱讀」的意圖與目的處理郭松棻〈奔跑的母親〉（見附錄三），卻在研討會上被批判的口吻問到：「寫這個做什麼？」。難到只有一種閱讀文學作品的方法－找出主題嗎？難到嘗試多樣化與殊異性的閱讀方法違反了學術研究中不成文的規定，或從學術成規中脫序了嗎？這些都成為筆者的質疑與困惑。單單為了一篇小論文就讓筆者產生許多思慮，那麼研究一個作家時，如何將他與他的作品適當地表述、描述（繪）、詮釋、解讀，甚至再創造的可能性，這些問題更使筆者腦海中出現一連串無人能正確解答的問號，只能在一堆資料中以有限的知識自行去摸索與挖掘。

研究一般文學作家的作品，可以運用羅蘭・巴特在結構主義時期所主張的「作者已死」為前提下展開論述，無須顧及作者的生平、時代與其在作品中隱含意義的作者意圖問題，文學研

[1]　簡義明，《書寫郭松棻：一個沒有位置和定義的寫作者》，國立清華大學博士論文，2007年7月，頁1。

究重視的是作品本身，而不是作者的意圖。結構主義者認為，
「如果詩人成功地做到了他所要做的事，那麼他的詩本身就表
明了他要做的是什麼。如果他沒成功，那麼他的詩也就不足為憑
了，這樣批評家就是在離開詩而論詩──因為從詩中並沒有透露
多少關於詩人意圖的消息來。」「意圖謬誤」突顯出了語言意義
的自足性：「一首詩只能通過它的意義而存在──因為它的媒介
是詞句──但是，我們並無考察哪一部份是意圖所在，哪一部份
是意義所在的理由，從這個角度說，詩就是存在，自足的存在
而已。」[2]這也就是「讀者反應論」研究的基礎觀念。而且，在
這前提下，結構主義提出的「理想讀者」或「超級讀者」[3]實際
上只能停留在假設性的階段，畢竟「理想的」或「有能力的」
讀者是一種靜止的概念，它往往掩蓋了這樣一個真理：對「能
力」的一切判斷從文化和意識型態的角度看都是相對而言的，
所有閱讀方式都動用了「超出文學」之外的種種觀點來作為衡
量的標準，而對「能力」的衡量則是一個荒謬不當的事例。[4]

在不存在「理想讀者」的情況下，筆者認為針對研究一
般作家的作品而言，結構主義的觀點是可被接受與運用的，

---

[2] 威廉‧K‧維姆薩特、蒙羅‧C‧比爾茲利，〈意圖謬見〉，《「新批
評」文集》，趙毅衡編選，中國社會科學出版社，1988，p.210。

[3] 「理想讀者」是一個能把作品交代得明確無物的所有代碼的全部掌握者。
於是讀者就成了作品自身的一種反光鏡──按「本來面目」來理解作品的
某個人。一位理想的讀者應完全具備解釋作品必不可少的一切專門知識，
做到在應用這種知識不出半點差錯，不受任何限制。倘若把這個模式推向
極端，不同性別的讀者就得超乎國界、階級、性別、種族特性，而且摒棄
起限制作用的文化觀。參閱英格頓（T. Eagleton），《當代文學理論》，
鍾嘉文譯，台北：南方出版社，1986，頁154。

[4] 英格頓（T. Eagleton），《當代文學理論》，鍾嘉文譯，頁153-157。

但研究對象如郭松棻一生的曲折經歷、思想轉折、文學生命
都散發出特殊的光芒與熱度，而且其間隱約具有一定程度上的
關聯性，實與一般作家迥異，對於研究這種殊異的作家而言，
結構主義的觀念似乎就顯得不足了。因此，若抹煞他的生平事
蹟（歷史）與其自述而不論，就如同用一隻眼看世界，所看到
的小到只見一隅，大到視野模糊偏差，而所造成的無可原諒的
「誤解」後果（誤解是無可避免之事，但須以文本為根據，考
量其嚴重性），不可小覷。更何況在表象的背後總有更複雜並
掘不盡的精神因子與深層敘事。從這個觀點出發，除了他所有
的評論與文學作品外，史料和訪談錄成為不可或缺的研究論
據。鑑於此，筆者在郭松棻過逝後曾經試圖訪問其妻李渝有關
郭松棻的林林總總，可惜被婉拒了。於是筆者僅能參考他生前
的四個訪談錄，分別由李怡、廖玉蕙、舞鶴與簡義明為訪談
人。並且，因年代久遠的關係，他的某些評論作品早已遺失。
例如有關郭松棻書寫與台灣相關的評論或分析文章原有十一篇
左右：〈三種中國人，一種前途〉[5]、〈揭穿「小市民」的假面
具〉[6]、〈保釣運動是政治性的，也是民族性的，而歸根結底是
民族性的〉[7]、〈台灣的前途〉[8]、〈把運動矛頭指向台灣〉[9]、

[5] 龍貫海（郭松棻的筆名），〈三種中國人，一種前途〉，《柏克萊快訊》，1971年12月。
[6] 羅龍邁（郭松棻的筆名），〈揭穿「小市民」的假面具〉，《柏克萊快訊》，第10期，1972。
[7] 簡達（郭松棻的筆名），〈保釣運動是政治性的，也是民族性的，而歸根結底是民族性的〉，《東風》1期，美國，1972。
[8] 心台（郭松棻的筆名），〈台灣的前途〉，《東風》1期，美國，1972。
[9] 簡達（郭松棻的筆名），〈把運動矛頭指向台灣〉，《東風》2期（美

〈處變大驚下的一劑定心丸：一駁「小市民心聲」〉[10]、〈有關
「台灣人民」部份〉[11]、〈戰後台灣的改良派〉[12]、〈文學與風
土病〉[13]、〈談談台灣的文學〉[14]，這些文章為郭松棻從1971至
1974年初（除了書寫於1968年的〈文學與風土病〉之外）的作
品，但因所刊載的雜誌多已停刊多年，加上作者本人並沒有全部
完整收藏，以至於筆者僅搜羅到〈保釣運動是政治性的，也是
民族性的，而歸根結底是民族性的〉、〈台灣的前途〉、〈戰
後台灣的改良派〉、〈談談台灣的文學〉等四篇。這四篇評論文
章是在郭松棻逝世後，由其妻李渝送交給台灣清華大學圖書館
保管收藏。因此，筆者也僅能從這些有限的篇章中一窺郭松棻
如何以「中國觀點」或「左派視野」來看待不同層面的台灣。

　　另一個問題是對郭松棻及其作品作「系統化」而「全面
性」的客觀描繪與論述是可能的嗎？筆者認為那是不可能的。
那是文學研究者的烏托邦理想。當我們選擇某些史料與作品而
忽略另外的一部分時，這樣的選擇已具有主觀性的認知。此
外，如巴赫金認為，整個語言活動正因為是一個社會實踐的問
題，所以不可避免地貫穿著評價活動。[15]這又是言說研究主體掌

　　　國），1972。

[10] 羅龍邁（郭松棻的筆名），〈處變大驚下的一劑定心丸：一駁「小市民心
　　　聲」〉，《東風》2期（美國），1972。

[11] 未屬名，〈有關「台灣人民」部份〉，《台灣人民通訊》1號，1972。

[12] 簡達（郭松棻的筆名），〈戰後台灣的改良派〉，《東風》5期，1973。

[13] 乙侖欠（郭松棻的筆名），〈文學與風土病〉，《大學》（美國），1968。

[14] 羅隆邁（郭松棻的筆名），〈談談台灣的文學〉，《抖擻》創刊號，1974。

[15] 英格頓（T. Eagleton），《當代文學理論》，鍾嘉文譯，頁157。

握論述或敘事的權力表徵。更何況將他的生命事蹟和書寫「辯證地」牽連在一起[16]，這種詮釋力量更需要研究主體對研究對象的事件與語言既敏銳又理性，又必須具備相當的理解力與聯想力。換句話說，研究者的研究進程、方法、觀點、態度決定了研究對象的形貌輪廓。「系統化」是研究者的結構化構思而成；「全面性」涉及研究者搜羅的資料多寡，再思考如何將觸角盡量伸向所持有的資料，忠實而寬廣地把梳出幾條具有代表性的脈絡理路。如前述筆者已說明有關郭松棻對台灣的評論資料收集所遇到的困難阻礙，因此，即使想要全面性的探討郭松棻，如他對台灣的觀察，也是必然有所缺憾了。簡言之，「系統化」與「全面性」其實有不小的一部分是研究者主觀的建構而非全然客觀的描繪、詮釋、論述。這也是為什麼我們可從研究成果的文獻中看到對同樣的議題存在著天壤之別的書寫。

二、文獻探討

　　郭松棻完全轉向文學創作是在1983年，在此之前的作品幾乎以哲學、政治評論文章為主，只有兩篇小說創作：〈王懷和他的女人〉（1958）、〈秋雨〉（1970），分別發表於台灣、美國。由於他的哲學、政治評論文章大都刊載於香港、美國，因此，鮮少為台灣文人所談論。而1983年所寫的〈青石的守望〉（包括〈向陽〉、〈出名〉、〈寫作〉初稿），以及1984年的〈母與子〉（包括〈機場及景〉、〈奔跑的母親〉初

---

[16] 簡義明，《書寫郭松棻：一個沒有位置和定義的寫作者》，國立清華大學博士論文，頁3。

稿），也未受到台灣文學研究界的注目。同年刊登於《中國時報》副刊的〈月印〉才開始受到一點重視。唐文標曾在《一九八四台灣小說選》的〈無邪的對視——〈月印〉評介〉[17]裡稱讚〈月印〉是「台灣近年來最好的一篇小說」，但他的評介對於〈月印〉中女主人翁懷有鐵敏的孩子這一點是種誤讀。而且，他的讚語並沒有在短期內得到同等的評價與更多的回應，只有1989年張恆豪於「二二八文學會議」發表了一篇未刊載的論文〈台灣小說裏的「二二八」經驗〉[18]，以及1993年出版的《郭松棻集》中所附的三篇文章，分別是羊子喬的〈橫切現實面・探索內心世界——郭松棻集序〉[19]、吳達芸的〈齎恨含羞的異鄉人——評郭松棻的小說世界〉[20]和董維良的〈小說初讀九則〉[21]。

　　以下對上述三篇研究文獻作簡單的評介：《郭松棻集》中所附的文章各有偏重：首篇羊子喬的文章以簡短的評介代序，雖然提及郭松棻小說的藝術性與美學的結構，並呈現〈含羞草〉中的人稱變化技巧，但他的內容介紹多集中在幾個涉及「二二八」和〈論寫作〉等中篇小說而似乎刻意忽略早期某些仍帶有民族意識與日常簡樸的極短篇與短篇小說。並且，將郭

---

[17] 唐文標，〈無邪的對視——〈月印〉評介〉，《一九八四台灣小說選》，台北：前衛出版社，1985，頁269-271。

[18] 張恆豪，〈台灣小說裏的「二二八」經驗〉，會議論文，「二二八文學會議」，1989。

[19] 羊子喬，〈橫切現實面・探索內心世界——郭松棻集序〉，《郭松棻集》，台北：前衛出版社，1993，頁11-13。

[20] 吳達芸，〈齎恨含羞的異鄉人——評郭松棻的小說世界〉，《郭松棻集》，台北：前衛出版社，1993，頁517-543。

[21] 董維良，〈小說初讀九則〉，《郭松棻集》，台北：前衛出版社，1993，頁553-604。

松棻的小說歸入「政治控訴」小說實為以篇概全。第二篇吳達芸的論文較整體性地探討郭松棻的早、中期的小說，並能提煉出各篇小說中的精華之處，並深入比較初稿與定稿前後的差距，例如〈含羞草〉與〈草〉之間的人稱轉換問題。第三篇董維良的文章——談論郭松棻的小說，雖然其間沒有主題的連貫性，而是單篇文本分開詮釋，但他不時將郭松棻的小說與西方小說進行對話，足見其「文學」造詣之深廣，有如郭松棻。

　　二十世紀九〇年代發表的論文尚有張恆豪於1995年又發表了〈二二八的文學詮釋——比較〈泰姆山記〉與〈月印〉的主題意識〉[22]，這篇論文比較了文惠（台灣女子）與楊大姐（大陸女子）的形象，認為郭松棻刻意貶低台灣女子而抬高大陸女子，借此印證郭松棻的「大中國」意識，這種說法有待商榷。南方朔則於1997年在《中外文學》發表了一篇〈廢墟中的陳儀：評郭松棻〈今夜星光燦爛〉〉[23]，以「歷史救贖」的觀點評介〈今夜星光燦爛〉。李桂芳也於同年在《水筆仔：台灣文學研究通訊》發表〈終戰後的胎變——從女性、歷史想像與國族記憶閱讀郭松棻〉[24]，她所關注的議題較為龐大，從「女性」、「歷史想像」、「國族記憶」為其綜合論述的焦點，所涉獵的文本有〈奔跑的母親〉、〈月印〉、〈雪盲〉、〈那噠噠的腳

[22] 張恆豪，〈二二八的文學詮釋——比較〈泰姆山記〉與〈月印〉的主題意識〉，《台灣文學與社會：第二屆台灣本土文化學術研討會論文集》，台北：台灣師大人文中心，頁351-363。

[23] 南方朔，〈廢墟中的陳儀：評郭松棻〈今夜星光燦爛〉〉，《中外文學》25卷第10期，1997，頁80-84。

[24] 李桂芳，〈終戰後的胎變——從女性、歷史想像與國族記憶閱讀郭松棻〉，《水筆仔：台灣文學研究通訊》，第3期，1997，頁6-22。

步〉、〈論寫作〉、〈今夜星光燦爛〉。但文中運用女性主義的觀點結合「母性意象」、「書寫欲望」、「象徵界」以再現台灣記憶，這種說法有些牽強。

　　郭松棻大多數的小說在二十世紀末大致已完成（除了2005年刊登在《印刻雜誌》的〈落九花〉和2012年7月才由《印刻出版社》出版的《驚婚》之外），但要等到二十一世紀前十年他的中、短篇小說作品才逐漸受到台灣文學研究者的青睞，也許是因為2001年《雙月記》和2002年《奔跑的母親》將郭松棻的小說重新整理出版的緣故。並在《奔跑的母親》中附有王德威的〈冷酷異境裏的火種〉[25]和許素蘭的〈流亡的父親‧奔跑的母親──郭松棻小說中性／別烏托邦的矛盾與背離〉[26]。王德威將郭松棻的經歷、「骨感」美學與其作品內涵連結在一個火熱的冷酷異境，尤其是對〈論創作〉的「以創作論創作」貢獻了較長的篇幅談論，同時褒獎了郭松棻的「骨感」美學勝於得諾貝爾獎的高行健，認為只有王文興才能與之相提並論，顯然極為讚賞郭松棻的小說作品。許素蘭的論文較偏重於男性與國族／女性與家庭宿命式的聯繫。也就是以女性議題與國族議題為主軸，旁及《奔跑的母親》中各篇所釋出的意義。

　　到目前為止，在不包含回憶與紀念性文章及對郭松棻的相關報導與訪談錄，而對郭松棻的相關研究大約有二十餘篇，大多數為二十一世紀以後才出現。其中並有四本學位論文，三本

---

[25] 王德威，〈冷酷異境裏的火種〉，《奔跑的母親》，台北：麥田出版社，2002，頁3-9。

[26] 許素蘭，〈流亡的父親‧奔跑的母親──郭松棻小說中性／別烏托邦的矛盾與背離〉，《奔跑的母親》，台北：麥田出版社，2002，頁277-301。

碩士論文與一本博士論文。分別是魏偉莉《異鄉與夢土：郭松棻思想與文學研究》[27]（2004）、黃小民《郭松棻小說研究》[28]（2005）、吳靜儀《文學的寂寞單音：郭松棻小說研究》[29]（2006）三篇碩士論文，和簡義明《書寫郭松棻：一個沒有位置和定義的寫作者》[30]（2007）博士論文。而較有份量的單篇論文有陳明柔〈當代台灣小說中歷史記憶的書寫──以郭松棻為觀察主軸〉[31]（2002），他從歷史的遺忘與追尋，探討郭松棻小說中的「個體存在」與「集體歷史記憶」之間的糾纏，並透過「母者意象」對歷史呈現記憶與遺忘，記憶與漂泊的特殊面向。何雅雯〈震耳欲聾的寂靜──讀郭松棻、想像台灣〉[32]（2003），犯了一個錯誤，就是以「政治小說」的觀點來閱讀郭松棻的小說，甚至將〈奔跑的母親〉視為「勸孝小說」，其誤解之嚴重莫過於此。魏偉莉〈論郭松棻文本中文化身份的思索〉[33]（2003）以「文化身份」為主要析論的議題，也就是對人物的身份認同探索，並從「母親意象」與「離散處境」兩個

---

[27] 魏偉莉，《異鄉與夢土：郭松棻思想與文學研究》，成功大學台灣文學研究所碩士論文，2004。

[28] 黃小民，《郭松棻小說研究》，文化大學中文研究所碩士論文，2005。

[29] 吳靜儀，《文學的寂寞單音：郭松棻小說研究》，中山大學中文研究所碩士論文，2006。

[30] 簡義明，《書寫郭松棻：一個沒有位置和定義的寫作者》，清華大學中國文學系博士論文，2007。

[31] 陳明柔，〈當代台灣小說中歷史記憶的書寫──以郭松棻為觀察主軸〉，「台灣文學史書寫國際研討會」，台南：成功大學台灣文學系，2002。

[32] 何雅雯，〈震耳欲聾的寂靜──讀郭松棻、想像台灣〉，「第一屆國際青年學者漢學會議」會議論文，南投：暨南大學中文系，2003。

[33] 魏偉莉，〈論郭松棻文本中文化身份的思索〉，第九屆《府城文學獎得獎作品專集》，台南市立圖書館，2003。

角度解讀人物在各種文化中的後殖民主體對自我身份認同產生膠著狀態。王韶君〈想像、象徵與真實——釋郭松棻作品中的母親形象〉[34]探討〈奔跑的母親〉、〈那嗒嗒的腳步〉、〈論寫作〉中作者如何對「母親形象」的刻畫與寄託，印證小說中的「母親形象」已跳脫「真實母親」的想像，成為抽象意義和言外之意的「母親形象」，但最後一部分所謂的「從奔跑、追尋到等待」指的是母親還是作為兒子的主人翁？這一點略顯模糊。此外還有黃錦樹〈詩，歷史病體與母性〉[35]（2004）、林姵吟〈Two Lonely Idealists: History and Memory in the words of Chen Yingzhen and Guo Songfen〉[36]（2006）、黃錦樹〈游魂：亡兄、孤兒、廢人〉[37]（2006）這篇論文只在「亡兄」與「孤兒」提到郭松棻的小說作品，「廢人」的部分談論的是其他作家作品。關於「亡兄」這一部分談到〈雪盲〉中的念醫科的亡兄崩潰投海於目睹血淋淋的母體生產，流血的生產情境隱喻歷史的不堪和不祥的精神傳承，這段關於母體流血生產與歷史連結，筆者認為有點超乎想像之外。而「孤兒」則由郭松棻作品中的孤兒身世追溯到台灣從吳濁流《亞細亞的孤兒》起始的

---

[34] 王韶君，〈想像、象徵與真實——釋郭松棻作品中的母親形象〉，《真理大學台灣文學研究集刊》，第6期，2004。

[35] 黃錦樹，〈詩，歷史病體與母性〉，《中外文學》，第33卷第1期，2004，頁91-119。

[36] 林姵吟，〈Two Lonely Idealists：History and Memory in the words of Chen Yingzhen and Guo Songfen〉，「台灣文化論述——1990以後之發展」研討會會議論文，高雄：中山大學文學院，2006。

[37] 黃錦樹，〈游魂：亡兄、孤兒、廢人〉，《文與魂與體：論現代中國性》，台北：麥田出版社，2006，頁249-287。

「孤兒文學」。劉雪真〈在歷史的想像中重生——以「新歷史主義」觀點解讀郭松棻〈今夜星光燦爛〉〉[38]（2006）、李娜〈「美國」與郭松棻的文學／思想旅程〉[39]（2006）。許正宗〈郭松棻〈月印〉的陰性書寫〉從茱莉亞‧克莉絲蒂娃（Julia Kristeva）、伊蓮那‧西蘇（Hélène Cixous）、露絲‧依麗格瑞（Luce Irrigaray）的女性主義觀點談論〈月印〉中的「陰性書寫」，視文惠為傳統社會父權體系下的受壓迫者與卑微者的雙重象徵，以及鐵敏對大陸錦繡山河的嚮往式對話。[40]

　　在此特別要提出來的是黃錦樹〈詩，歷史病體與母性〉。這篇論文的特殊之處在於論者從郭松棻的政治、哲學思想轉向自我撫慰與自我救贖的文學創作，除了對郭松棻的小說以「歷史病體」與「母性」為主題作細膩的解讀，與意象、象徵、暗示的明晰揭露，尤其是藉由史料來解讀〈今夜星光燦爛〉的歷史部分之外，以及將這篇小說視為郭松棻透過主人翁陳儀而達「自我救贖」的目的。並將郭松棻的「左派憂鬱」與本雅明的相關論述融合為一體。雖然筆者並不完全認同黃錦樹對作者郭松棻所認定的「自我救贖」與「左派憂鬱」的看法，但這篇論文深化與開展了對郭松棻整體研究的新視野。[41]

---

[38] 劉雪真，〈在歷史的想像中重生——以「新歷史主義」觀點解讀郭松棻〈今夜星光燦爛〉〉，《南榮學報》復刊9期，2006，頁1-16。

[39] 李娜，〈「美國」與郭松棻的文學／思想旅程〉，「2006青年文學會議」會議論文，台北：文訊雜誌，2006。

[40] 許正宗，〈郭松棻〈月印〉的陰性書寫〉，《中國文化月刊》，317期，2007年5月。

[41] 以上羅列的論文並不包含在報紙上發表的書評或評介，如李順興〈追憶似月年華：評《雙月記》〉（2001）、范銘如〈亞細亞的新孤兒：郭松棻

三、本書架構

　　本書主要分為五個章節，可分為兩個主要部分來看，前兩個章節為第一個部分與後兩個章節為第二個部分，其間以1983年轉向小說創作為分水嶺，分別探討郭松棻從青年時期到中、老年時期的左派思想下的行動、反思與理想轉向文學藝術的沉澱歷程及其在這兩段時期的不同性質的作品，最後一章為結論，總括並闡釋從政治、哲學思想到文學創作之間的歷史與意識型態轉型問題。以下以各章節分別概述之：

　　第一章為「左派意識的建立、質疑與再思考」。其中又分為五個小節分別探討郭松棻在早期受到沙特的影響和自我的政治意識下成為左派知識份子，懷有「中國意識」，因此，在保釣活動過程中對知識份子訂定他們對於「國族」的使命與任務，並將保釣運動視為五四精神的再現，痛斥買辦博士與蔣氏政權下的特務學生。同時在沙特的「境遇觀」、「介入行動」的觀念與左派視野這三點以觀察台灣「新／再殖民」的處境，以及台灣的文學中「殖民主義文學」和「現代主義文學」所顯示出來的弊端。1974年在親眼見到中國大陸的落後，人民素養的偏差後，失望地吞飲對中國烏托邦幻想破滅的苦汁。但此時的他仍是馬克思的忠誠信徒，繼續對馬克思主義再思考。本章節也隨著郭松棻的政治行動與思想轉變再探其「國族認同」的問題。

　　《奔跑的母親》〉（2002）、陳建忠〈月之暗面〉（2001）和〈流亡者的思想病歷〉（2005），黃錦樹〈未竟的書寫：閱讀郭松棻〉（2005）。

第二章為「郭松棻的政治思想與理想試探」。延續第一章節最後對馬克思主義再思考的方向，探究他如何以馬克思主義者為立場來批判卡繆思想中反馬克思主義的元素：對歷史的誤解、形上的反叛、向馬克思主義挑戰。並從歷史的角度揭露西方資本主義國家的自由主義的限制和馬克思主義實踐中所帶來的極權與專制的現象，尤其是蘇聯的列寧主義實為「偽馬克思主義」，但列寧的氣魄是後無來者的。這是郭松棻對馬克思主義與行動中的馬克思主義和馬克思主義者與假借馬克思主義行專政暴力的反思。最後郭松棻以認同式的翻譯聖地亞哥‧卡里略（Santiago Carrillo）的《歐洲共產主義與國家》前四章，也是郭松棻的政治思想與理想的具體呈現，其中所強調的「民主的社會主義」才是郭松棻理想中（再修正的）馬克思主義思想。

第三章為「創作的開始與意識型態的轉型（I）——郭松棻小說的創作美學」。筆者以郭松棻的自述和筆者的推測勾勒出他的小說藝術創作觀兼述其「先貶後褒」的「新批評」觀。再分為四個小節以具有代表性的文本來凸顯他的小說創作藝術並具體呈現出他的「現代主義精神」。分別是小說詩化藝術、〈月印〉的時間與敘事策略、〈草〉中複雜的人稱使用藝術、〈那嗘嗘的腳步〉裏的聽覺意象與聽覺語言、〈雪盲〉從「異化」的現實主義展開，而逐漸走向「意識流」的書寫技巧。

第四章為「創作的開始與意識型態的轉型（II）——郭松棻小說的主題意識」。筆者先闡釋郭松棻早期小說中的民族主義思想殘留，再將其作品歸納為六組主題：第一組「回歸與超越日常生活」（〈成名〉、〈第一課〉、〈機場即景〉）為從民

族思維到日常生活題材與主題的過渡之作；第二組以「女性／母性／聖母」（〈月嗥〉、〈奔跑的母親〉、〈月印〉、〈那噠噠的腳步〉、〈論創作〉詮釋女性角色在郭松棻作品中的重要地位與象徵；第三組「歷史／病體／孤兒還是浪子？」（〈月印〉、〈奔跑的母親〉、〈雪盲〉）提取出歷史災變下的病體主人翁的守望或離-歸；第四組「語言／孤寂／故鄉」（〈向陽〉、〈雪盲〉、〈論創作〉、〈草〉、《驚婚》）挖掘殖民主義與文化侵略下，語言（包括沉默）主體意識與文化認同的分裂問題，及透過不同的沉默目視暗示主人翁的靜穆或思慮；第五組「蛻變／輕死／重生」（〈今夜星光燦爛〉和〈落九花〉）呈顯歷史主人翁在非常時期中的心理蛻變，並以「置死地而後生」為最後體悟的精神重生或復歸於平靜生活；第六組「紅地毯上殘影幢幢」（《驚婚》）主要以女主人翁走在紅地毯上時對過去的家族遭遇和地毯另一端迎接她的男人的總總不幸回憶，以致這場婚禮成為驚心動迫的現在事件與未來的預示。這樣的安排是根據郭松棻透過〈草〉的主人翁的觀點闡明自己的「鑑賞觀」與「詮釋觀」下所建構而成：「在多義性的文脈中試圖以單一的視點去完成詮釋的工作，毋寧是……」。

　　第五章為「結論」。主要以「歷史」的角度來貫穿文學創作前後的關聯，並且，更進一步說明郭松棻透過文學以克服歷史、超越歷史而趨向類似神秘主義[42]的道路。並處理郭松棻在1983年前與後意識型態的綿延與轉型問題。簡言之，筆者以「歷史」與「意識型態」兩點為論述核心來統攝整本書的架構。

---

[42] 黃錦樹，〈詩，歷史病體與母性〉，《中外文學》，第33卷第1期，頁113。

第一章　左派意識的建立、質疑　　與再思考

> 我的動力主要來自對不公不義的憤慨，以及對壓迫、對
> 有關自由與知識的陳腐概念的無法寬容。（薩依德訪談
> 錄）[1]

　　早在高中時期郭松棻就接觸了世界知名文學家與哲學家的
著作，從杜思妥也夫斯基到福樓拜、福克納、吳爾芙等等，從
尼采到黑格爾、柏格森、沙特、卡繆等等，這些嚴肅文學與艱
澀哲學一直到大學時期，以及後來留美、滯美時期都深深影響
了他年輕的心靈、啟迪了他的思想。[2]軍中服役時，發表了他的
首篇論文〈沙特存在主義的自我毀滅〉[3]，這篇論文切中要害地
批判了沙特（Jean-Paul Sartre）的存在主義。後又接續發表的

---

[1] Ashcroft and Ahluwalia, *Eduward Said,* 薩依德訪談錄，《區辨》，1976，頁36。
[2] 舞鶴訪談錄，〈郭松棻專輯〉，印刻文學生活誌，2005年7月，頁23-45。
[3] 郭松芬，〈沙特存在主義的自我毀滅〉，《現代文學》第九期，1961，頁5-28。

〈這一代法國的聲音──沙特〉[4]，文中雖仍然認為沙特作為哲學家是失敗了，作為文學家也是失敗，但卻肯定了沙特作為知識份子積極「介入」社會運動，有著「最覺醒、最能正視困境而企圖解決困境」[5]的知識份子態度。

　　在郭松棻涉獵的眾多哲學家著作中，為什麼獨獨對沙特的存在主義最感興趣？既然對他的哲學與文學嚴苛批判，卻又對他熱衷於行動的態度加以褒揚。在這褒貶之間，是否還存在著郭松棻對沙特特殊的個人情感因素呢？或是他感到沙特有其學習效法之處呢？以上的問題似乎要等到郭松棻熱烈激昂地投入保釣運動後，才能看出一些端倪。

　　而在1971年的多事之秋，即投入保釣運動之際，在「一二九示威大會」中，以〈「五四」運動的意義〉[6]為題發表演說，說明示威行動的方向與目的，不為／畏任何強權與政府，而是為了全體中國人民。同年還以羅龍邁為筆名，撰寫了〈打倒博士買辦集團！〉[7]，此篇文章不僅分析了台灣仍處於軍、政、經的被殖民狀態，更嘲諷當時留美的一些生活在吃喝玩樂、醉生夢死，只等拿到學位，衣錦榮歸而從此無憂無慮的博士留學生。這篇文章呈現郭松棻所認為的知識份子負面形象，或更正確地說，這些留學生根本不配稱為知識份子，只不過是販賣

---

[4] 郭松芬，〈這一代法國的聲音──沙特〉，《文星》第七十六期，1964，頁16-18。

[5] 郭松芬，〈這一代法國的聲音──沙特〉，頁18。

[6] 這篇演說辭後來發表於《戰報》1期（一二九示威專號）。《戰報》為郭松棻與劉大任等人創辦。

[7] 這篇演說辭先刊載於《戰報》2期。後來轉載於《春雷聲聲──保釣運動三十週年文獻選輯》的第二章〈反強權、保疆土〉，頁269-288。

知識的「假洋鬼子」。郭松棻也在同年放棄攻讀博士學位，專心投入保釣運動；並與劉大任、董敘霖被《中央日報》報導為「共匪特務」。同年九月，保釣學生於「安娜堡國是大會」中，通過「支持中華人民共和國」進入聯合國的決議，釣運開始變質為「統運」。直到1974年與父親郭雪湖、妻子李渝赴中國大陸參訪後，對中國大陸的行政、制度的落後，尤其是人民品性上的無理性極為失望，便逐漸淡出「統運」，並重新研讀馬克思主義。

那麼，在郭松棻的眼裡，台灣當時的處境與未來前途究竟為何？從1970-1974年間，郭松棻如火如荼地透過保釣運動和統運以展開民族自救與反抗的對象為何？其後的中國大陸之行又對郭松棻造成怎麼樣的衝擊？他個人當時的處境又為何？

以下針對上面筆者所提出的問題，分為郭松棻對「知識份子的任務與使命」、「沙特存在主義的驅動與實踐」、「五四精神的再現與民族主義的鬥士」，「『左派』視野中的台灣」，以及「「左派」意識的質疑與再思考」等五小節為標題，分別加以論述。

第一節　知識份子的任務與使命

首先，郭松棻對於「知識份子」的責任與使命有著他的期許，而沙特正是他心目中理想知識份子的典範；其次，沙特的左派政治意識與郭松棻不謀而合，他在接受舞鶴的訪談中說道：「大學時代左派思想萌芽，（……）。大學時，有一段時

期我人非常動蕩不安,當時覺得沙特的左派思想更接近我;我未出國前,模糊感覺到沙特已經很左了,但卡繆沒有。雖然卡繆二十幾歲時加入共產黨,兩年後就退出了,而沙特雖然從未加入共產黨,他卻是共產黨的同路人,雖然與法共不親。」[8],但後來又表明自己的左派思想是受到存在主義的影響:「存在主義進來,開始有那麼一點點左傾的思想,可是只是浪蕩,不像陳映真那樣,認真的參加讀書會。」[9],無論是與存在主義的左傾思想不謀而合,還是直接受到存在主義的左傾意識的影響,沙特存在主義在郭松棻的成長過程中佔有相當重要的地位,成為日後郭松棻跨向「新中國」的行動指標與驅力。此外,筆者認為,沙特的「境遇」觀始終影響著郭松棻的政治意識與實踐方法。

郭松棻對知識份子的期許首先隱含在他對沙特存在主義的褒貶中──〈沙特存在主義的自我毀滅〉、〈這一代法國的聲音──沙特〉,而顯露於〈打倒博士買辦集團!〉這篇批判台灣留美學生的文章中。

郭松棻在評論〈沙特存在主義的自我毀滅〉的同時,肯定了沙特以行動解脫虛無,「或克服『嘔』[10]的唯一方法,沙

---

[8] 舞鶴的訪談錄,〈郭松棻專輯〉,印刻文學生活誌,2005年7月,頁46。
[9] 舞鶴的訪談錄,〈郭松棻專輯〉,印刻文學生活誌,2005年7月,頁48。
[10] 沙特認為,「嘔吐」產生於人的存在與世界的存在的無定性──無定性的人存在於無定性的世界中。這就像一個心神不定的人走在動盪、搖晃的船上一樣,其結果,必然導致人的嘔吐。在《嘔吐》一書中,沙特很細膩描述人的嘔吐感覺。他認為,周圍世界是瞬息萬變的;面對著它,每個人都想把它當作工具或材料或玩具來為自己的存在服務。但是,世界本身又是那麼難以駕馭。人為自己不能駕馭和控制世界而苦惱,覺得這個世界是頑

特不但在書裡如是表明，同時又在生活裡付諸實行」[11]。相較於沙特，同為存在主義者的耶世培（Karl Jaspers）與海德格（Heidegger），郭松棻認為，他們在行動這一點上是令人失望的。誠如他說道：「雖然兩人在書裡大談人類的罪惡、不安、破舟之痛、死亡等等，然而他們的生活是平靜的，或說他們根本沒「生活」過，尤其海德格一生不斷的「隱退」（他加入納粹黨亦可視為一種「隱退」）和在書裡的他直扮若兩人（……）他（沙特）的存在主義和他的生活是息息相關的。沙特潑辣地生活尤可從他的政治與文學活動中看出。」[12]文中，郭松棻舉出了沙特在二次大戰巴黎淪德時期，與卡繆（Camus）一樣，投入抗德運動，成為領導人物，當時他們兩人都尚未成名，卻都鋌而走險，在亂世裡，「挾其詰哥德的精神狂烈地生活著。」[13]對於二次大戰後，沙特要組織一個非政治性質的共產黨的構想，郭松棻也給予很高的評價，雖然這個構想最終沒有成功，「然而沙特的魄力，他的企圖將他一己的信念直接帶入生活的膽識，正是我們雖看出其著作之病痍仍與他很高的評價的原因。」[14]

固的、可惡的、討厭的。當世界陷於紊亂狀態，我又無從掌握它的時候，在我的思想中還產生「多餘」的感覺，即覺得這個世界同我的存在本身都是多餘的，自己恨不得要毀滅周遭的一切，同時也毀滅自己；但是世界和自己都毀滅不了。最後就產生了嘔吐感。參閱高宣揚，《存在主義》，台北：遠流出版公司，1993，頁85。

[11] 郭松芬，〈沙特存在主義的自我毀滅〉，頁23。
[12] 郭松芬，〈沙特存在主義的自我毀滅〉，頁23。
[13] 郭松芬，〈沙特存在主義的自我毀滅〉，頁23。
[14] 郭松芬，〈沙特存在主義的自我毀滅〉，頁23。

　　其次，沙特不僅以生活上的實際行動來實現他的政治理想，更以文學創作作為他的行動方式。姑且不論沙特文學的成敗，他提出的「介入境遇的文學」（Littérature engagée）是要以社會的行動為首要的關注焦點，這也是沙特存在主義的終極目標。他真正希望的是「文學是誘發於作者對人類真誠存在（authentic being）的積極追尋，作者對人類生活（行動）諸問題有緊扣的關切意識」[15]，因此，沙特這個虛無論的行動主義者，對於「為藝術而藝術」的文學棄之如敝屣，這也強調了沙特的「虛無論」不是放棄一切，斷絕任何欲念和社交生活，什麼是都不做，不過「生活」的奧布羅莫夫式（Oblomov）[16]的虛無。同樣是虛無主義者，沙特是以行動來強制、抵抗他的虛無，就郭松棻的比喻而言，他如同古希臘憤怒的英雄阿契立斯（Achilles），與其蹉跎於世，默默老死，不如投入戰爭，雖死猶榮。[17]郭松棻雖然認為，這種強制虛無的瘋狂行動是沙特唯一的生路，但不可否認的，他對沙特的積極投入行動這一點上無寧是給予他英雄般的讚許。

　　這樣的讚許一直延續到〈這一代法國的聲音──沙特〉。郭松棻開門見山便說道：「在當代諸般形態的作家中，沙特是最焦慮焚心的一個。他的內心不是一座灑脫而穆穆的靈臺──很多人在追求這種境界。他卻永遠要投入人羣，投入問題，投入糾葛。（……）「沙特是典型的現代法國智識份子」，「沙

---

[15] 郭松芬，〈沙特存在主義的自我毀滅〉，頁24。

[16] Oblomov 是俄國作家I.A.Concharov所著《Oblomov》一書的主角。參閱郭松芬，〈沙特存在主義的自我毀滅〉，頁25。

[17] 郭松芬，〈沙特存在主義的自我毀滅〉，頁25。

特無疑是我們時代最引人關懷的思想家之一」，（……）我們如何一筆而中要害的把沙特的形像勾勒出來，我們必須側重於他的態度，勝於他的作品；他的聲音，勝於他的言詞。」[18]文章中，郭松棻幾乎擴大篇幅地重覆了〈沙特存在主義的自我毀滅〉中，他之所以被關注、被崇敬，被視為真正的知識份子的原由，尤其是他「介入境遇的行動（包括文學）」，不僅是對於歷史、政治，還是對於個我的存在——「處境中的自由」，這種在社會裡建立自己，在自由裡不斷的創造自己，具有浪漫與理想主義的操守，不苟且偷安，使他被視為最終是榮耀——殉道者的榮耀，並是當今最覺醒、最能正視困境而企圖解決困境的典型知識份子。[19]

　　郭松棻寫了兩篇有關沙特與其存在主義的文章〈沙特存在主義的自我毀滅〉與〈這一代法國的聲音——沙特〉，表面看似貶抑其哲學著作《存有與空無》，以及其文學著作《嘔吐》，而事實上卻褒揚他的生命情調、生活態度與戰鬥精神，明白地說，沙特是郭松棻眼中的知識份子典範。作為一個知識份子必有其任務與使命。能夠洞燭個我所處的境遇，無論是歷史的、社會的、政治的、文化的，是知識份子首當具備的任務。掌握了時代各方面的脈動後，須能發現問題，面對問題，付諸於具體行動去解決問題，有如沙特在德軍佔領巴黎時，奮勇加入抗德的行列，戰後又根據自己的政治理念欲組織非政治的共產黨，辦兩份小型「毛主義」報紙《民覺》（La Causse

---

[18] 郭松芬，〈這一代法國的聲音——沙特〉，《文星》第76期，頁16。
[19] 郭松芬，〈這一代法國的聲音——沙特〉，頁18。

du Peuple）、《解放》（Libération），和雜誌《現代》（Les Temps Modernes）他從未停止過社會、政治反抗行動[20]，並且早在1930末期開始，他便以文學創作的行動體現自己的哲學思想。而知識份子的使命就是介入，就是行動，無論成功或失敗，都必須在生活中、在社會中、在人羣中實踐個我的存在，才能真正體悟自由（自由就是行動）的意義與價值，不至陷於虛無主義的死胡同而無法自拔，或物質享樂主義，如同郭松棻於保釣時期寫的〈打倒博士買辦集團！〉中所提及的那些活在醉生夢死、高枕無憂中的台灣留美的「偽知識份子」，或如前面所稱的「假洋鬼子」。

〈打倒博士買辦集團！〉所提及的博士買辦集團，正是郭松棻所欲當頭棒喝，正面斥責的「偽知識份子」、「美國大兵」、「拉皮條的」[21]。這羣從台灣到美國留學的學生，尤其是滯美的博士留學生，既無知也無心關懷「台灣的境遇」。誠如郭松棻在文章一開始就批判道：「在漫長的歲月裡，數年如一日，埋首於書本，無暇過問時事世局，終於慢慢將自己鍛鍊成一隻隻埋首在沙裡的鴕鳥，而更是一隻隻自得自滿的埋頭大鴕鳥。正在留學生汲汲於這般讀書寫字的時節，台灣慢慢的被入

---

[20] 高宣揚，《存在主義》，頁219-220。
[21] 郭松棻稱那些親美的留美中國學人們為「美國大兵」。因為他們對不但對自己的家鄉之一再被姦污，無所動於衷，反而時常還帶美國大兵回家，再去姦污自己的家鄉，這「美國大兵」便是留學生，在「歸國學人」的名義下，從國外帶回去宣揚的「美國文化」。我將「歸國學人」或「準歸國學人」之類比喻作「拉皮條的」，並非故意污辱這批浪蕩海外的學子們，實在是事出有因、查有實據的。參閱轉載於《春雷聲聲──保釣運動三十週年文獻選輯》的第二章〈反強權、保疆土〉，頁270。

侵，一夜之間，日資、美資、美軍、美政的夜潮滾滾湧襲，被這些外來勢力的漫漫沖擊，家鄉整個的島嶼慢慢的擊沉，然而留學生無視於此，總以為目前的天下還算太平，一心只想功成名就，衣錦榮歸，回台灣搞一陣子歸國學人，賣賣洋貨，壓壓國內的同胞，以自顯威風，這種心理、這種作法，正是洋大人求之不得，誘之唯恐不及的。這種心理、這種作法正無形的助長鞏固了台灣半殖民的狀態。這種心理、這種作法正是本文要痛加駁斥的。這種心理、這種作法簡言之就是買辦作風。」[22]

　　在〈打倒博士買辦集團！〉的後半段，郭松棻將留學生分為初期與後期的留學生，而將矛頭主要指向後期的留學生。這羣留學生對政府、對外國生活的不滿都是模糊的，也沒有釐清這股不滿背後的道理的勇氣。隨著日子的消逝，他們便陷溺於國外的物質生活裡，特別是在美國的留學生。「於是整體留學生在資本主義的文化誘降政策下，集體仆首認降。日常生活裡，除了打麻將、吃餃子之外，便跟著外國人一齊去關心汽車、股票生意之類的事，精神生活上，大抵顯現得空乏無聊。」[23]此外，「學而優則仕」的封建思想是留學生遲遲不敢真正面對現實，不能下定決心的一大敵人。他們認為，獲得博士便是生命意義的完結，此後等著做官做教授享受人生。這批「新權貴」運用國家給予的優厚講座待遇，回國一年半載，販賣一下在國外學來的資本主義知識，「然後吃吃館子，混混舞場歌廳，看看女

---

[22] 轉載於《春雷聲聲——保釣運動三十週年文獻選輯》的第二章〈反強權、保疆土〉，頁269。

[23] 轉載於《春雷聲聲——保釣運動三十週年文獻選輯》的第二章〈反強權、保疆土〉，頁279。

人，然後又在同胞眾目豔羨之下，得意的回到國外來，把祖國、把家鄉再置於腦後。」[24]這些「新權貴」對於自己所學是否適用於自己的國土等問題都缺乏徹底的分析能力，甚至對資本主義、帝國主義、軍國主義、殖民政策、愚民政策也搞不清，只將自己所學到的那套「知識」心安理得地拋售到台灣。

郭松棻在文中還抨擊了那些六〇年代前台灣的「文化論戰」，他認為這些文化論戰有一個共同的弊病，就是「沒有把握當時具體的社會結構與當時面臨的歷史問題來作為論爭的共同基礎。」[25]無論是全盤西化派、國粹派，或「中學為體、西學為用」的折衷派，都是脫離現實的玄學論戰，鮮少針對大局，面對歷史而據實立論，結果半個世紀來的文化論戰都是虛空不實，只能美其名為「學術論戰」而束之高閣。[26]

總而言之，不能明確而精準地瞭解「台灣的境遇」，包括政治、經濟、軍事、文化的處境與變革，不能將自己定位於歷史，沒有政治覺醒的意識，假社會科學的「客觀」、「中立」行美國中產階級之主觀心理，只顧及自己所學的領域而無視於國家被欺凌，更無視於其他，以及只為個人的利益著想而置家國於不顧等等，都是台灣「偽知識份子」的嚴重弊病。相較於沙特這個「真知識份子」對法國的歷史、社會、政治、文化、

---

[24] 轉載於《春雷聲聲──保釣運動三十週年文獻選輯》的第二章〈反強權、保疆土〉，頁279-280。
[25] 轉載於《春雷聲聲──保釣運動三十週年文獻選輯》的第二章〈反強權、保疆土〉，頁281。
[26] 轉載於《春雷聲聲──保釣運動三十週年文獻選輯》的第二章〈反強權、保疆土〉，頁281。

國際關係的洞見、對個我在社會中所應扮演的角色與其戰爭前後的積極行動精神以實現個我的自由，可想見郭松棻對上述那些「偽知識份子」的台灣留美學生的作為、態度、觀念的氣憤與失望，更何況當時正值保釣運動時期。

　　沙特既然為郭松棻心目中的「真知識份子」典範，必然也是郭松棻效法的對象，並自覺或不自覺地受到他的影響。那麼，在那些方面我們可以看出沙特對郭松棻直接或間接的影響呢？筆者將在下一小節加以說明。

第二節　沙特存在主義的驅動與實踐

　　如前所述，沙特存在主義不僅符合或啟蒙了郭松棻的左派政治思想，沙特的生命態度更是郭松棻心目中的「知識份子」典範，也是他效法的理想對象。在舞鶴的訪談中，郭松棻曾說道：「從青少年到大學我都很虛無，覺得一切沒意義，比較可以和西方作品裡的虛無主義、存在主義等應合」[27]。郭松棻這裡所說的存在主義，除了沙特之外，當然還包括其他存在主義哲學家，如基克嘉（Kierkegaard）、海德格（Heidegger）、耶世培（Karl Jaspers）、馬歇爾（Gabriel Marcel），但不可諱言地，影響郭松棻最深刻的存在主義者還是法國的沙特，即使他曾批判沙特存在主義及其文學著作，或者換一個角度說，從郭松棻如此鉅細靡遺地分析、評論、批判沙特存在主義，可見他對沙特及其思想、文學的熟稔與重視。更可以說是郭松棻在保

---

[27] 舞鶴的訪談錄，《郭松棻專輯》，印刻文學生活誌，2005年7月，頁47。

釣運動與統運行動下的精神導師。沙特對郭松棻的直接與間接
影響可從以下兩點看出：
　　一、以社會政治活動治療自身的虛無感：雖然郭松棻曾於
舞鶴的訪談錄中表明，真正接觸左派思想，開始注意中國是在
柏克萊大學念博士班時期，受到美國學潮的衝擊，爾後遂毅然
絕然地加入保釣運動：「當時美國校園裡都有示威，反戰、爭
民權、女權、黑豹黨、建立人民公園等，騷動得了不得，我也
不想唸書。不上課，跟唐文標、劉大任等人辦《大風》雜誌。
（⋯⋯）《大風》辦了三、四期就辦不下去了。心情不安定，越
發不想唸書，看到更多的大陸資料，開始嚮往大陸的左派革命。
（⋯⋯）這時保釣運動啟發了，除了示威遊行外，每天去和保釣
同志辦《戰報》，學校讓學生自組「東亞研究」，開「中國近代
史」，講課用的全是左派材料和觀點。」[28]，但是這股驅動力量
與方法，早可從評論〈沙特存在主義的自我毀滅〉中窺知一、
二。他在談論二戰時期，卡繆與沙特的行動與作法時說道：
「我們從Knopf女士描寫抗德時期的卡繆，就知道這種地下工作
的艱難與危險。『當卡繆只有三十一歲時，參加了法國的反德
工作，戰鬥報是當時的地下報紙，雖是兩大張油印的格式，卻
別有一種英雄式的氣慨。第一批戰鬥報的編輯人員被德軍的秘
密警察逮捕且被處以死刑。在一九四二年底，卡繆加入了第二批
而一直工作到一九四七年，在這危難的時期，卡繆最好的社論就
在幾乎每晚都要搬家的地下印刷廠印出來，而他自己還要幫忙分

---

[28] 舞鶴的訪談錄，《郭松棻專輯》，印刻文學生活誌，2005年7月，頁48-
　　49。

發報紙……。』沙特同樣鋌而走險」[29]。兩相對照下，郭松棻似乎是秉持著沙特與卡繆的抗德精神，或說沙特一生不斷地投入社會、政治運動的精神，參與保釣運動的。而後來左派思想的建立，以及開始親共也是郭松棻在大學時期受到沙特左派政治理念的萌發而為。美國學潮的衝擊實際上可視為一條實踐的導火線，一觸即發。此外，他認為，沙特一方面帶著頹廢、虛無的氣息，另一方面是個不知疲倦的行動者，隨時加入政治活動，隨時表白自己的立場，不模稜兩可，形象斬斷有明，僅僅這一點行動精神，沙特的地位便在於海德格和耶世培之上。[30]

　　如前所述，郭松棻承認自己從高中到大學都很虛無，這種虛無感實際上一直延續到他留美攻讀博士時期，這點可透過他在舞鶴的訪談錄中「間接地」透露對自己未來的生涯規劃的茫然而無所依歸，或說對自己未來走學者研究的道路感到無意義的想法看出：「雖然在研究院攻讀博士學位，我一直覺得學院的意義對我不大，從不把當學者、作教授看得怎麼樣，怎麼有意思。」[31]後來放棄繼續攻讀博士學位而全身投入保釣運動的郭松棻，不正與沙特一樣，靠著社會政治活動（存在運動）來治療這虛無的「絕症」[32]嗎？

---

[29] 郭松芬，〈沙特存在主義的自我毀滅〉，頁9。

[30] 郭松芬，〈沙特存在主義的自我毀滅〉，頁9。

[31] 舞鶴的訪談錄，《郭松棻專輯》，印刻文學生活誌，2005年7月，頁48。

[32] 郭松芬，〈沙特存在主義的自我毀滅〉，頁9。郭松棻在簡義明的訪談錄中說道：「我後來沒有完成博士學位的另一個原因是，陳世驤先生後來突然心臟病過了了（1971年春天）。」；「要是他那時沒有突然去世，我搞不好會拿到博士學位，畢業後在一間小學校教中文，那樣侷限性應該會很大，跟現在完全不同的人生。」，頁135，147。

二、沙特「處境」或「境遇」（Situation）觀的影響：郭松棻在〈沙特存在主義的自我毀滅〉中首次提到「境遇」時，談的是耶世培。耶世培由於「個人的疑惑」而對法律、病理學、哲學的矛盾立場，以及認為社會學、心理學和人類學都非根本之學，它們所探究的只是有關人的問題，而恆不能鞭辟入裡，直接觸及「人」本身的問題。耶世培放棄了「方法」（Method）。並立守一個原則──視人類與萬物為一種生命體來探搜。他不像海德格那樣汲汲於想建立思想體系，因為有體系的思想不可能是存在問題，而脫離了「存在」，去創造形而上的客體世界，或去闡解存有（Being）之根源，是毫無用處的。耶世培在徬徨莫定的窘境裡，唯賴超越（transcendence）來應對一切死結，甚至以一種宗教情懷來肯定以前所否定的，才是解決之道。因此而認為「耶世培是比較了解「處境」（（Situation））的一人」。[33]但對於耶世培的「方法」，郭松棻並不以為然而加以否定。然而，耶世培所處之境遇，即人本身存在的問題，也是沙特的問題，但解決方式截然不同。

在〈沙特存在主義的自我毀滅〉、〈這一代法國的聲音──沙特〉文章中不時談到「處境裡的自由」、「極端處境」、「介入境遇」、「自身所處的境遇」、「正視困境」、「解決困境」等等，尤其是談到沙特的自由概念時，更離不開「境遇」之說，正如郭松棻說道：「他（沙特）的自由的概念必與境遇（Situation）、行動、責任等概念相連而後可解」。[34]對於沙特

[33] 郭松芬，〈沙特存在主義的自我毀滅〉，頁7-8。
[34] 郭松芬，〈這一代法國的聲音──沙特〉，頁17。

所謂的「處境裡的自由」，郭松棻在〈沙特存在主義的自我毀滅〉引沙特《沉默的共和國》中的話語，作了非常詳盡的介紹。

　　沙特存在主義的「境遇」觀中，將存在者面對的境遇分為五種：我的位置、我的過去、我的周圍、我的死、我的鄰人。這五種境遇均與其自由的概念有關。沙特的自由是體現在逆境、絕境、對立中的自由，誠如沙特所言：「我們從未比德軍佔領時期更為自由」[35]，在一切權利被剝奪時，在生命被死亡威脅時，也就是耶世培所說的「極端處境」（Extreme Situation）[36]時，人們所作的每一件事及所說的每一句話才有價值，才有莊嚴的實踐力量。環境雖是殘酷的，我們仍持續著狂熱的，幾乎不可能的存在，這是被視為人的命運。尤其在這種「謀殺時代」[37]，人們能勇敢地面對死亡，這是在較安樂的日子裡我們所不敢面對的，這些遭遇是作為人的真實性的深邃根源，在隨時都有死亡的危機下，每個人對其各自生命的抉擇是一種真實的抉擇。在這種境遇下，特別是對投入地下活動者的處境是孤獨的，這是全然的孤寂與殘酷。這些人都知道他們應對其他人負責，但他們各自卻只能依賴自己，他們每一個人在完全孤立中完成他們歷史的責任和任務，「自由而堅決的去成為他自己。在自由中抉擇了自己，既是替眾人抉擇了自由。」[38]因此，郭松棻認為，「沙特存在哲學是處境下的哲學，是實踐的哲學（Committed philosophy）」[39]。於

---

[35] 郭松芬，〈沙特存在主義的自我毀滅〉，頁19。
[36] 郭松芬，〈沙特存在主義的自我毀滅〉，頁20。
[37] 郭松芬，〈沙特存在主義的自我毀滅〉，頁20。
[38] 郭松芬，〈沙特存在主義的自我毀滅〉，頁20。
[39] 郭松芬，〈沙特存在主義的自我毀滅〉，頁20。

是，沙特不斷地奔入處境裡，奔入行動中，而不像耶世培以「超越」或宗教情懷來解決人的存在本身的問題。

我們雖不能說郭松棻是個沙特存在主義的自由追求者，或用「處境中的自由」來稱說郭松棻的社會政治活動（也許陳映真較能體會沙特「處境或逆境中的自由」），但他先後抉擇積極介入保釣運動與統運的「介入境遇」，即使被當時的國民政府打壓而冠上「共匪特務」的污名後，仍以不妥協的姿態繼續在美國實踐他的社會政治行動與理想的「自身所處的境遇」，並呼籲有識之士共同參與，公開批判（而非以「沉默的不」來反抗）「博士買辦集團」，即「個我的鄰人境遇」，以及清楚地說明台灣的境遇，運動的方向與目的，即對「個我周圍境遇」的熟識，他這種「面對困境」與「解決困境」的態度與作為，在在都顯示出他深受沙特「境遇」觀的影響與啟發，是有謀略、有膽識的自由選擇，而非毫無事實根據與理論支撐的盲目行動。

對於這一段經歷，郭松棻從未後悔過，誠如在舞鶴的訪談錄中說道：「生命中最美好的三十至四十幾歲全用在運動上，回想也沒有什麼不好，未嘗不是很有意思的經歷。那時在加州，一有空就到處跑「運動」，也不覺得可惜。現在我沒什麼政治主張，但多少還是個自由派。」[40]郭松棻在此所說的「自由」，想必是不同於沙特的「處境中的自由」，而是具有「自由意志」涵意的「自由」概念。

---

[40] 舞鶴的訪談錄，《郭松棻專輯》，印刻文學生活誌，2005年7月，頁49。

第三節　五四精神的再現與民族主義的鬥士

在「一二九示威大會」中郭松棻的演說辭〈「五四」運動的意義〉[41]中，將保衛釣魚台運動比作「五四運動」。這個比喻來自於兩個運動都是為全體中國人民而發聲的運動。眾所周知，五四運動發生於1919年5月4日的北京，以青年學生為主的學生運動，以及包括廣大羣眾、市民、工商人士等中下階層廣泛參與的一次示威遊行，並以請願、罷課、罷工等方式對抗腐敗軍閥政府與日本帝國主義的侵占。明確地說，他們以「對外」與「對內」為兩個反抗的焦點。對外是反對日本帝國主義侵占中國青島，反對將山東割與日本托管。對內是反對當時腐敗的軍閥政府及其懦弱賣國的外交，於是出現了最具代表性的口號「外抗強權，內除國賊」，這口號也成為「五四精神」的代表。而釣魚台事件也是領土主權歸屬的問題，1970年，中華民國與日本政府皆主張擁有釣魚台的主權，一個月後，美國發表聲明，將於1972年將釣魚台羣島連同琉球一併歸還日本，引發港台保釣聲浪。其後，中華民國與日本達成聯合開採石油的協議，不再堅持主權問題。同年年底，中華人民共和國則主張釣魚台羣島應屬台灣省的一部份，屬於中國的領土。這一連串的主張與協議不久引發來自港台的留美學生於普林斯頓大學商討釣魚台事件，美國地區的保釣運動由此展開。隔年的1月29日，

---

[41] 轉載於《春雷聲聲——保釣運動三十週年文獻選輯》的第五章〈「五四」運動的意義〉，頁314-317。

郭松棻、劉大任所屬的「柏克萊保釣會」率先於美西發起首次
保釣示威遊行,於活動中發表演說「「五四」運動的意義」。

　　兩個運動對照之下,都是以「外抗強權,內除國賊」為
精神號召,換句話說,保釣運動可說是「五四運動精神的再
現」。外抗強權的「強權」不僅指的是日本,還涉及美國的干
政,而這運動的問題核心在於「內除國賊」,誰是「國賊」?
是中華民國內承辦此事的官吏、賣國賊,甚至懦弱無能的政
府。如郭松棻於「一二九示威大會」中的演說辭〈「五四」運
動的意義〉中所言:「五四運動是內外都加以攻擊的,特別要
攻擊的是自己政府官吏的昏聵腐敗。因為這些官吏隨時會忘
記全體人民的利益的,為了個人的利祿可以隨時出賣國家。
(……)今天我們要繼承五四偉大的愛國精神,在保衛釣魚台
的行動上,我們不但反對日本軍國主義,美國帝國主義,同時
更要嚴厲批評國內承辦這件事的官吏,不容出賣國家領土主
權。我們強調這是愛國運動,這是學生運動,愛國家不是盲目
愛政府,盲目愛政府的官吏,而是愛全體中國的人民。」[42]

　　郭松棻強調保釣示威遊行是本著「五四愛國的精神」,這
裡所提的國家,與其說是中華民國,無寧說是郭松棻的「理想
國」,或說他是有條件的對待當時掌握權力的國民黨政權。他控
訴國民黨政權的假民主、假自由,暗地裡做捉人、殺人的勾當;
控訴喊了二十年的反共,事實上是並不反共也不能反共的騙子;
控訴壓迫學生,視學生為草包,不給知識份子言論自由,實行

---

[42] 轉載於《春雷聲聲──保釣運動三十週年文獻選輯》的第五章〈「五四」
　　運動的意義〉,頁315。

愚民政策,甚至組織學生特務打壓自己的同胞[43]。若能對這些指責加以反省,進而變革,以人民的利益打算,才是值得支持的政權。但這裡出現兩難的情況,一方面他要求國民黨政權改頭換面、保衛國土以得民心,另一方面他所訴求的對象是不分台灣、香港和中國大陸的「全體中國同胞」,在演說辭〈「五四」運動的意義〉結尾,他說道:「全體愛國的中國同胞們,讓我們共同攜手,團結起來,在不忘批評譴責的義務下,要求國府爭回釣魚台!這次釣魚台事件對於國民黨政府是一塊試金石。這個政府能不能名符其實地做一個獨立的國家,能不能保護國家的領土,能不能替人民謀利益,單看釣魚台這一遭。釣魚台事件的發展和中國人民對這政權的向背有著決定性的關連。」[44]換句話說,在他的民族主義思想下,對於「國家認同」的問題在此產生了不可兩全的矛盾,以及仍在觀望的政治立場。

　　然而,國民黨政府與日本的協議共同開採石油的決定而刻意避開釣魚台事件未見轉機;中華人民共和國卻至終堅持釣魚台為台灣省的一部份,兩個政府對釣魚台事件的態度與處理方法,身為保釣運動的主導人物的郭松棻當然對前者感到失望、憤慨,轉而向後者靠攏,認同後者。況且他在1971年以筆名龍貫海發表了一篇評論〈三種中國人,一種前途〉[45],又於1972

---

[43] 轉載於《春雷聲聲──保釣運動三十週年文獻選輯》的第五章〈「五四」運動的意義〉,頁316。

[44] 轉載於《春雷聲聲──保釣運動三十週年文獻選輯》的第五章〈「五四」運動的意義〉,頁317。

[45] 龍貫海(郭松棻的筆名),〈三種中國人,一種前途〉,《柏克萊快訊》,缺期號,1971年12月。

年美國正式將釣魚台列嶼與琉球群島交與日本，使保釣運動劃
上句點的同年，他以簡達為筆名，書寫了另一篇評論〈保釣運
動是政治性的，也是民族性的，而歸根究柢是民族性的〉，文
章幾近結尾之處說道：「站在正確的民族性立場上，台灣問題
的解決包括了雙重的工作：第一、台灣是中國的內政問題，更
確切的說，台灣必須解放。台灣人民必須向社會主義過渡。第
二、台灣是亞洲各國家人民求解放要獨立的第三世界革命戰線
上的一個重要的據點。處在這個國際戰略的要點上，台灣必須
在政治、經濟、社會、文化、教育、思想各個崗位上徹底清除
崇洋買辦的反革命因素，正確建立反帝反殖民的革命思想」[46]。
對國民黨政府處理釣魚台事件的方法感到極度不滿，後來選擇
傾向中華人民共和國不僅實現了他的民族主義思想，同時也暫
時性地解決了他的「國家認同」問題。

　　郭松棻對國民黨政府的失望與不滿當然不僅是由於釣魚
台事件，還有對當時國民黨統制下所造成的「台灣境遇」更加
絕望。對此，他在〈打倒博士買辦集團！〉一文中從經濟、軍
事、政治、文化、民生各方面作了詳盡的分析。首先，他認
為，台灣深陷於「半殖民」的境地而不能自拔。在經濟上，美
日的資本霸佔了台灣的市場。美日資本侵入台灣，造成台灣民
族工農商業呈現委縮不振的狀態，反過來又得仰賴外資的救
濟，仰賴外資的結果，勢必剷壓民族工農商業的幼苗，於是民

---

[46] 簡達（郭松棻的筆名），〈保釣運動是政治性的，也是民族性的，而歸根
　　究底是民族性的〉，《東風》1集，1972年，頁6。（本文係在波斯頓釣委
　　會於哈佛大學召開的「七七紀念會」上演講辭）。

族工農商業與外資形成拉鋸戰，形成越來越嚴重的惡性循環。台灣大多數的人民在這惡性循環的折磨下，只有少數從中的受益者，就是「蔣氏財團」。其次，在軍事上，美軍的基地遍佈台灣而不必受台灣牽制，在台灣的美軍有他們自己的雷達網和指揮系統，台北政府無權過問。美軍出入台灣如入無人之境。1950年6月25日，美國發動韓戰，兩天後杜魯門下令派遣美國第七軍艦進駐台灣海峽，這雖然暫時解決台灣被中共解放的危機，但從此美國在政、軍、經各方面不斷地輸入美國勢力，至使在政治上，台灣無法甩脫美國政府的「顧問」。[47]

再者，美國將剩餘農產品硬性推銷到台灣而使台農業生產嚴重受挫，這種情況經濟被滲透是全面性的。為了配合尼克森的「新亞洲政策」，美日勾結越來越緊密，在美國的支持下，日本對台灣經濟侵略日趨緊迫，在一連串「投資」、「貸款」、「技術合作」等方式下，日資無孔不入，壟斷台灣市場的情況僅次於美國，使台灣工農商業紛紛倒閉，失業人口日趨增加。國民黨政府卻誇口經濟繁榮、經濟起飛。甚至當釣魚台愛國運動一發動，有一些人士以為國民黨正向日本政府接洽貸款，不便向日本抗議。其他文化、民生各方面，美日的滲透更是履及劍及，毫不輕鬆放過。台灣儼然成為美日的殖民地。最後，對台灣人民實行愚民政策，人民的人權不能得到保障，人民的言論受到限制，人民的自由受到剝奪，國民黨政府槍口向內，與人民為敵。[48]這就是

---

[47] 轉載於《春雷聲聲——保釣運動三十週年文獻選輯》的第二章〈反強權、保疆土〉，頁274。

[48] 轉載於《春雷聲聲——保釣運動三十週年文獻選輯》的第二章〈反強權、保疆土〉，頁270-275。

台灣當時的處境，台灣人民的處境，也是點燃台灣人民反抗國民黨政府的火苗。

由此可見，郭松棻的左傾向中國大陸的確立是有其對「台灣境遇」絕望的事實根據而為的，並非只是一種「左」的政治思想狂熱使然，雖然於保釣事件以前（1970年7月），郭松棻與劉大任、唐文標在合辦的「大風社」年會上早已提出「學習新中國」的口號，也因此而導致「大風社」的解散。

總而言之，郭松棻在保釣運動中，本五四運動的意義實踐愛全體中國人民的各種舉動，不僅是一種五四精神的再現，也表現出其民族主義的戰鬥思想。

第四節　左派視野中的台灣

郭松棻在前往大陸訪視前所書寫的有關台灣政治、社會、經濟等方面的評論文章，多以民族主義與社會主義的觀點為基礎而成，這點在本章第一節中已有論及。本節將更進一步並專門探討郭松棻的「左派」視野中的台灣又呈現何種風貌？台灣的問題如何解決？台灣的未來道路該如何走？台灣的文學現象又為何？

一、台灣的境遇與未來的前途：關於台灣的處境、台灣的問題，郭松棻於〈打倒博士買辦集團！〉中，從政治、經濟、軍事、民生、文化等方面已具體的闡明台灣正處於受美、日「半殖民」狀態。而〈台灣的前途〉一文則更直接地為台灣的農民、工人、漁民等發出不平之聲，以實際數據顯示農民被剝

削的事實，工人在工業發展的藉口之下被壓榨，因環境衛生而被迫停業的工廠搬來台灣繼續生產等等現象……。問題的原凶與根源正如郭松棻所言：「這是帝國主義者（美、日）將其國內因實行資本主義所產生的弊端如資源問題、勞力問題、市場問題、勞資對立的社會問題，甚至目前才轉趨嚴重之污染問題轉嫁到台灣了，這就叫做「剝削的轉嫁」，是普遍存在於今天國際社會中的問題。世界上沒有比這更險惡的剝削壓榨與侵略了。」[49]以及那些台灣的「統治集團」代表著少數「封建官僚買辦資本家」與帝國主義者相互勾結而加諸於台灣人民的雙重枷鎖。在此，郭松棻強調了現代的買辦們有別於鴉片戰爭以前，他們不僅做政治、經濟、社會、文化的買辦，甚至做「意識型態」上的買辦，如同〈打倒博士買辦集團！〉中所提及的留學生[50]，拐彎抹角地唱和「強權就是公理」、「侵略有理」、「人種優劣」，並自認是「高等華人」。[51]

　　但與台灣人民真正切身相關的大問題是國民黨政府的「暴政」與「包庇」，而「二二八」事件正是最好的例證。1947年2月28日，當台灣人民羣起對抗暴政的革命行動被軍警特務殘殺近兩萬人後，直接犯下罪行的彭孟緝卻沒有受到懲罰，反而變本加厲地設置特務網，嚴密監視台灣人民，製造省籍糾分與對立，並和美日製造兩個中國，宣傳中國人民生處於水生火熱之中假象，而實際上中國人民在推翻了帝國主義的侵略後，

[49] 心台（郭松棻的筆名），〈台灣的前途〉，《東風》1期，頁28。
[50] 見第一章第一節〈知識份子的使命與任務〉。
[51] 心台（郭松棻的筆名），〈台灣的前途〉，《東風》1期，頁28。

正為建設社會主義國家而奮戰不懈。[52]由此更可明顯地見出，郭松棻當時不只是站在台灣人民的立場而發言，而是站在包括中國大陸人民與台灣人民的中華民族（大中華）的立場反國民黨政權，並以社會主義國家（中國大陸）的理想為其依歸。他甚至公開地表示，要解決上述的問題所需要的不僅是「政治革命」，更需要的是「社會革命」，並且強調「唯有實行社會主義才能徹底解決這些問題。」[53]他當時的社會主義其實大部分是一種理想主義，或說僅停留在理論的層次。在他的認知中，「社會主義是反對帝國主義侵迫壓迫的民族主義，是由廣大的工人農人當家做主人的民權主義，是反剝削反壟斷以全體福利為依歸的民生主義。社會主義更是過渡到各盡所能各取所需大同世界的國際主義。社會主義的理論是基於以合作取代競爭以社會服務取代利潤追求而以公平的方式分配利潤及機會。」[54]

於是，郭松棻認為對於台灣未來的前途應效法中國大陸實行社會主義新中國。並對中國大陸各方面的政策給予極高的讚揚。他認為，大陸同胞已打碎了帝國主義的枷鎖，進入初步的繁榮，工業也得到初步的發展，農民的問題基本上已解決，農業已往機械化、電氣化、化肥化及水利化道路行進，經濟以社會為全盤考量之下，先解決全民基本的民生問題，再解決全民醫療衛生問題。重工業的基礎也已奠定，未來民生問題可以得到更深更廣的發展，而不是資本主義下所造成的貧富懸殊現象，經濟上

---

[52] 心台（郭松棻的筆名），〈台灣的前途〉，《東風》1期，頁28。
[53] 心台（郭松棻的筆名），〈台灣的前途〉，《東風》1期，頁28。
[54] 心台（郭松棻的筆名），〈台灣的前途〉，《東風》1期，頁28-29。

的平等已帶來真正的民主。並且,強調為人民服務,強調天下為公。[55]在鼓吹台灣應效法中國大陸的同時,他又根據台灣的特殊的歷史遭遇,提出台灣可為一個「自治區」或「自治政府」的構想,並具體提出台灣自治的主要方針:「一、一切外國勢力必須撤離台灣;二、以台灣工農為主體成立自治政府,處理台灣地方自治事務;三、台灣農業向農業合作化及農業機械化方面前進;四、徹底驅逐外資。在自立更生的基礎上台灣工業經由公私合營逐步轉變為集體所有制;五、重建台灣教育制度以培養為人民服務而非為一己私利服務的知識份子隊伍為目的;六、在實行社會主義的道路上參考大陸各行省各自治區之經驗配合台灣地方情況從事和平的、階段的、持續的改革;七、清除台灣同胞與大陸同胞間之隔閡,互通有無,互相幫助在平等的基礎上為建設中華民族社會主義大家庭而共同奮鬥。」[56]

　　郭松棻為台灣問題所提出的解決方案是學習他理想中的中國大陸社會主義政策,從他所主張的台灣自治政府,也是將台灣歸屬於中國政權統領下的政府,在社會主義之下的中國大一統思想使其「國族認同」問題在這一階段已是昭然若揭。

　　二、台灣的文學現象:對於台灣的文學現象,郭松棻也有其觀感。在〈談談台灣的文學〉中,郭松棻仍延續著他的「民族主義」與「歷史主義」思想根底而批判台灣的「殖民主義文學」。他區分出台灣戰前與戰後兩個不同本質的台灣文學與殖民主義的關係。前者是日據時代的台灣「鄉土」文學,日本文化、

[55] 心台（郭松棻的筆名）,〈台灣的前途〉,《東風》1期,頁29。
[56] 心台（郭松棻的筆名）,〈台灣的前途〉,《東風》1期,頁29。

思想上推行種種「歸化運動」,「企圖使台灣人民與中國大陸斷絕思想和感情上的聯想,閹割漢民族的意識」,文人在這種殖民政策下尋找縫隙,「表現民族的淪落、辱沒、反抗和鬥爭」,如賴和的〈善訟人的故事〉、楊逵的〈無醫村〉、張文環的〈閹雞〉、呂赫若的〈牛車〉,以及寫於日據時代而出版於戰後的吳濁流的《亞細亞的孤兒》,他們在技巧上雖稍嫌粗糙,但內容富鄉土色彩,主題與歷史息息相關;後者是戰後美國經濟與軍事支援下的殖民現象,以及「全盤西化」為活動基調所導致的台灣「現代」文學,如小說中的白先勇、七等生、王文興,詩中的余光中、洛夫、周夢蝶,散文中的張秀亞、曉風等,他們在形式上錯綜複雜,內容卻脫離現實,主題往往與歷史相背。[57]

郭松棻對於戰後受西方思潮影響下的台灣現代文學尤其帶有微辭。他認為,這些文人「遺忘了自己民族的形象,而去追逐西方的神,在意識上已經主動向西方繳械,而且更用自己的手往自己的身上套上他們文化殖民主義的枷鎖,(……)這些文人與一些以民族主義為主幹的台灣文學背道而馳,更與大陸五四運動以來的文學主幹也大相逕庭。」[58]引領現代風潮的作家又可分為兩種:一是受僵化的反共思想薰陶的軍中作家;二是為西方各種思潮總代理的學院作家。而抱持民族主義的台灣知識份子在殘酷的政治現實(「二二八」事變)下只好沉默。只有少數生於台灣長於台灣,並親身經歷這個事變的作家,在抱

---

[57] 羅隆邁(郭松棻的筆名),〈談談台灣的文學〉,《抖擻》創刊號,1974,頁48。
[58] 羅隆邁(郭松棻的筆名),〈談談台灣的文學〉,《抖擻》創刊號,1974,頁49。

持單純的民族主義而提出修正台灣文學創作的作家，如吳濁流的《無花果》首先作了初步的嘗試。[59]

　　除了吳濁流之外，尚有鍾肇政、鄭煥、廖秀清、林鍾隆、葉石濤等人為代表的作家，這輩作家「多能以鄉土的背景襯托近代民族的坎坷。他們直接以歷史作為主題，個人的遭際配搭著歷史的起伏」，雖然他們「文字較刻板，意象不新穎，佈局結構不夠洗練脫俗」，但它們的題材選取上呈現出台灣各種面貌。這種具有「歷史透視法」的寫作方式不同於現代派。而較年輕的作家，如黃春明和陳映真，他門在技巧方面已略有進步。[60]

　　思想受西方漂白的學院作家大部份是來自於大學的外文系的師生們，而一些雜誌也起了推波助瀾的功效，如五○年代的《文學雜誌》、《現代文學》，甚至七○年代的《中外文學》；西化最嚴重的是詩，如紀絃創辦的《現代詩》、《創世

---

[59] 羅隆邁（郭松棻的筆名），〈談談台灣的文學〉，《抖擻》創刊號，1974，頁49-50。

[60] 羅隆邁（郭松棻的筆名），〈談談台灣的文學〉，《抖擻》創刊號，1974，頁53。郭松棻說道：「有人將這一輩作家的文學歸入鄉土文學之列。這可能引起一些誤解。鄉土也者，事實上指的是這輩作家所取自的素材而言。他們以台灣鄉土風物為襯托的背景，而所要表現的並不止於地方的人情習俗。他們志不在編寫地方誌。他們刻畫的人物和事件，倘能在技巧和內容上都臻於完美，則比那些以都市生活為素材的台灣現代派所刻畫的，更能代表近代亞洲人的命運，象徵二十世紀的歷史。然而，鄉土文學一詞不但容易引一般人想入非非，即使作家本身有時也受其牽連。以「笠」詩社為例，他們所標懸的鄉土意識有時竟淪為收風集俗，作俚語土話的展覽，賓主易位，不是以鄉土襯托主題，而變成主題就是鄉土的單純描繪。」，參閱羅隆邁（郭松棻的筆名），〈談談台灣的文學〉，《抖擻》創刊號，1974，頁54。

紀》詩刊。這些作家所嚮往的西方文學其實不是資本主義下所
標榜的個人、民主、自由，反而是「個人的失落」、「自由的
可怕」、「社會的僵化」、「神的死亡」，如艾略特的《荒
原》、奧登的《不安的年代》、卡夫卡的「夢魘的世界」、卡
繆的「荒謬世界」、海明威的「死亡世界」等等，這無疑是齊
唱西方文化的沒落和個體的虛無頹廢。[61]現代主義將個人的感受
放大，現實歷史縮小。崇尚個人意識流片面活動的捕捉。「這
些剽竊西方書架上的感情，而要拿它套在台灣社會現實身上，
其始於格格不入，終而陰錯陽差」，「民族主義的感性經驗和
現代主義的感性經驗差距是相當大的。」[62]以致連批評界也染上
西化的習氣，尤其是美國形式主義當道，也就是所謂的「新批
評」。這種新批評忽視主題而著重修辭，使若干作家便刻意經
營光怪陸離的效果，如小說中的七等生，詩中的洛夫、葉珊、
葉維廉。[63]

　　對於新批評的主張，郭松棻在後來的訪談錄中說道：「那
時當然有些排斥，無法接受，可是後來回頭去看，慢慢覺得
「新批評」也是蠻了不起的一個運動。」[64]對新批評的主張改
觀，似乎也關涉對現代主義的改觀。郭松棻的整篇〈談談台灣

---

[61] 羅隆邁（郭松棻的筆名），〈談談台灣的文學〉，《抖擻》創刊號，1974，
頁50。

[62] 羅隆邁（郭松棻的筆名），〈談談台灣的文學〉，《抖擻》創刊號，1974，
頁54-55。

[63] 羅隆邁（郭松棻的筆名），〈談談台灣的文學〉，《抖擻》創刊號，1974，
頁55。筆者按：「新批評」不僅產生自美國和發展於美國，而且也在英國
發揚光大，因此，我們經常稱之為英美的「新批評」。

[64] 簡義明訪談錄，頁154。

的文學〉的論述核心都聚焦於以民族主義、歷史主義為前提的「反殖民主義文學」，處處對心甘情願接受戰後西方對台灣的文化「新殖民主義」的現代主義作家大肆批判。但從郭松棻在十幾年後執筆創作的作品中，亦可見出他在寫作技巧上，甚至題材上所受到的現代主義影響頗深。關於這一點，請參閱第三章〈創作的開始與意識型態的轉型（I）──郭松棻小說的創作美學〉及第四章〈創作的開始與意識型態的轉型（II）──郭松棻小說的主題意識〉。

第五節　「中國」意識的否定與社會主義再思考

　　長期對左派思想與理論深感興趣，並主張民族主義，關懷全體中國人民的郭松棻，對中國大陸懷有憧憬與向望是可被理解的，再加上中國大陸在海外的統戰政策也發揮它的作用，如在保釣時期，邀約保釣人士（包括郭松棻）訪問大陸，就是最佳的統戰方法。郭松棻當時因保釣運動正於如火如荼的階段，也是保釣變質為統運時期，不宜離開美國，而婉拒這項邀約，直至1974年7月於聯合國工作時，才與父親郭雪湖、妻子李渝，以個別性的訪問活動，赴大陸勘察。42天的大陸之行，在廣州看到大陸人民的魯莽行為，在北京參觀「大寨」樣板農村，在上海、南京看到虛假不實，刻意做出來的景點，被塗掉、挖空的早期共產黨的照片，根據郭松棻的說法：「在鬥爭過程中這些人失敗了，被鬥垮了，就被後來得勢的人給抹去，這完全是模仿蘇聯的，托洛斯基失敗以後，所有他曾經出現的照片都被

挖空。」[65]，此外，中國大陸幹部甚至以中國字畫、名貴的盆景
與器物作為統戰的交易品，而事實上，如郭松棻自述：「整個
旅程下來，你就會發現整個大陸貧窮得難以想像。」[66]

　　中國之行使郭松棻受到很大的衝擊，無論是對中國大陸的
政權與政策還是人民的品性徹底失望。但這並不表示對社會主
義本身的信念與理想也徹底失望。郭松棻對於這段經歷說道：
「從中國出來之後，我沒有馬上回到紐約，而是在香港、日本
多待了兩個星期左右，這段時間我回憶起那42天的中國之行，
愈想愈不對，覺得中國除了落後之外，根本不是社會主義。社
會主義必須要到資本主義高度發展之後，下一個階段才會出現
的東西，中國那時根本沒有這樣的條件，很失望。」[67]反觀其他
保釣時期的同伴，從大陸回美後，雖然也帶著失望、質疑的心
情，但大致說來，所受到的衝擊並沒有那麼大，像劉大任對中
國的批評反應就比較遲。而在聯合國的香港同事，「對中國政
治的看法，經濟的落後就比較無所謂，不管文革也好，改革開
放之後的經濟變革也好，他們都支持，反正都是祖國，都要擁
護，都要擁戴。」[68]這種無條件地盲目支持國家政府的看法當然
與郭松棻格格不入。郭松棻對自我的中國意識否定，對中國大陸
政府否定，同時也對國民黨政府否定。在簡義明的訪談錄中，他
甚至將毛澤東在文革時的殘酷行為與蔣介石視為同一：「我聽過
一個例子（文革駭人聽聞的例子）是，一開始讓你吃飯，後來

---

[65] 簡義明訪談錄，頁163。
[66] 簡義明訪談錄，頁163。
[67] 簡義明訪談錄，頁164。
[68] 簡義明訪談錄，頁165。

就慢慢少，最後飯沒得吃，就叫你吃皮帶，毛澤東真正要整起啊，你難以想像的，絕對不留情，當然，台灣這邊的蔣介石也一樣。台灣在1947年228事件之後，有好幾年的時間，在報紙上都可以看到匪諜被殺的新聞，那時我家是訂《台灣新生報》，每天看到的就是殺、殺！到底是不是匪諜，沒有人知道。」[69]

　　此後，郭松棻仍繼續鑽研馬克思主義。郭松棻的政治理想是馬克思的社會主義，而非中國大陸毛澤東式的共產主義，更不是蔣介石政府的假民主主義。換句話說，他當時是對自己的中國意識加以否定，但對社會主義的理想仍具有信心。因此，郭松棻開始關注的是法國的政治發展，他認為法國總統密特朗將「有些企業收歸國有，感覺比較接近社會主義的理想。」[70]但他後來自認：「我那時還是理論上去推想比較多，在政治的實際層面，應該還是折衷和務實派比較多。」[71]

　　然而，從郭松棻的政治思想中，我們可以覺察，他是將「國家」與「政府」的概念區分開來的，因此，前述的中國意識指的應當是在毛澤東統治下的中國，而非抽象概念的「中國」，這也是為什麼對毛澤東統治下的中國失望後，仍繼續研讀馬克斯主義，並關注法國的社會主義的原由。就如同他批判反對的是蔣介石政權下的「台灣」的中華民國，但並非「台灣」這塊土地，他的故鄉。由此可見，從他的政治理想的角度來看，他對實現社會主義中國理想的堅持是不變的；但從現實

---

[69] 簡義明訪談錄，頁165。
[70] 簡義明訪談錄，頁165。
[71] 簡義明訪談錄，頁165。

的角度出發，他的確陷入了「國家認同」的泥沼裡。范明銘如
稱之為「亞細亞的新孤兒」[72]，筆者卻認為，在對兩邊的政權
都失望後的郭松棻，並無意於確定自己的國家歸屬問題，而是
任由現實的情況順勢而為，比如在1989年從國民黨的黑名單上
被塗消後，首次回台灣參加父親郭雪湖舉辦的「創作七十年回
顧展」時，所持的是中華民國分發的護照。對郭松棻而言，這
只是代表「國籍」是中華民國而已，並非回頭認同這個政府、
這個「國家」。明確地說，在政治理念與理想明白清楚的立場
下，並不存在對國家認同失焦，無所依歸，被壓迫的「孤兒」
情結。即使他曾經在1982年的表白從小就有吳濁流筆下的「亞
細亞的孤兒」心態：「從小他就覺得台灣人是被欺負的、被踐
躪的，也就是說，他是在吳濁流所說的「亞細亞的孤兒」心態
中長大的。」[73]這段話只能說明郭松棻從小就對國民黨政府對
待台灣人的態度不滿，在成長過程中，曾經有過「亞細亞的孤
兒」心態，但畢竟後來在個我意識中建立起明確的政治思想與
理想，這種「孤兒心態」應是不復存在的，取而代之的是「危
機意識」，如他所言：「我整個人是一輩子處於危機狀態，危
機意識強得很，沒有一刻是你覺得可以舒舒服服活的，人嘛！
你安心過日子，代表你已妥協了。但危機意識又是會造成自己
生命中很大的負擔，憂鬱症會找上你。做人真的是很難的，難
中怎麼求得心安理得這是非常不容易的。你有時覺得自己心

---

[72] 范銘如，〈亞細亞的新孤兒〉，《聯合報》，2002年10月20日。

[73] 李怡，〈昨日之路：七位留美的左翼知識份子的人生歷程〉，《春雷聲
聲》，台北：人間出版社，2001，頁753。

安，其實是沒有理由的，這個世界沒有理由讓你這麼心安，你自己暫時選擇苟活罷了！」[74]他上述所言的年代已是2004年，台灣政黨輪替，中國大陸開放多年之時。

　　再者，郭松棻不僅對毛澤東政權下的中國失望，對中國大陸人民的品性也有責難，這是否造成他民族主義的主張幻滅呢？筆者認為，在馬克思社會主義的政治思想主導下，郭松棻仍是對工農無產階級賦予同情的，無論是對中國大陸、香港或者是對台灣。更何況他在1970年為紀念殷海光老師，以筆名夢童所寫的短篇小說〈秋雨〉中，不僅批評了在美國機場所見的中國人裝扮，也批評了台灣的中國人在台灣機場的喧鬧、推擠、撕打的行為[75]。並於1983年以筆名羅安達發表創作〈三個小短篇〉中的一篇〈姑媽〉，流露出對生活在毛澤東執政的「文革」時期的姑媽無限憐憫之情。由此可見，他的民族主義思想實際上並沒有因1974年的中國大陸之行而幻滅。即使人民，尤其是無產階級人民的素質不如他所期望，但他們終究是無辜的，也是受害者，一切都是政府官員在背後操弄政治手段，玩弄人民，殘害人民，人民敢怒不敢言，默默地承受。然而，他的民族主義思想就如同他的社會主義理想，也許我們可以說，在現實世界的局勢限制下，此後，似乎也只能停留在思想與理想之中而無法具體實現。但他在廖玉蕙的訪談錄中曾說道：「左派不知道什麼時候又要再來過，不會從此就這樣一蹶不振

---

[74] 簡義明訪談錄，頁166。
[75] 夢童（郭松棻的筆名），〈秋雨〉，《郭松棻集》，台北：前衛出版社，1997第三刷，頁222。

的。你看馬克思在歐洲搞了多少次，三、四十年一次，三、四十年一次。」[76]足見他對左派思想與馬克思主義實現仍抱持著樂觀其成的態度。

第六節　結語

綜合上述，郭松棻對於自己的政治左傾意識的啟蒙說法有兩種：一是大學時期覺得存在主義與自己的左傾思想謀合；二是直接歸因於存在主義，尤其是沙特的存在主義。無論是哪一種說法，他的政治意識的左傾都與存在主義脫離不了關係，但在存在主義哲學家中，除了沙特屬於哲學與生活結合的行動派哲學家之外，其餘的存在主義哲學家，如基克嘉（Kierkegaard）、海德格（Heidegger）、耶世培（Karl Jaspers）、馬歇爾（Gabriel Marcel），都退居於各自的角落，過著靜穆避世的生活。因此，在青年時代熱血沸騰的郭松棻與行動派的沙特相遇，便擦出燦爛的光輝火花。

在郭松棻針對沙特及其思想、文學寫下的兩篇評論文章〈沙特存在主義的自我毀滅〉和〈這一代法國的聲音——沙特〉中，對其存在主義思想與文學是貶多於褒，但對其人生態度、生命情調、積極入世、化思想於實際行動的存在方式又是讚譽有加，於是沙特成為郭松棻心目中的理想知識份子的典範，更是他身為知識份子所效法的最佳對象。以沙特「介入行

---

[76] 廖玉蕙，〈生命裡的暫時停格——小說家郭松棻、李渝訪談錄〉，《聯合文學》，第225期，2003年7月號，頁117。

動」、「介入境遇」為知識份子的衡量標準，〈打倒博士買辦集團！〉中的所提到那些台灣博士留學生不關心時事、國事的鴕鳥心態、「學而優則仕」的封建思想和回台一年半載銷售洋知識的行為，必然受到郭松棻的鄙棄、唾罵，更何況當時正值釣魚台事件延燒時期。

至於郭松棻個人受到沙特的影響，筆者從兩方面說明，一是以社會政治活動治療自身的虛無感；二是沙特「處境」或「境遇」（Situation）觀。對於從高中時期就感到什麼都沒意義，都沒意思的郭松棻，在美受到學潮、學運的刺激，促使他長期接觸沙特的事蹟而發揮了行動效應，也同時建立了他的左派思想。於是，釣魚台事件一發生，郭松棻便積極投入保衛釣魚台的活動中，在一連串的保釣行動中，他尋得他的人生施力點，也如沙特一般藉由不斷地示威、辦報、演講等行動，治療自己的虛無感，以在社會政治行動中找到奉獻個我的意義，也在其中創造個我的存在價值。

其次，郭松棻的保釣行動並非只來自他的政治狂熱，還有他對周遭境遇、對台灣境遇、對他人境遇、對個我處境的瞭解，這些對各方面「境遇」或「處境」的認識與瞭解也是來自於沙特的「境遇」或「處境」觀，只不過沙特的「境遇」或「處境」觀與其自由的概念緊密相關，也就是所謂的「境遇中的自由」。郭松棻並不在追求、實踐「沙特的自由思想」，但深知對各方面的「境遇」或「處境」的重要性，掌握了「境遇」或「處境」，才能認清行動的方法、方向與目的。

　　郭松棻尤其對當時台灣的境遇瞭若指掌。在〈打倒博士買辦集團！〉中，將台灣當時如何在軍、政、經各方面都因腐敗無能的政府而受到美、日的干預、控制、壟斷，成為半殖民狀態的前因後果分析得鞭辟入裏，也因此對那些連軍國主義、資本主義、帝國主義、殖民政策、愚民政策等都弄不清的留美博士更加氣憤與唾棄。更不用說他們能為保釣運動盡一份什麼力量。

　　還有一種留學生是郭松棻欲當面指責的對象，那就是當國民黨政府特務的職業學生。在「一二九示威遊行」的演說辭〈「五四」運動的意義〉中，他以保釣運動是五四運動的再現，以「外抗強權，內除國賊」的五四精神，以保釣運動是愛國運動為號召，試圖喚醒那些特務學生的良知。進而釐清愛國不是愛某個政府、愛某個政權、愛某個政黨，而是愛「全體中國人民」。這篇演說辭和「七七紀念會」上的演講辭〈保釣運動是政治性的，也是民族性的，而歸根究柢是民族性的〉都透露了郭松棻的民族主義思想，同時也揭露他的「國家認同」問題，甚至可以說，揭露了他的左派「中國」意識。這是由於當時郭松棻對中國大陸的實際狀況還並不瞭解，只能從美國所獲得的中共美化了的宣傳資料中去認識中國大陸，加上對馬克斯政治經濟（社會主義）思想的嚮往所致。

　　郭松棻的左派「中國」意識在〈台灣的前途〉一文中更是昭然若揭，在民族主義與社會主義的理想下，除了更明確、更數據化地批露台灣農民、工人、漁民在美日資本主義下被剝削壓迫，以及特務政府的恐怖政策逼至無可忍受的地步，並同時毫無保留地主張台灣各方面的政策效法中國大陸，以解決台

灣問題。並具體提出「自治政府」的實行方針，將台灣視為中國的一部分。這種左派視野中的台灣也表現在文化上。〈談談台灣的文學〉中，郭松棻仍秉持著民族主義思想，反日據時代的殖民主義文學和戰後的西方的新殖民主義文學，尤其對於後者，也就是現代主義文學，將西化的作家作品看成剽竊西方書架上的情感。並且，所嚮往的西方文學正顯露西方文化的衰竭與沒落，西方個人主義的虛無與空幻。對於西方的著重修辭而輕忽主題的「新批評」方法引進台灣更是不以為然，但是歲月的凝練使他在後來改變了對「新批評」，也改變了對現代主義的看法，否則在他未來的文學創作中也不會抹上了一層濃厚的現代主義色彩。

大陸之行揭開了中國的落後貧窮，行政制度的不完備，人民素質品性的低落，而帶著失望、質疑的心情回到美國。雖然中國的現況對郭松棻來說造成頗大的衝擊，但他並沒有因此而放棄心目中的社會主義的國家與民族統一的理想，繼續研究、思考馬克思主義，並留心法國的政治動態，以求尋獲社會主義國家範例。並始終主張民族統一，這一點可從他前後所寫的兩個小短篇小說〈秋雨〉與〈姑媽〉中見出。關於這兩篇小品，筆者在第四章談論郭松棻小說的主題意識中有深入的探討。

從訪問中國大陸而失望後，就現實的角度來說，郭松棻的「國家認同」問題彷彿更加撲朔迷離。但從他對這方面的沉寂與態度來看，加上他往後所關注的焦點轉移到西方，尤其是又回來談論沙特與卡繆的思想論戰，以及歐洲政治情勢的情況看來，他是無心也無意於處理這個問題。從他人的眼裡，特別

是在某些台灣學者的眼裡，他成為吳濁流筆下的「亞細亞的孤
兒」或說范銘如所謂的「亞細亞的新孤兒」[77]，但從此懷著個我
的政治理想在聯合國工作的郭松棻，也許當時自認為「世界公
民」也不是不可能的。也或許認為這個問題根本不存在。

　　總而言之，在2005年郭松棻過世前，他改變了2003年在廖
玉蕙的訪談錄中對左派馬克思主義實現的樂觀態度，表明自己
已沒有什麼政治主張，然而，回想與反省當時的保釣運動與統
運時，他說道：「左翼是很美麗的。如瞿秋白一般的文人不適
合搞政治運動。瞿秋白無奈捲入了大時代的潮流，不得不作，
最後留下了一篇〈多餘的話〉說出心裡的話。目前台灣對「保
釣」負面評價，但七〇年代，不僅海外，台灣的知識份子普遍
對中國之為祖國也有一種情懷。鄭鴻生後來寫的《青春之歌》
就寫了七〇年代台灣左翼青年的一段如火年華，寫的很好。今
天以台灣意識否認當時曾經存在的情境，連帶全盤否定「保
釣」是不恰當的，不公正的。」[78]

---

[77] 范銘如，〈亞細亞的新孤兒〉，《聯合報》，2002年10月20日。
[78] 舞鶴的訪談錄，《郭松棻專輯》，頁49。

第二章　郭松棻的政治思／理想試探

> 讓我們從以下的事實出發：人是存在於世界之中。這也
> 就是說，被包圍的散模性和超越的謀劃是同時的。作為
> 謀畫，它保障著超越其環境。（沙特）[1]

　　1974年赴中國大陸之前，郭松棻便撰寫評論〈戰後西方
自由主義的分化——談卡繆和沙特的思想論戰〉[2]首篇，1977
年續寫〈戰後西方自由主義的分化——談卡繆和沙特的思想論
戰〉[3]。其間則執筆談論卡繆的思想概念三篇〈從「荒謬」到

---

[1] Jean-Paul Sartre, *Cahiers pour une Morale*, éd. Gallimard, Paris, 1983, p.629.所謂的「散模性」即由於「自為是被一種不斷的偶然性所支持的，它承擔這種偶然性並與之同化，但卻永遠不能清除偶然性。自在的這種漸趨消失的不斷的偶然性糾纏著自為，並且把自為與自在的存在聯繫起來而永遠不讓自己被捕捉到，這種偶然性，我們稱之為自為的散模性（facticite）。正是這種散模性能夠說自為存在，自為真實的存在，儘管我們永遠不能實現這散模性，儘管我們永遠要通過自為把握這種散模性。」

[2] 羅安達（郭松棻的筆名），〈戰後西方自由主義的分化——談卡繆和沙特的思想論戰〉，香港《抖擻》雜誌，第2期，1974年3月。

[3] 羅安達（郭松棻的筆名），〈戰後西方自由主義的分化——談卡繆和沙特的思想論戰〉，香港《抖擻》雜誌，第23期，1977年9月。

〈反叛〉──談卡繆的思想概念（一）〉[4]、〈自由主義的解體
──談卡繆的思想概念（二）〉[5]、〈冷戰年代中西歐知識人的
窘境──談卡繆的思想概念（三）〉[6]，同年年底與1978年發表
〈戰後西方自由主義的分化──談卡繆和沙特的思想論戰：現
代宗教法庭與新教義〉[7]、〈戰後西方自由主義的分化──談卡
繆和沙特的思想論戰：替無產階級規定歷史任務〉[8]、〈戰後西
方自由主義的分化──行動中的列寧〉[9]，其後停止書寫「戰後
西方自由主義的分化」系列。1978年9月到1979年3月，翻譯聖
地牙哥・卡里略（Santiago Carrillo）的著作《歐洲共產主義與
國家》第一章到第四章[10]，翻譯未完成便中斷。

　　若根據標題來劃分，上述評論文章可分為三個部分：一、
戰後西方自由主義的分化；二、卡繆的思想概念；三、歐洲共

---

[4]　李寬木（郭松棻的筆名），〈從「荒謬」到〈反判〉──談卡繆的思想概
念（一）〉，《夏潮》，第14期，1977年5月。

[5]　李寬木（郭松棻的筆名），〈自由主義的解體──談卡繆的思想概念
（二）〉，《夏潮》，第15期，1977年6月。

[6]　李寬木（郭松棻的筆名），〈冷戰年代中西歐知識人的窘境──談卡繆的
思想概念（三）〉，《夏潮》，第16期，1977年7月。

[7]　羅安達（郭松棻的筆名），〈戰後西方自由主義的分化──談卡繆和沙
特的思想論戰：現代宗教法庭與新教義〉，香港《抖擻》雜誌，第24期，
1977年11月。

[8]　羅安達（郭松棻的筆名），〈戰後西方自由主義的分化──談卡繆和沙特
的思想論戰：替無產階級規定歷史任務〉，香港《抖擻》雜誌，第26期，
1978年3月。

[9]　羅安達（郭松棻的筆名），〈戰後西方自由主義的分化──行動中的列寧
主義〉，香港《抖擻》雜誌，第27期，1978年5月。

[10]　聖地牙哥・卡里略（Santiago Carrillo），《歐洲共產主義與國家》，羅安
達（郭松棻的筆名）譯，第一章到第四章，香港《抖擻》雜誌，第29，
30，31，32期，1978年9月-1979年3月。

產主義與國家（包括蘇聯的列寧主義）。但從內容上來看，
「戰後西方自由主義的分化」的部分中的前兩篇「談卡繆和
沙特的思想論戰」實際上也是以批判卡繆的思想為要點，而論
戰中有關沙特的思想部份，僅點到為止，並未明確交待，除了
〈戰後西方自由主義的分化－談卡繆和沙特的思想論戰〉首
篇，以簡短的篇幅論及沙特戰後思想的轉變與立場，以及思想
論戰的起因外，便轉向批判卡繆思想。這裏產生一個問題，郭
松棻是以什麼立場來批判卡繆的思想呢？筆者認為是以馬克思
主義者的立場，雖然他在批判卡繆的思想篇章中並沒有明確的
表達他的政治思／理想。這是筆者所遇到的難題。然而，從他
批判卡繆的歷史觀、形上（或被動）的反神論，以及說明卡繆
對馬克思主義實踐後所造成的弊端的批評，可以反過來推斷他
批判的論述基礎在於馬克思主義意識型態：重歷史與現實、無
神論、馬克思主義理論與實踐之間的差距。這或許也是為什麼
郭松棻之所以對沙特的思想留下空白的原因之一。就筆者的推
斷，其他的原因在於：一來沙特的某些觀念與馬克斯主義不謀
而合；二來沙特對共產主義是表同情的態度；三來沙特思想中
的政治元素較接近郭松棻的政治思／理想。

　　郭松棻的這一整個系列相關的論文和他的翻譯都是以馬克
思主義為核心而延伸出來的作品。突顯西歐資本主義下的自由
主義的分化與限制，以及西歐自由主義的知識份子思想中不符
合馬克思主義的元素（對卡繆思想的批判）；從歷史中攤開實
踐馬克思主義國家的變質與種種問題（行動中的馬克斯主義所
帶來的弊端，包含列寧主義）。郭松棻（卡繆亦然）從歷史中

看見馬克斯主義的實踐所造成的獨裁專政和暴力行為，而認為實踐人道主義的馬克思主義國家、社會所欠缺的是「法治」與「民主」，因此馬克思主義有「再修正」的必要，此時出版的《歐洲共產主義與國家》具體呈現了郭松棻理想中「民主的社會主義」，於是他立即認同式地翻譯了這本著作（雖仍有兩章尚未完成）。郭松棻在1979年停止翻譯的原因有二：一是由於身心都出現毛病，無法繼續工作（見附錄一）。二是他「後來的興趣轉變了，覺得無力再去做整理了……。」[11]

在這樣的政治思想脈絡下來看，即使發表這些文章時，中國大陸的文革已結束，並不表示郭松棻當時對馬克思主義的推崇也喪失，他其實仍然是個「再修正的馬克思主義者」或「民主的社會主義者」。誠如郭松棻自述：「當時文革結束後，我依舊在左派的這些思潮裡輾轉了很多年，其實並非走不出中國的陰影，而是想要找到另外的可能出路。那時唸左派的最重要的原因是，我自己的思想還沒有過去，文革過去了，但自己的問題還沒有解決。」[12]

以下針對「從對卡繆的批判看郭松棻的政治思／理想」、「郭松棻對行動中的馬克思主義的反思」（從歷史中看馬克思主義的實踐），以及郭松棻理想中的「民主的社會主義」（再修正的馬克思主義）這幾點來談論郭松棻的政治思／理想。

---

[11] 簡義明訪談錄，頁142。
[12] 簡義明訪談錄，頁145。

第一節　從對卡繆的批判看郭松棻的政治思／理想

關於郭松棻對卡繆思想的批判，我們可從以下幾點來說明：一、對歷史的誤解；二、《叛徒》中的形上的無／反神論；三、被動的反神論；四、向馬克斯主義挑戰。前三點明顯地與馬克斯主義某些構成因子相違背，而最後一點則直接點出卡繆從歷史中覺察馬克思主義實踐中所造成的危害。

郭松棻於〈戰後西方自由主義的分化——談卡繆和沙特的思想論戰〉首篇中，在介紹卡繆和沙特的思想論戰的起因[13]前，先對於這兩位西方自由主義知識份子代表在戰後思想發展作了一個簡單的比較：「戰後的幾年間沙特的思路步步在更新，隨時揚棄過去的思想，攝取現實中新的經驗，溶造新的思維觀點。卡繆就躊躇不前，青春期的虛無感受和荒謬主義的世界觀一直蠱惑到他的中年。在思辯的過程裏，卡繆隨時表示效忠他早年建立的荒謬體系。」[14]這段話已透露出郭松棻對於卡繆思想

---

[13] 沙特與卡繆的思想論戰筆端於1952年，批評家尚桑（Francis Jeanson）在沙特主編的月刊《現代》（Les Temps Modernes）對卡繆剛出版的小說《叛徒》加以嚴厲的斥責。這事件直接導致沙特與卡繆這兩位已有十年交情的思想家之間的決裂。在公開回覆信中，卡繆對話的對象是沙特，他刻意以「主編先生」稱之，並稱尚桑為「你的書評家」，可見其憤慨的程度以達極點。沙特也以公開信的方式回應，這一來一往成為令人矚目的思想論戰。參閱羅安達（郭松棻的筆名），〈戰後西方自由主義的分化——談卡繆和沙特的思想論戰〉，香港《抖擻》雜誌，頁2。

[14] 羅安達（郭松棻的筆名），〈戰後西方自由主義的分化——談卡繆和沙特的思想論戰〉，頁1。

在戰後仍固步自封的不以為然，而認為知識份子應隨著現實的步調與改變而有更新的思想。

並且，這已涉及郭松棻的歷史觀問題（馬克思主義歷史觀）。更進一步說，關注現實的脈動就是重視歷史的意義，歷史與現實實際上是不可分割觀之，大環境的改變隨之而來的是對歷史的關注的改變，應採取不同的因應措施，而卡繆思想中的問題首先就在於他脫離現實並站在歷史之外，也就是誤解了「人根本在歷史中」的事實，而鎖囚在他自己的荒謬世界裏。而且，歷史的意義是在參與行動中所賦予，而不是在歷史進程中等待意義的出現。介入行動也就是介入歷史，而不是在現實不斷成為歷史中一味地保持中立與防衛態度。郭松棻的歷史觀與沙特非常相近，這是為什麼郭松棻在「歷史」的問題上經常透過沙特的觀點批判卡繆「對歷史的誤解」，雖然其中也有些許的歧異。

一、對歷史的誤解：沙特與卡繆的思想論戰，根據郭松棻的歸納為「卡繆指責沙特對蘇聯苛刻──例如集中營──的容忍；沙特的答覆是，卡繆如此處之超然，與歷史脫節，和抽象結合，怎麼能對當代所進行的各項政治、社會上的鬥爭有所了解，從超然抽象的觀點看歷史上的鬥爭，所得之結論也終究陷入超然抽象。知識份子所依持的知性和意理，倘不納入現實去運作，必然會被拋出歷史運行的軌道之外，知識就不能在現實裏生根，知識份子也就成為站在歷史發展之外的「異鄉人」，只能對現實作壁上觀，而不能參責其間。」[15]簡言之，這兩位法

---

[15] 羅安達（郭松棻的筆名），〈戰後西方自由主義的分化──談卡繆和沙特的思想論戰〉，頁2。

國著名的思想家爭辯的核心在於「怎麼看待和解釋近代史的問題，以及個人與歷史之間的關係問題。」[16]筆者在第一章說到，郭松棻對沙特在政治、社會上的「介入行動」深表讚許，而在此對於戰後卡繆的侷促不前感到有失知識份子的立場與態度是可想見的，無論是在思想上、現實上，還是與歷史的關係上。

關於上述沙特與卡繆思想論戰的核心問題，郭松棻在〈戰後西方自由主義的分化——談卡繆和沙特的思想論戰〉首篇中並沒有繼續談論，而是偏向談論引起論戰的卡繆小說《叛徒》中的形上學與其被動的反神論。而這個有關兩人對「歷史」的不同看法，卻是在〈自由主義的解體——談卡繆的思想概念（二）〉與〈冷戰年代中西歐知識人的窘境——談卡繆的思想概念（三）〉中得到較為明確的闡發。

郭松棻在〈自由主義的解體——談卡繆的思想概念（二）〉的「反反歷史主義」一節中說到：「在答辯的公開信裏，卡繆毅然表明介入歷史的重要性，並且以當前的社會情況而言，他指責純粹反歷史主義和純粹歷史主義是同樣的要不得。」卡繆強調「書（《叛徒》）裏表明，唯歷史是信的人向恐怖政治邁進，全然不信歷史的人認許恐怖政治的存在。書裏同時提及「兩種無效：無為的無效和破壞的無效」。「兩種無能：善的無能和惡的無能」。最後還特地言及，正如「否定歷史等於否定現實」，同樣的「視歷史的自足的整體等於遠離現實。」」[17]郭松棻認為，

---

[16] 羅安達（郭松棻的筆名），〈戰後西方自由主義的分化——談卡繆和沙特的思想論戰〉，頁2。

[17] 李寬木（郭松棻筆名），〈自由主義的解體——談卡繆的思想概念（二）〉，《夏潮》，第15期，1977，頁17。

卡繆是以自由主義，知識人的立場，在現實中不能選擇其一，而要保持中立之道，將對歷史與現實的態度「二分法」是屬於唯心主義（這正與馬克斯的歷史唯物論背道而馳）。「一旦主體的思想和行為定位於一定的歷史而介入實際去運作時，這些二分法便自動煙消雲散。」[18]卡繆在自製的二分法框架中，發現了兩種無效和無能，這種處境頗似隔岸觀火之人的無從效命。在維持兩手乾淨之餘，卻假借客觀之名批評參與行動的救火人員。[19]並且，郭松棻將卡繆與另一個保守的知識份子波柏爾（Karl R.Popper）相提並論，一起指出兩人歷史觀的弊病，如兩人皆堅持歷史主義的平乏，而且認為歷史主義是開放社會的敵人，可是卻又無法攀附於絕對的懷疑主義；兩人都採取知識的防衛地位；兩人都僵化歷史事件；兩人都主張人類演化的「斷滅觀」；兩人都提供了保守的「補釘主義」。[20]這種對歷史的立場與態度不僅受到郭松棻的批判，在〈冷戰年代中西歐知識人的窘境──談卡繆的思想概念（三）〉中也受到沙特的責難。

沙特在答覆卡繆的公開信中，將卡繆對歷史的態度區分為二次大戰期間和大戰之後：「二次大戰當希特勒佔據巴黎期間，卡繆毅然投入歷史，參加地下抗敵運動；當時行動的目的較為單純──只想保存眼前的現狀，反抗希特勒企圖毀滅容忍

---

[18] 李寬木（郭松棻筆名），〈自由主義的解體──談卡繆的思想概念（二）〉，《夏潮》，1977，頁17。

[19] 李寬木（郭松棻筆名），〈自由主義的解體──談卡繆的思想概念（二）〉，《夏潮》，1977，頁17。

[20] 李寬木（郭松棻筆名），〈自由主義的解體──談卡繆的思想概念（二）〉，《夏潮》，1977，頁18-19。

個人自由的社會次序。二次大戰結束之後，歷史的課題已改變
其性質，如今不是要保持現狀，而相反的，是要改變它，這點
卡繆就猶豫了」。大環境的改變使所關注的歷史問題也應有所
改變，而非「防衛現狀」而已，這是沙特對卡繆歷史觀的責難
之處。而且，沙特認為個人與歷史的關係問題「不在於投入歷
史，或定不定位到歷史。而是，人根本就在歷史中。」[21]人不可
能置歷史於不顧，更不可能等待歷史意義的出現。沙特批判卡
繆之處，正是卡繆與反歷史者一樣，認為歷史的意義是客觀地
存在於歷史的道路上，等待歷史進程中出現意義。而郭松棻透
過沙特的觀點認為，歷史的意義是在我們的參與行動中所賦予
的。卡繆在戰後仍然以他的個人主義的形上學面對現實，並且
自己沉溺於他的荒謬主義，使他停頓在歷史的背後，而不去瞭
解歷史的過程，把歷史看作另一宗「荒謬體」。[22]

　　郭松棻認為卡繆對歷史採「中立」的態度，沙特卻視他為
「反歷史者」，無論是前者還是後者，都源自於卡繆對歷史的
誤解，使得他產生不能介入現實的猶豫，而受到現實的打擊。
最慘重的打擊莫過於1956年1月的阿爾及利亞之行。卡繆帶著他
溫和、保守、非攻的人道主義向極力主張獨立的阿爾及利亞革
命志士進行演說，結果是在演說台上直接否定了他的哲學。[23]郭

---

[21] 李寬木（郭松棻筆名），〈冷戰年代中西歐知識人的窘境──談卡繆的思想
概念（三）〉，《夏潮》，第三卷第一期，1977年7月，頁7。
[22] 李寬木（郭松棻筆名），〈冷戰年代中西歐知識人的窘境──談卡繆的思想
概念（三）〉，頁7-8。
[23] 李寬木（郭松棻筆名），〈冷戰年代中西歐知識人的窘境──談卡繆的思想
概念（三）〉，頁8。

松棻認為，「卡繆不能分辨民族革命和政治革命的不同，農民革命和宮闈政變的不同。」將1789年（法國大革命）以來的革命一概等質齊觀。卡繆所耽憂的是「革命的行為降格為權力鬥爭的行為」，以及「革命過程中或革命完成後，革命者被神格化而無休止的在形式上持續革命的聖戰以鞏固自己的地位」[24]，卻不去追問在沒有革命的情狀下，現代統治階層得寸進尺的迫害下所造成的虐殺事實，只能用「形上的反叛」代替激烈的實際革命。若將卡繆這種人道主義推到極致，「則在現代世界裡卡繆只剩下一條出路可走：退出歷史，隱沒自己，以宗教的殉道精神結束一己」。[25]這種基於部份歷史現象所形成的流弊而對現實產生無能、虛弱的應對，其根抵就在於卡繆的思想根源，也就是郭松棻於〈戰後西方自由主義的分化──談卡繆和沙特的思想論戰〉首篇中所談論的「形上的反叛」或「形而上的無／反神論」。這種著重於「抽象存在」的「偽無神論」觀點無疑也是與立基於現實社會的馬克思主義中無神論相悖反。

馬克思主義者郭松棻的無神論不僅立基於現實社會，而且倡導在不平等的階級社會進行無產階級鬥爭與革命，以追求生產利益的公平分配。這依靠的不是神諭的幫助，而是無產階級意識的抬頭，因此，馬克思主義中所顯示的是「神的無用論」或「抽象存在無用論」。更何況無產階級並不是資本家的奴隸，在時機成熟後，無產階級將以統治者的姿態掌握並駕馭政

[24] 李寬木（郭松棻筆名），〈自由主義的解體──談卡繆的思想概念（二）〉，第15期，1977，頁16。

[25] 李寬木（郭松棻筆名），〈自由主義的解體──談卡繆的思想概念（二）〉，第15期，1977，頁16。

權，直接改變資本主義社會的種種弊端。這根本無關乎「形上的反叛」，於是卡繆的形上思想對無產階級的進展是毫無用處的，因此，卡繆的形上思想成為郭松棻批判的焦點。

　　二、《叛徒》中形上的無／反神論：「形上的反叛」是郭松棻給予卡繆小說《叛徒》形而上的無／反神論的詮釋。在郭松棻的視野中，這貫穿《叛徒》的中心概念的始祖可追溯到19世紀的俄國小說家杜斯朵也夫斯基筆下的叛徒和遊走於無神與反神論者伊凡・卡拉馬佐夫。在小說《卡拉馬佐夫兄弟們》中，杜斯朵也夫斯基塑造了一個俄國封建社會裏代表反宗教激進派的人物。他是一家四兄弟中排行老二的伊凡，也是杜斯朵也夫斯基的個人主義的無神／反神論者的化身。在他的無神／反神論裏，上帝是否存在並不是最根本的問題，即使上帝存在也無礙於他的無／反神論。小說中，伊凡以世間殘酷的種種苦難現象來證明上帝的不存在，如果上帝存在就不會有這些罪惡，人類也不會活生生的受罪。他認為基督教所宣揚的愛、無爭、和諧不切實際而無法接受。伊凡的叛逆種子在70年代後成為卡繆思想的基磐。[26]

　　卡繆自稱為無神論者，但實際上他的思想是依循著基督教的架構而發展的，他的「思路推演背後，神的概念支使一切」[27]。正如伊凡遊走於無神與反神論之間，控訴的對象都指向超乎人間以外的某種「抽象存在」。這個抽象存在，對伊凡來說是上帝，而對卡繆則是「假人類的『普遍處境』的形式而

---

[26] 羅安達（郭松棻的筆名），〈戰後西方自由主義的分化──談卡繆和沙特的思想論戰〉I，頁3。

[27] 羅安達（郭松棻的筆名），〈戰後西方自由主義的分化──談卡繆和沙特的思想論戰〉I，頁4。

出現」。兩人都始終停留在抽象的原則上。卡繆雖然擁護被壓迫者對其主人叫喊一聲「不」，卻不曾思考怎麼樣去反抗壓迫者，以至於一旦落入現實中，便經不起現實的考驗。郭松棻從伊凡與卡繆的思想行為看見「西方人道主義的貧乏及其超現實的本質」。並認為「無論是有神論或是無神論的人道主義，它們所共通的根本毛病在於這個思想的論據建立在與現實脫節的形而上的基礎上」。[28]

郭松棻以「社會主義」觀念為基底的立場和態度試圖為形上的無神論者找出解決之道，而強調「隔絕於社會群眾而孑然與天地遊的個人，無從了解社會」[29]，也實在負不起沙特所說的這麼大的責任。如果將自己定位在自己所處的歷史和社會，認清了問題的實質，而以羣體的力量來對付面臨的問題，將不致於引起四〇年代沙特所強調的「可怕的自由」、「可怕的責任」。」[30]並且，馬克思主義的最終的目的在於消弭社會階級衝突，以無產階級的集體革命力量消除社會上的種種不平等，因此，對於製造形上的「主－奴」關係以作為現實中只能抗議而無所作為的「意識反叛」的思想是不被容許的。所以，卡繆「被動的反神論」是不見容於郭松棻以馬克思社會主義為理想的政治觀點。

---

[28] 羅安達（郭松棻的筆名），〈戰後西方自由主義的分化——談卡繆和沙特的思想論戰〉I，頁4。

[29] 羅安達（郭松棻的筆名），〈戰後西方自由主義的分化——談卡繆和沙特的思想論戰〉I，頁7。

[30] 羅安達（郭松棻的筆名），〈戰後西方自由主義的分化——談卡繆和沙特的思想論戰〉I，頁7。

　　三、被動的反神論：如前所述，卡繆自稱為無神論者，可是他的思想，尤其是他的「由荒謬而反叛」叛徒理論必須架構在有神的觀念上才能成立。叛徒反叛的對象是神，沒有了神，叛徒無須反叛，無所謂要不要反叛。但是，如果接受了神，叛徒的立場則隨之消弭。這種進退維谷的思想立場，尚桑稱為「被動的反神論。」[31]也就是說，卡繆並不是真正的無神論者，他的哲學基礎是反神論而非無神論。卡繆的形上與被動的反神傾向不僅表現於《叛徒》一書中，他在此之前的小說《希西法斯的神話》中早已流露出這種反神論。郭松棻於〈從「荒謬」到〈反叛〉──談卡繆的思想概念（一）〉一文中說道：「其實卡繆自己的思維方向與他竭力反對的形上的絕對主義是並行不悖的。唯一不同的是卡繆拒絕任何形式的絕對體，更不容自己在絕對裏做任何宗教式的安頓。卡繆依循個我主義的形上學的思想方式，終極又拒絕向「絕對」、「跨躍」，寧以荒謬為伴，在西方唯心主義的末路中，卡繆成為一名「無路騎士」。」[32]

　　卡繆的困頓在於他一方面無限關懷人間的殘酷現象，另一方面又不能介入現實社會去改變那些殘酷現象，他和伊凡‧卡拉馬佐夫一樣，只能拿人間的黑暗向上帝控訴，滿腔對上帝的怨懟，又不願與創造這殘酷、荒謬世界的上帝妥協，最終推拒上帝，否定上帝的存在。這種神－人關係可轉化為主－奴關係，這是卡繆借用黑格爾的主－奴關係的理論作為他的思想框架，以發

<hr>

[31] 羅安達（郭松棻的筆名），〈戰後西方自由主義的分化──談卡繆和沙特的思想論戰〉I，頁7。
[32] 李寬木（郭松棻的筆名），〈從「荒謬」到〈反判〉──談卡繆的思想概念（一）〉，頁20。

揮他的叛徒哲學。主－奴關係幾乎無所不在,奴隸在有形無形
的鎖鏈中勞動,而主子只須坐享其成,在這種階級分化下,由
於主人處於外在的優勢地位,致使他的自我意識無從發展;而
奴隸地位微小,使他隨時處於惶恐狀態,「然而也正由於這種
處於低下的狀況才使奴隸們有了面對現實而徹底發展自我意識
的機會」。[33]卡繆的理想叛徒便是開始反叛主人的奴隸,他們
不再聽從新的命令。但這種反叛總只是停留在意識層次,而非
實際的進行革命,正如郭松棻所言:「卡繆界定叛徒的立場為
『不求征服,但求強制』。反叛的旨意在於抗議謊言與罪惡。
卡繆認為反叛和革命之不同在於:反叛是向現狀抗議的一種苦
修行為,革命是徹底顛覆現狀的一種激烈行動。易言之,反叛
是原則上叛逆現狀,它不藉任何有效行動或暴力來達成效果。
終極的說,反叛是一種抗議為表,『無為』為裡的心態」。[34]

　　四、向馬克思主義挑戰:尚桑在他的書評中暗示說,「卡
繆在《叛徒》一書內批判馬克思主義等於是在接受資本主義社
會,承認這個社會可以採取血腥鎮壓的手段來對付受壓迫者,
同時也為布爾喬亞知識份子的罪孽進行安撫,最後還向右派輸
送了反動的思想彈藥。」[35]這個批評促使卡繆著長文反駁尚桑站
在同情馬克思主義的立場批評卡繆的《叛徒》[36]。首先,卡繆認

---

[33] 李寬木(郭松棻的筆名),〈從「荒謬」到〈反判〉——談卡繆的思想概
念(一)〉,頁22。
[34] 李寬木(郭松棻的筆名),〈從「荒謬」到〈反判〉——談卡繆的思想概
念(一)〉,頁22。
[35] 羅安達(郭松棻的筆名),〈戰後西方自由主義的分化——談卡繆和沙特
的思想論戰〉II,頁2。
[36] 尚桑在沙特主辦的《現代》雜誌借著書評批判了卡繆到1952年為止的整個

為，西方歷史發展的原動力來自於近代西方人弒殺上帝後欲取
而代之的心機與目的，而馬克思主義和社會主義革命不但是這
原動力激盪下的產物，而且還是它空前的極致表現。而且，他
指明《叛徒》所討論的是「革命行動背後的意識型態問題」，
所批評的是「後黑格爾時代的虛無主義和馬克思主義的歷史預
言」，所指責的是「信仰歷史是朝著完美的共產世界邁進的歷
史主義造成心理的自滿和理性的怠惰」。[37]

其次，卡繆將馬克思主義分為兩個部份：社會的分析和歷
史的預言。馬克思主義對後代的有價質的貢獻是他對當時歐洲
工業國家所作的社會分析，尤其是他指出推動社會演變的主要
因素在於經濟；而歷史的預言部份是引起了後世爭辯的焦點，
也是處處造成分裂、動亂、流血的主因。社會分析的思想體系
是以科學為基礎，而歷史預言破壞了這科學基礎，反而不顧現
實地試圖排除障礙，以確保預言的實現，以造成只求目的不擇
手段的「法西斯」局面。從其中顯露出來的是人類的不安份和
以神自居的傲慢所帶來的危機。

卡繆在《叛徒》一書中批判馬克思最為嚴厲的莫過於「歷
史的反叛」這一部份，以及「國家恐怖主義和理性的恐怖主
義」一章。[38]

思想歷程。卡繆受沙特的邀請也在《現代》（八月號）雜誌著文反駁。參
閱羅安達（郭松棻的筆名），〈戰後西方自由主義的分化──談卡繆和沙
特的思想論戰〉II，頁2。

[37] 羅安達（郭松棻的筆名），〈戰後西方自由主義的分化──談卡繆和沙特
的思想論戰〉II，頁2。

[38] 羅安達（郭松棻的筆名），〈戰後西方自由主義的分化──談卡繆和沙特
的思想論戰〉II，頁3-4。

　　卡繆先對西方政、經發展不符合馬克思主義歷史預言的事實作以下的摘要：「人投生到生產和社會關係的世界。不同的土地造成不均等的機會，生產工具改善的快慢以及生存的鬥爭，迅速地造成了各種社會的不平等現象，而這些現象集中表現在生產和分配之間的矛盾上面，最後又演變為階級鬥爭。這些鬥爭和矛盾是社會的動力。從古代的奴隸制和封建的束縛慢慢演變到古典世紀的手工業工匠制度，這時生產者已經擁有生產工具了。而就在這個時候，世界貿易航線的開闢和新市場的發現要求一種比較非地方性的生產。生產方式和新的分配需求之間的矛盾已經宣告小規模農業和工業生產的終結。工業革命、蒸汽機的發明和市場的競爭無可避免地造成大業主吞併小業主，同時也導致大規模的生產。凡是有能力購買生產工具的就掌握了生產工具；而真正的生產者即工人卻只能出賣體力，他們把體力賣給『有錢人』。就這樣，生產者和生產工具的分離規定了資產階級資本主義的發展。一系列不可避免的後果都由這個矛盾產生，因此促使馬克思得以作出各種社會矛盾終將消於無形的預言。」[39]並以進入工業革命的英國資本主義為例，揭發大機器生產不僅創造了近代工人階級，甚至將婦女和兒童也捲入勞動市場，吸取最大的利潤，造成貧富兩極化的現象越來越嚴重。馬克思對那些被資本家剝削的工人深表同情，並從工人的反抗看出人類未來的希望，從而制定一套工人武裝鬥爭的哲學，預言歷史隨著階級鬥爭終將達到全人類解放的理想世界。

---

[39] 羅安達（郭松棻的筆名），〈戰後西方自由主義的分化──談卡繆和沙特的思想論戰〉II，頁4。

　　卡繆認為馬克思的立意發自於人道主義的關懷，這點是令人稱讚的。但從後來歷史的發展上看來，馬克思的歷史預言卻沒有實現。工人與資本家的對立並沒有發展到武裝鬥爭的程度，而且，工人的處境也得到了改善。因此，卡繆說道：「如果馬克思主義理論決定於經濟，它只能描述過去的生產史，而不能描述未來生產史，因為未來還屬於或然未決的領域。」[40] 換句話說，馬克思對當時的西方社會結構的批判有其科學的根據，但對未來世界的發展預言則是純屬假設，破壞了科學原則與方法，更何況歷史已經證實他的預言並沒有兌現。預言可以被印證為錯誤的，但問題在於那些帶著宗教性的馬克思主義信仰者，為了維護和促使預言早日實現而使用危害人類的手段，這現象在歷史上出現了不只一次。追隨馬克思主義的黨或政權以向理想社會過渡的名義，實行獨裁、法西斯、血腥鎮壓的種種恐怖政策，這與當初馬克思人道主義的出發點背道而馳。[41]

　　基於上述理由，真正背叛馬克思的是在西方社會發展中，中產階級人數的增多，資本家和無產階級步步走向共存共融乃至於到轉型的新社會。在這新社會中，科學高度發展導致分工越來越精細，越來越複雜，所需要的是科學家與技術人員，勞力與腦力的界線逐漸模糊，無產階級隨著新技術人員的大量產生而逐漸轉變成新身份、新階級，尤其到了後工業時代，統治社會的大

---

[40] 羅安達（郭松棻的筆名），〈戰後西方自由主義的分化──談卡繆和沙特的思想論戰〉II，頁4。

[41] 羅安達（郭松棻的筆名），〈戰後西方自由主義的分化──談卡繆和沙特的思想論戰〉II，頁4。

概會是科學技術專家。卡繆的這些看法雖然不是他的創見，卻
突顯出「正統的」馬克思主義在現代社會所面臨的窘境。

由上述四點中，我們可以發現，郭松棻對卡繆的思想概念
是從批判的口吻開始而後轉變為純粹的介紹，尤其是最後一點
「向馬克思主義挑戰」，他的認同意味逐漸濃厚。這似乎顯示
郭松棻覺察研讀馬克思主義、實踐馬克思主義和利用馬克思主
義的名義行獨裁之實者之間難以跨越的鴻溝。甚至認為馬克思
主義隨著歷史的進程發展而在西方自由主義國家的沒落是無可
爭辯的事實。它只能像卡繆《叛徒》中所批判的一樣，在共產
主義國家成為一種獨裁者被神化以後的宗教偶像，自成現代宗
教法庭和建立新教義，並替無產階級規定歷史任務。這促使郭
松棻反思關於行動中的馬克思主義所造成的弊端和殘酷無理的
現象。

第二節　郭松棻對行動中的馬克思主義反思

郭松棻在〈戰後西方自由主義的分化──談卡繆和沙特的
思想論戰：現代宗教法庭與新教義〉III、〈戰後西方自由主義
的分化──談卡繆和沙特的思想論戰：替無產階級規定歷史任
務〉IV、〈戰後西方自由主義的分化──行動中的列寧主義〉
V中，繼續談論進而延伸卡繆在反駁尚桑的長文中，對於馬克思
主義在實踐中所導致的不合理的現象及所造成的弊端。尤其是
從蘇共的掘起與發展史中，評介列寧到斯大林的缺乏理性的作
為，以鞏固自己獨裁專政的地位。

　　首先，郭松棻以「現代宗教法庭與新教義」為標題，暗示在西方共產主義國家，馬克思主義者將馬克思主義視為一種宗教信仰崇拜，自建其宗教法庭，自定其宗教教義。並且，在馬克思的預言與歷史的發展相抵觸的事實下，利用「恐嚇加暴力」的手段以維繫、強化他們的思想和政權。這種現象以蘇聯革命與政治發展史最為顯著。但若按照歷史先後順序來看，首先應該談論的是從馬克思主義出發而逐步演變成列寧主義與行動中的列寧主義的時期，其後才是斯大林盲目地將馬克思主義為唯一信仰與真理，運用了不可思議的激烈手段使馬克思主義成為指導科學的根本原則。因此，〈戰後西方自由主義的分化——行動中的列寧主義〉V應放在〈戰後西方自由主義的分化——談卡繆和沙特的思想論戰：替無產階級規定歷史任務〉IV之先來談論，其中關於知識份子革命者（菁英份子）與無產階級的辯證關係兩篇皆有涉獵。

　　一、列寧與行動中的列寧主義：根據郭松棻的觀點，「在布爾什維克（以列寧為首）的革命過程中，有兩個時期對列寧主義的成型具有決定性的作用。第一個時期是1917年4月到11月；第二個時期是1921年3月召開俄共（布）第十次代表大會的前後一段時間。」[42]第一個時期的兩次行動，列寧都是以武裝革命的方式奪取政權，第一次因行動並沒有詳細制訂的計畫，加上武裝行動的成員組織鬆散，多為自發性的羣眾，於是終告失敗。第二次借用布爾什維克黨的武裝力量及孟什維克黨控制的鐵路總公會來對付科爾尼洛夫。事後，布爾什維克黨的武裝力量隨之增強。並

---

[42] 羅安達（郭松棻的筆名），〈戰後西方自由主義的分化——行動中的列寧主義〉，頁2。

且，以布爾什維克黨、孟什維克黨、社會革命黨為中心的俄國社會主義革命陣營內形成大團結的局面。他以「政權歸蘇維埃」的號召下，在蘇維埃第二次代表大會開幕的前夕，布爾什維克黨在深夜發動武裝赤衛隊圍攻臨時政府所在地冬宮，臨時政府在缺乏武力的情況下，在幾個小時內便被推翻了。列寧奪取政權後的隔年（1918）就宣佈全國進入戰時共產主義時期。[43]

第二個時期1921年3月召開的俄共第十次全國代表大會實際上是在普遍對新政府不滿的情緒中籌備的。歷史顯示列寧所領導的布爾什維克黨缺乏治國經驗，思想過左，所制訂的一些措施過度激烈，不合情理，致使農業凋敝、工業癱瘓、饑荒漫延全國，死亡率有增無減。而且，在「戰時共產主義」的措施下，打破了消費生產與當時的經濟交換制度。在農村，農民的土地被強制徵收、禁止自由買賣，農民不滿與怨憤的情緒逐漸高漲。1920年夏季，農民暴動以游擊戰的方式展開，工人也不滿於列寧專制政府，年底在彼得格勒的罷工、示威也逐漸惡化。「1921年3月喀琅施塔德的工人、水手和衛戍部隊叛變，他們要求：（1）重選各地蘇維埃；（2）工人、農民和所有左派政黨有言論的自由；（3）釋放一切政治犯；（4）廢除在軍隊和農村中設置的共產黨恐怖監視組織；（5）工會自主；（6）農民可自由使用土地。」[44]這些要求非但不被共產黨採納，反而派遣紅軍予以殲滅，逮捕並處決叛變的領袖。

---

[43] 羅安達（郭松棻的筆名），〈戰後西方自由主義的分化──行動中的列寧主義〉，頁13。

[44] 羅安達（郭松棻的筆名），〈戰後西方自由主義的分化──行動中的列寧主義〉，頁13。

　　另一方面，對於這樣的情勢，列寧決定在經濟上放寬，採取農民自由耕作，開放自由市場，而外貿、銀行、大工業仍由國家掌控的「新經濟政策」；但在政治上依舊是一黨專政。這個改革致使反革命謀叛份子逐漸遞減，新政府也逐漸受到國際上的認同。但是，列寧在十全大會之後，對社會主義黨派採取了恐怖肅清手段。社民黨（孟什維克）的領袖們被放逐離國；一向主張採取暴力的社民黨領袖們則被視為「人民公敵」而被公開審判。其後，列寧所領導的黨便逐漸成為只能容納一種聲音、一種行動的政黨。而且，包括無產階級在內的全體蘇維埃人民必須服從一個人的意志，也就是獨裁者列寧的意志。[45]

　　從歷史的觀點看列寧主義的具體實踐的成型過程後，郭松棻對列寧與列寧主義作了褒貶兼具的評論。他認為，列寧一生奉獻於俄國革命，為被壓迫的人民進行無私的奮鬥，這是任何歷史學家無可置疑的。在列寧有生之年，將「人治」發揮到極致而積極的作用，也是為了全俄國人民的利益著想。列寧所未能設想到的是他的繼承人並不是都如他一般能將獨裁和社會主義民主制並行不悖，導致蘇聯建國以來最大的缺陷為缺乏「法治」精神和真正的「民主」制度。因此，列寧只能說是個偉大的革命家，而不是個偉大的政治家。[46]

　　此外，列寧主義一開始以少數知識份子革命者組織地下黨以領導無產階級的作法，事實上就是一種「菁英主義」（elitism），

---

[45] 羅安達（郭松棻的筆名），〈戰後西方自由主義的分化——行動中的列寧主義〉，頁15。

[46] 羅安達（郭松棻的筆名），〈戰後西方自由主義的分化——行動中的列寧主義〉，頁16。

注定了後來「由上而下」的專政體制。而這些知識份子革命者成為無產階級的代言人和先鋒隊，即使在兩相發生矛盾時，總認為錯誤不在革命的領導者，而是在無產階級本身，這是列寧經常強調的結果：無產階級缺乏知識，他們不知道自己的利益所在，他們需要被領導。如前所述，列寧主義中這種以少數革命家替無產階級革命的思想，正如先前法國的「布朗基主義」，不僅違反了馬克思主義，更受到恩格斯嚴厲的批評。布朗基畢竟不是列寧，在列寧強烈的意志推動下，俄國革命形勢就如同隨著他的意志發展，終究促成了蘇聯的誕生。[47]

二、**激化的馬克思主義者的弊病**：在《叛徒》中，卡繆屢次提到斯大林和斯大林主義，就是用來證明馬克思主義實踐者的暴力加恐嚇的行徑，以鞏固自己的政權。並認為在這方面最嚴重的兩大缺點是：「黨的警察干涉科學發展和黨的理論家替無產階級規定歷史任務」。[48]

1、**黨的警察干涉科學發展**：馬克思主義者為了證明馬克思的辯證唯物論是宇宙的普遍真理，而不僅是一種政治運動，馬克思主義者便自詡它為一種科學，就連自然科學理論也被納入其中，將它馬克思主義化，用以建立一種放諸四海皆準的真正科學，並排斥其他不能以馬克思主義解釋或詮釋的學說。那麼，他們是如何達到這個目標呢？關於這一點，卡繆在《叛徒》一書中提到，在斯大林統治下的蘇共認為，把科學馬克思

---

[47] 羅安達（郭松棻的筆名），〈戰後西方自由主義的分化──行動中的列寧主義〉，頁16-17。

[48] 羅安達（郭松棻的筆名），〈戰後西方自由主義的分化──談卡繆和沙特的思想論戰：現代宗教法庭與新教義〉III，頁1。

主義化，使科學家成為馬克思主義的辯護人，最有效的方法、
手段、途徑便是「鎮壓」[49]，並提出斯大林時代震驚全世界的李
森科（Lysenko）事件來證明當時蘇共不可理喻的作法。[50]

---

[49] 羅安達（郭松棻的筆名），〈戰後西方自由主義的分化——談卡繆和沙特
的思想論戰：現代宗教法庭與新教義〉III，頁2。

[50] 關於李森科事件，筆者以下僅作重點敘述，以說明斯大林的蘇共如何將學
術研究逼入現實的政治鬥爭中。首先，蘇共將生物遺傳學上的爭論不是交
由這方面的科學家們去解決，而是交給黨中央處理。李森科便受委託進行
建立以唯物辯證法為基礎的遺傳理論。他本不是這方面的專家，只是在農
場實驗上小有成績，卻建立了一套以達爾文進化論為根據，堅持以外在物
質條件必然決定生物發展的主張；並且認為，有機體在生活過程中所獲得
的特性可以遺傳到後代。這樣的理論必然遭受當時專業遺傳學家的反駁，
他們認為染色體才是決定後代特性的根源，尤其是受到蘇聯國際知名的遺
傳學家瓦維洛夫（N. I. Vavilov）學術性的指責。
　　二〇年代末期，蘇聯在自然科學方面發動意識型態的爭論，李森科在
這場思想鬥爭中崛起，反過來對遺傳的染色體學說加以撻伐，並指責這種
學說是反科學的理論。李森科在遺傳學上的「環境影響論」使他後來在蘇
聯成為一名英雄，《真理報》稱之為「赤腳教授」，他頂著這個光環對真
正的科學家們進行思想改造。使他真正出名的實驗是在將麥子發芽前，預
先泡在冰水裏，以促進麥苗的成熟。他認為如此可以讓麥子成長於冬天，
甚至可以播種於西伯利亞。這個實驗事實上並沒有獲得多大的成就，只不
過育成可以略為早熟的麥子，對於蘇聯農業長期欠收的狀況，並沒有得到
改善。但李森科在當時蘇聯的思想清算鬥爭中，在斯大林的提拔下，成為
蘇聯生物界與農業界炙手可熱的人物。更是列寧「農業科學院院長」，是
「社會主義勞動英雄」，是「九次獲得列寧勳章的得獎人」。反觀與李森
科針鋒相對的蘇聯科學家瓦維洛夫，他的命運卻是乖舛坎坷。於1940年以
莫須有的罪名被捕，囚於死牢，兩年後改判十年徒刑。與他同時被捕的還
有若干國際知名的生物學家，他們專心於純粹的科學研究，卻被貼上「人
民公敵」、「資本主義的間諜」等等政治標籤而下獄。1943年，瓦維洛夫
死於牢中。瓦維洛夫的冤死一直等到1955年才被平反，不僅恢復他的科學
家名譽，還還以他國家科學院院士的身份，將他的名字印在已故院士的名
冊上。
　　李森科還要等到十年後，即1965年，才被罷黜科學院遺傳研究所主任
一職，並被批判壟斷遺傳學界的惡行。歷時三十年的「李森科主義」和
「李森科崇拜」才告終結。參閱羅安達（郭松棻的筆名），〈戰後西方自
由主義的分化——談卡繆和沙特的思想論戰：現代宗教法庭與新教義〉

蘇聯用特務與警察迫害學術上的異己份子，以符合他們的政治主張，這種方法、手段在蘇聯實際上是經常出現的。郭松棻也提到資本主義社會並非沒有發生過這類的迫害事件，如五〇年代的麥加錫主義就是最佳例證。但是，共產主義的「紅色恐怖」與資本主義的「白色恐怖」在性質上是不完全相同的。前者以一套完整的意識型態為理論基礎，大體說來，它是積極進取的，不僅要自救，並且對人類的未來的理想社會具有強烈的使命感，但在以這種思想為大準則下，迫害者總以真理自居，迫害時也理直氣壯；而後者採取消極的態度，它是防衛性而非攻擊性，麥卡錫事件是為了維持現狀而反共，但它的基調是防共、堵共。[51]相較之下，紅色恐怖下的被害者，重者性命不保，輕者人格被撕扯扭曲，成為政治犯、罪人、叛徒。關於這種種現象，郭松棻質疑這些是否就是「正確」的馬克思主義呢？而卡繆認為其根源應該到馬克思主義的意識型態內部去尋找。換句話說，這是馬克思主義者的運用問題？還是馬克思主義本身的問題？

蘇聯在紅色恐怖下排除異己，處處泛政治化，獨尊一種思想，甚至將這思想信仰化，無寧具備了極權主義的模式。對於這種極權模式，卡繆認為它是「馬克思主義與生俱來的絕症，根本是不可能治癒的」；沙特則認為「如果行之得當，這個病症不但可以治療，而且事先也可以避免」。根據郭松棻的論述說道：「如果馬克思主義者要以之鉗制科學的研究，甚至於在

III，頁2-3。
[51] 羅安達（郭松棻的筆名），〈戰後西方自由主義的分化──談卡繆和沙特的思想論戰：現代宗教法庭與新教義〉III，頁3。

無法進行辯論時起用特務和警察的力量來鎮壓，那麼馬克思主義者失去的將是理性和知識，得到的只是愚昧和盲從；而且這對辯證唯物主義這門知識的發展更是只有破壞而沒有建樹。」[52]由此更說明郭松棻將蘇聯的荒誕行徑歸因於馬克思主義崇拜者，而非馬克思主義思想本身。而之前支持列寧，也是列寧接棒人的斯大林是最嚴重的一個極權專政者。

2、黨的理論家替無產階級規定歷史任務：郭松棻認為，關於歷史任務的問題涉及到的是歷史應該如何發展的全面性問題。在理論方面，這個問題蘊含著馬克思主義的根本問題，例如，「無產階級的階級意識怎麼形成？或無產階級怎麼體認它的歷史任務？無產階級專政的實質是什麼？無產階級怎麼達成它的專政？」對於這些問題，馬克思和恩格斯只有提綱挈領的解說，而無系統的詳述，以至於在實踐過程中，造成後來各家馬克思主義者的爭論焦點，以及各說各話的局面。

就蘇聯的實際經驗來說，一些國際上的馬克思主義者和布爾什維克黨內實際參戰的俄國革命家便提出了一些問題：「在革命之前，俄國的無產階級有社會主義的意識嗎？革命後，俄國的無產階級掌握了政權嗎？列寧領導的布爾什維克黨的本質是什麼？它是以工人階級組成的嗎？」根據卡繆的觀點，從俄國的歷史發展來看，無產階級的歷史任務是由蘇共的官僚所規定的，而非無產階級本身。[53]而郭松棻認為，卡繆的觀點先是歷

---

[52] 羅安達（郭松棻的筆名），〈戰後西方自由主義的分化──談卡繆和沙特的思想論戰：現代宗教法庭與新教義〉III，頁5。
[53] 羅安達（郭松棻的筆名），〈戰後西方自由主義的分化──談卡繆和沙特的思想論戰：替無產階級規定歷史任務〉IV，1978年3月，頁1-2。

史性的,然後才是理論性的。[54]因此,追溯從沙俄到蘇共的俄國革命史是必要的。其間直接或間接導致俄國革命的理論層出不窮,較為重要的理論有三:民粹主義、普列漢諾夫為代表的馬克思主義、列寧主義。以下分別作重點概述。

（1）民粹主義:民粹主義是俄國十九世紀最龐大的一個思潮,它的主導地位長達半世紀之久。無論是在生活、宗教、社會、文學、革命的各方面都受到它不同程度的影響。它的一個基本精神就是「信賴俄羅斯人民,特別是農民,強調上層社會的虛偽」。民粹主義者的最大痛苦就是不能與俄羅斯土地與人民聯繫在一起,成為俄羅斯人民之中一個有機部份;因此到「民間去」成為他們的精神嚮往,尤其是對知識份子而言。民粹主義者還認為,就俄國農村社會保持著原始公社形式這一點來說,俄國在社會條件上優於歐洲國家,只要消滅村社中的封建殘餘,就可以跳過資本主義發展階段,直接進入社會主義社會,無需效法西方歐洲國家。為了實現俄國這一條「特殊的發展道路」,民粹主義者經常採取恐怖主義手段,由知識份子為中心建立革命組織,用恐怖行動顛覆沙皇專制。[55]

（2）普列漢諾夫為代表的馬克思主義:曾經是一個民粹主義者的普列漢諾夫,在俄國工業逐步發展中,觀察到民粹主義的空想本質,使他的思想產生變化,進而轉向馬克思主義。一反民粹主義主張農業及手工業為具有「俄國國民精神」

---

[54] 羅安達（郭松棻的筆名）,〈戰後西方自由主義的分化——談卡繆和沙特的思想論戰:替無產階級規定歷史任務〉IV,1978年3月,頁1-2。

[55] 羅安達（郭松棻的筆名）,〈戰後西方自由主義的分化——談卡繆和沙特的思想論戰:替無產階級規定歷史任務〉IV,頁2。

的「生活方式」，而將西歐與俄國對立起來的看法，普列漢諾
夫認為資本主義才是「人類物質生活和精神文明進展中必經的
道路」。事實上，在貨幣經濟和商品生產的發展中，連俄國的
村社結構也受資本主義的滲透而從內部開始瓦解。農民逐漸分
化為富農和貧農，只靠出租土地而無法立足的貧農，只有向城
市去掙工錢，於是造成城鄉差距的現象。普列漢諾夫從現實的
發展中看出未來的趨勢：「鄉村屈服於城市，半開化國家從屬
於文明的國家，農業民族從屬於資產階級民族，東方從屬於西
方」。[56]他同時站在「正統的馬克思主義」立場認為，在無產階
級尚未具備階級意識的時候，他們還無法單獨進行社會革命，
因此，應先建立資本主義民主政體，然後再過渡到無產階級政
體。[57]他的這種思想恰恰與民粹主義者背道而馳。並且，他堅決
說道：「社會主義的勝利不可能與專制制度的崩潰同時發生。
這兩個時機必須用一個很長的間隔時期來彼此分開」[58]。但俄國
的革命史卻反駁了這個說法，也就是說，由列寧領導的俄國革
命正是以無產階級的態勢在歷史的舞台上出現的。列寧在十月

---

[56] 羅安達（郭松棻的筆名），〈戰後西方自由主義的分化——談卡繆和沙特
的思想論戰：替無產階級規定歷史任務〉IV，頁3-4。

[57] 馬克思與恩格斯在《共產黨宣言》結束前，熱切期待當時正在德國發生的
資產階級革命，他們呼籲共產黨人同資產階級一起去反對君主專制和封建
土地所有制，促成資產階級革命的成功。然後工人階級才可能利用資產階
級統治所必然帶來的社會和政治條件，作為調轉頭來反對資產階級的武
器。參閱羅安達（郭松棻的筆名），〈戰後西方自由主義的分化——談卡
繆和沙特的思想論戰：替無產階級規定歷史任務〉IV，頁4，以及《共產
黨宣言》，《馬克斯恩格斯選集》，第一卷，285頁。

[58] 羅安達（郭松棻的筆名），〈戰後西方自由主義的分化——談卡繆和沙特
的思想論戰：替無產階級規定歷史任務〉IV，頁5。

革命後，便宣稱俄國已建立了世界第一個社會主義國家，這個
歷史發展證實了民粹主義提出的「跳過資本主義發展階段」而
直接進入社會主義的看法。

（3）列寧主義：郭松棻認為列寧主義「是按照俄國的特殊
條件，配合資本主義向帝國主義階段發展的特殊時機，突破了資
本主義最弱的一個環節而建立社會主義政權的。」[59]列寧的理論
就是在這種特殊革命環境中逐步建立起來的。他的擁護者，如斯
大林，認為他的理論是馬克思主義在這特殊的社會發展下的進
一步發展；他的批判者，如盧森堡，認為他的理論不完全是馬
克思主義，甚至有些地方違反了馬克斯主義。若從國際的態勢
和俄國的客觀條件上來看，實際上是不利於列寧主義的產生。
從1870年代開始，馬克思本人就察覺到歐洲的社會發展已不適
於他的主義。無論是德國、義大利、法國、英國都逐漸建立統
一的國家和過著安適的生活，即使是工人階級，也在加薪和社
會生活得到保障的情況下，找到了平息與慰藉。簡言之，資本
主義證實了它有適應新環境的能力，雖然不平等、不正義的事件
仍屢見不鮮，但整體說來，歐洲社會階級間的衝突因社會制度不
斷改革而被淡化，社會呈現出一片繁榮、安定、進步的景象。[60]

列寧時代，歐洲的國際共產主義運動也被伯恩斯坦提倡的
「修正主義」[61]所浸透。革命中心本可轉移到東方俄羅斯，但伯

---

[59] 羅安達（郭松棻的筆名），〈戰後西方自由主義的分化──談卡繆和沙特
的思想論戰：替無產階級規定歷史任務〉IV，頁5。

[60] 羅安達（郭松棻的筆名），〈戰後西方自由主義的分化──談卡繆和沙特
的思想論戰：替無產階級規定歷史任務〉IV，頁6。

[61] 伯恩斯坦的修正主義是順應著歐洲發展的趨勢，提出重新進行社會分析，

恩斯坦的修正主義也已侵入俄國的工運和社會民主黨內，處處瀰漫著「革命過時論」。在這個事實下，列寧擔憂俄國無產階級革命意識崩解，走上歐洲相同的意識型態道路，強調武裝革命不是如同伯恩斯坦的教條式的馬克思主義，而是真正的馬克思主義。畢竟當時的俄國仍在沙皇封建、落伍的統治下搖搖欲墜，這是俄國社會與歐洲社會不同的客觀條件，因此，列寧感到，若思想與理論不糾正，革命的良機將會稍縱即逝。列寧主義就是在這危機時刻誕生、成長。然而，無產階級本身是否能形成階級意識，而進一步實行階級鬥爭和武裝革命，以達無產階級專政的社會主義目標呢？

　　這個問題其實是馬克斯主義中的另一變種的根本問題：無產階級的階級意識怎麼形成？或無產階級怎麼體認它的歷史任務？無產階級專政的實質是什麼？無產階級怎麼達成它的專政？郭松棻在〈戰後西方自由主義的分化 –談卡繆和沙特的思想論戰：替無產階級規定歷史任務〉IV的後半段，以及〈戰後西方自由主義的分化——行動中的列寧〉V中，以列寧的觀點闡釋了這個馬克思與列寧先後關注的焦點。

　　對於這些問題，列寧的答案先是在肯定與否定之間搖擺不定，爾後斷言無產階級的無能與無助的處境。在著作《怎麼辦？》中，列寧說道：「工人本來也不可能有社會民主主義的意識。這種意識只能從外面灌輸進去。各國的歷史都證明：工

拿出馬克斯生前所說過的話，如英美社會可以和平過渡到社會主義階段等等，來證明逐步改良才是今後馬克思主義的正途。參閱羅安達（郭松棻的筆名），〈戰後西方自由主義的分化——談卡繆和沙特的思想論戰：替無產階級規定歷史任務〉IV，頁7。

人階級單靠自己本身的力量，只能形成工聯主義的意識，即必須結成工會，必須同廠主鬥爭，必須向政府爭取頒佈工人所必要的某些法律等等的信念。而社會主義學說則是由有產階級的有教養的人即知識份創造的哲學、歷史和經濟的理論中成長起來的。現代科學社會主義的創始人馬克思和恩格斯本人，按他們的社會地位來說，也是資產階級的知識份子。」[62]換句話說，社會主義的思想必須在科學知識，尤其是經濟科學和現代技術高度發展以後才能產生，這是無產階級知識水平所無法達到的，只有覺醒的知識份子才能具有革命思想的創造，而工人若具有必要的知識才能參與這項思想創造的工作。這說明了革命首要階段的思想、理論時期，革命知識份子便有責任帶領無產階級認識社會主義革命的意義，同時也證實了無產階級並無能力單獨進行革命。

然而，在歷史現實中顯示，革命知識份子在指導無產階級過程中，常有延長甚或取代無產階級地位的傾向，因此，從認識革命知識份子肩負培養無產階級的階級意識，到認識無產階級接受指導後，在一定的條件下也具有進行社會主義革命，推動人類歷史的潛力，這兩種認識在真正的實踐上，往往造成難以克服的考驗。簡言之，革命知識份子和無產階級的主從關係要在實際行動時的適當時機中止而讓無產階級實行專政。因此，列寧認為，「社會主義的歷史就是革命知識份子和無產階

---

[62] 列寧，《怎麼辦？》，《列寧選集》，第一卷，頁247。這段引文節錄自羅安達（郭松棻的筆名），〈戰後西方自由主義的分化——談卡繆和沙特的思想論戰：替無產階級規定歷史任務〉IV，頁8-9。

級之間相互鬥爭，相互濡化的歷程，就整個進程看來，這也是無產階級的階級意識成熟的歷程。」[63]

此外，列寧因反對恐怖主義份子而主張組織一個由知識份子職業革命家為中心的革命地下黨，負責作宣傳、統戰、創造理論、制訂策略等等無產階級無法達成的革命工作。但他在《怎麼辦？》中也提到，這個組織的原始構想本是為了應付沙皇警察的鎮壓而形成的，因此，他要求這個組織由職業革命家組成，人數盡量減少，性質是嚴格秘密的，雖然他們以工人階級的先鋒對和領導人自居，同時也允諾為這個被壓迫階級的利益而奮鬥。無論列寧的革命地下黨的成因為何，這種以少數職業革命家組成的地下革命黨，以密謀的方式試圖顛覆反動政權的作法，早在過去法國的「布朗基主義」[64]提出時，就曾受到馬克思和恩格斯嚴厲的批評。事實上，列寧的革命地下黨（有如布朗基主義）不僅不符合馬克思主義思想，也遭到俄國社會民主黨和共產國際的許多同志的批評。[65]但列寧排除眾議並強調革命地下黨「以無產階級名義進行革命，職業革命家將工人組織起來，使他們投入革命行動，讓工人了解無產階級的歷史任

---

[63] 〈戰後西方自由主義的分化──談卡繆和沙特的思想論戰：替無產階級規定歷史任務〉IV，頁10。

[64] 郭松棻引述恩格斯在《流亡者文獻》中對布朗基的空想主義的批評：「由於布朗基把一切革命想像成為少數革命家所實現的突然變革，自然也就產生了起義成功以後實行專政的必要性。當然，這種專政不是整個革命階級即無產階級者幾個人的專政。」收入於《馬克思恩格斯選集》，第二卷，頁589。參閱羅安達（郭松棻的筆名），〈戰後西方自由主義的分化──行動中的列寧主義〉，香港《抖擻》雜誌，第27期，1978年5月，頁17。

[65] 〈戰後西方自由主義的分化──談卡繆和沙特的思想論戰：替無產階級規定歷史任務〉IV，頁11-12。

務，並在革命武裝行動中，由他們充當攻城槌」[66]，以及主張新
的黨需要新型的組織體制，「它應該像軍隊那樣組織起來，嚴
守鐵一般的紀律，標榜絕對的服從。而權力歸中央委員會，社
會主義的民主要設法達成一長制，權力高度集中，意志高度集
中是實現無產階級專政的條件」。[67]列寧個人的革命思想在早期
的時候是屬於少數派，但到1917年得到落實的機會以後，他的
理論逐漸成為蘇維埃革命的主要理論基礎，並滲透到蘇聯共產
黨的各個層面，塑造了新型的組織生活與社群關係。

　　從蘇聯的發展史來看，郭松棻雖然褒獎列寧的意志掌控
蘇聯的革命與建立，是一位偉大的革命家，但對於他的政治理
念卻是無法苟同的，尤其是他的「菁英主義」替無產階級規定
歷使任務，他的革命地下黨為他掃除異己，殲滅反動份子，並
將整個無產階級作軍事化管理。這些都是缺乏法治精神與真正
的民主制度，而是極端人治的獨裁專政，即非郭松棻理想中國
家典範。而後來的斯大林更是承襲、激化他所認為的馬克思主
義（其實是列寧主義），甚至將這個馬克斯主義宗教化，以非
理性的愚昧手段來鞏固極權專政的地位。對此，不僅受到卡繆
的強烈批判，也是郭松棻所無法認同的（偽）馬克思主義的實
踐。總之，從列寧到斯大林都是「利用」馬克思主義來執行他
們的獨裁政策，以革命與暴力強加他們在各個層面、領域上的
統治政策，實非真正的馬克斯主義者。

---

[66] 羅安達（郭松棻的筆名），〈戰後西方自由主義的分化──行動中的列寧
　　 主義〉，頁1。
[67] 羅安達（郭松棻的筆名），〈戰後西方自由主義的分化──行動中的列寧
　　 主義〉，頁1-2。

第三節　郭松棻理想中的馬克思主義

那麼，怎麼樣的馬克思主義社會國家才符合郭松棻的政治思／理想呢？從前述郭松棻以馬克思主義立場批叛卡繆的思想，以及對列寧與斯大林利用馬克思主義以達自己的極權目標的不認同為依據，明確地說，郭松棻的社會主義思／理想的元素，例如：社會主義是反對帝國主義侵略壓迫的民族主義，是由廣大的工人農人當家做主人的民權主義，是反剝削反壟斷以全體福利為依歸的民生主義。社會主義更是過渡到各盡所能各取所需大同世界的國際主義。社會主義的理論是基於以合作取代競爭以社會服務取代利潤追求而以公平的方式分配利潤及機會。（見第一章第四節〈左派視野中的台灣〉）；社會主義要以資本主義為過渡才能達成；對歷史與現實的重視、對列寧與斯大林的批評，以及強調理性與知識、法治與民主的重要性等幾點觀之，筆者推測郭松棻的政治思／理想體現在他未完成的翻譯著作《歐洲共產主義與國家》中，也就是以翻譯這本著作為郭松棻自己的政治思／理想的代言。

在進一步介紹這本著作前，先簡單地談這本著作的作者聖地亞哥・卡里略（Santiago Carrillo）。這個名字對於亞洲人來說也許很陌生，但對於歐洲人而言，他卻是一位曾經聲名大噪的西班牙共產主義政治家，在歐洲共產主義史上占有非常重要地位。郭松棻雖未曾對他作過任何介紹，但筆者認為，處處關心國際共產主義發展與動向的郭松棻必然對他有一定程度的認

識，對這部著作也具有相當的認同感，否則不會在《歐洲共產主義與國家》出版的同年，也就是1978年就選擇翻譯他的這本著作（雖未完成整部著作的翻譯）。關於聖地亞哥・卡里略的生平與重要事蹟介紹，請參閱附錄（二）。

　　以下針對郭松棻所翻譯的《歐洲共產主義與國家》四個章節作忠實於翻譯文本的重點介紹。

　　一、國家、社會與民主的關係：第一章〈國家對社會〉中，聖地亞哥・卡里略首先提出一個各國共產黨共同的問題，就是有關國家、民主和社會主義的問題。在社會主義國家，民主是否能夠並存？聖地亞哥・卡里略在「修正主義」前提下，指出「有一種社會主義是要維護和增進民主的政治自由和人權的，這是人類進展的歷史成就，不容隨便遺棄，不但是這樣，這種社會主義還要賦予這些歷史成就以新的經濟和社會導向，我們要走的道路就是贏得這種社會主義，為了實現這個理想（……）我們應該對現代發達的資本主義社會及其世界性的關聯，生產資料的進展及其緣生的新的社會結構進行全球性的分析工作。研究現代國家，特別是現代國家民主轉化的可能性的問題尤為重要，而同樣重要的是應該對馬克思主義的思想進行批判的深化研究。」[68]然而，社會主義的轉變基礎須建立在國家機器上，而綜觀當今的現代國家，它仍然是統治階級的工具，這是屬於馬克思主義的一項真理。聖地亞哥・卡里略認為，國

---

[68] 聖地牙哥・卡里略（Santiago Carrillo），《歐洲共產主義與國家》，羅安達（郭松棻的筆名）譯，第一章〈國家對社會〉，香港《抖擻》雜誌，第29期，1978年9月，頁21。

家並不是超乎階級而存在的，它也不是像某種意識型態所堅持的是階級和階級的仲裁人。這種意識型態的極致表現就是法西斯主義。他以智利的經驗為例，說明國家機器雖在人民統一黨的統治下進行社會主義的實驗，但實際上這個國家機器依舊是資本主義統治的工具，而且被美國帝國主義及其支援並與許多其他國家公司所滲透。但這個國家機器一遇到適當時機就推翻整個進程，便廢除民主體制，建立殘酷的軍事專政。[69]

因此，對於主張通過民主、多黨和議會道路而進行革命的共產黨人來說，重新深入研究與思索民主和社會主義的關係、民主的根本觀念、社會主義的觀念是刻不容緩的事。

聖地亞哥・卡里略強調上述三點的重要性，卻沒有加以闡明，轉而談論共產黨人應秉持馬克思主義的基本原理，以唯物的立場看待事物，尤其是生產資料的發展作用和水平，它客觀地影響著生產關係的真正內涵。由此，他得出一個結論：「建立在生產力發展不足的基礎上的社會主義生產關係只能徒具社會主義的**形式**，正如我們說資產階級的社會徒具自由的**形式**一樣。換句話說，從歷史唯物主義的觀點看來，只確認階級鬥爭在社會發展的作用——雖然這是很重要的——是不夠的。我們應該了解歷史唯物主義其他辯證的組成部分的全面重要性：生產資料的發展。」[70]雖然歷史上有些時候，階級鬥爭可造成短

---

[69] 聖地牙哥・卡里略（Santiago Carrillo），《歐洲共產主義與國家》，羅安達（郭松棻的筆名）譯，第一章〈國家對社會〉，香港《抖擻》雜誌，第29期，1978年9月，頁21。

[70] 聖地牙哥・卡里略（Santiago Carrillo），《歐洲共產主義與國家》，羅安達（郭松棻的筆名）譯，第一章〈國家對社會〉，香港《抖擻》雜誌，

暫的躍進，提昇到比生產資料發展的更高水平，但在一段時間
後，生產資料這終極的因素又回到它的原形，而使階級鬥爭所
作的躍進失去平衡，這是一項不可改變的規律。

聖地亞哥‧卡里略並沒有將他的見解普遍化到適用於任何
的共產主義國家的企圖，他反而在第一小節的最後強調，每個
共產主義都有其客觀的現實條件，而他所提出的解決辦法只適
用於西班牙及處於相同或更高的發展階段的其他國家。這些辦
法便不適合從沒有存在過多黨和議會的國家，如越南和第三世
界其他地區，它們各自有社會主義與民主的形式。

其次，對於馬克思、恩格斯和列寧以後的國家結構和功能的
改變，聖地亞哥‧卡里略根據他敏銳的洞察力和歷史的實例提出
了他的看法。在馬克思、恩格斯和列寧時代，將國家解釋為「一
個階級對其他階級進行統治的工具」，這個解釋指出「國家具
有強制性」。而其他的馬克思主義者，如格蘭姆奇（Gramsci）
和阿爾蒂塞爾（Althusser）也論及國家是「在思想層面上發揮
作用而不必使用暴力」的各種「意識型態機器」的組合，它包
含宗教、教育、家庭、司法、政治、新聞、文化等機器。[71]

以現代來說，國家成為「經濟發展的控制」，尤其是「資
本主義國家日益表現出這種代表著佔統治地位的主要經濟集團
的特性」。[72]這種現象主要肇因於科學與技術革命刺激了生產力

　1978年9月，頁22。筆者按：粗體於原譯文中已標註。

[71]　聖地牙哥‧卡里略（Santiago Carrillo），《歐洲共產主義與國家》，羅安
　　達（郭松棻的筆名）譯，第一章〈國家對社會〉，香港《抖擻》雜誌，
　　1978年9月，頁22-24。

[72]　聖地牙哥‧卡里略（Santiago Carrillo），《歐洲共產主義與國家》，羅安

的快速成長。但技術的發展不利於私人企業的根本原則，畢竟只有少數的大財團才有能力支付生產所需的大量資本。而且，資本主義國家利用公款支持財務上不能自立或無法取得充分信貸的工業，也就是整個社會供應了資本主義發展的各種需求，但得利的終究僅止於那些業主。「這種作用給予國家以決定性的權利來干預經濟生活，國家成為壟斷資本的工具。」[73]在這種情況下，是壟斷性的資本主義國家扼殺了西方世界自由競爭，而非社會主義國家。法國政府在1967年撥款數十億法郎來補償嚴重的旱災所造成農民和牧民的損失，這是經濟日益社會化的實例之一，是沒有人會反對的。但是，若在壟斷性的資本主義制度之下，農業或其他部門的虧損，是由稅收，降低生產者的工資來補償，而不是由大企業、銀行、保險公司超額的利潤來補償，甚至以財務自立和經濟發展為藉口來降低納稅款額，這將會造成社會普遍的不滿聲浪。[74]

聖地亞哥‧卡里略認為，從現在的國家行政機構中所雇用的不同領域的官僚和工作人員看來，國家仍然像馬克思、恩格斯和列寧所下的定義一樣，是階級統治的工具，但是它的結構比過去更加複雜，更加充滿了矛盾，而國家與社會之間的關

達（郭松棻的筆名）譯，第一章〈國家對社會〉，香港《抖擻》雜誌，1978年9月，頁25。

[73] 聖地牙哥‧卡里略（Santiago Carrillo），《歐洲共產主義與國家》，羅安達（郭松棻的筆名）譯，第一章〈國家對社會〉，香港《抖擻》雜誌，1978年9月，頁25-26。

[74] 聖地牙哥‧卡里略（Santiago Carrillo），《歐洲共產主義與國家》，羅安達（郭松棻的筆名）譯，第一章〈國家對社會〉，香港《抖擻》雜誌，1978年9月，頁26。

係已經具有不同的特性。如前所述,生產力的發展深深影響著政治與社會制度,也使國家機器造成新的運轉方式。因此,社會的政治學應該把注意力放在馬克思與恩格斯所說的「事物的管理」上。他們把生產力的發達不僅聯繫到技術的成長,而且也聯繫到一個沒有壓迫者與被壓迫者的社會發展。但事實證明今天壓迫與被壓迫階級仍然存在,統治階級還利用技術試圖維持它的統治與特權,所以法國的喬治・畢爾道(Georges Burdeau)所提出「功能國家」的概念[75]雖然被佔統治地位的經濟集團所運用,但對整個社會來說,它是不可能受到重視的。但「從這種生產力的發展真正可以得到的結論是,現代社會過渡到社會主義的時機已經成熟了。」[76]

　　關於社會與現代國家之間的矛盾,聖地亞哥・卡里略指出現代國家日益以「董事國家」的型態出現。它只為少數控制各大集團的部分人的利益服務,導致與進步的無產階級及廣大的

---

[75] 法國的喬治・畢爾道(Georges Burdeau)提出「功能國家」的概念,指的是一種社會形式,「它的基本原則不容置疑,因為這些原則與社會結構的內在邏輯密切結合在一起,它宣告資本主義社會和社會主義之間長久以來的矛盾已經消失。正如它解決了資產階級和工人之間的敵對一樣;政治沒有理由去改造社會;政治的唯一職責就是管理社會,適應社會的根本實質。(……)這種國家的根本實質就是「技術把國家殖民化」和「技術的專制」,國家的指標由技術支配安排,技術把問題從政治的領域中抽取出來,放到超然的、沒有階級的、唯功能的領域內,在這裏面技術的發展支使一切。」參閱聖地牙哥・卡里略(Santiago Carrillo),《歐洲共產主義與國家》,羅安達(郭松棻的筆名)譯,第一章〈國家對社會〉,香港《抖擻》雜誌,1978年9月,頁26-27。

[76] 聖地牙哥・卡里略(Santiago Carrillo),《歐洲共產主義與國家》,羅安達(郭松棻的筆名)譯,第一章〈國家對社會〉,香港《抖擻》雜誌,1978年9月,頁27。

社會各階層與階級對立，也就是國家與社會之間具有針對性的矛盾。我們看到，在資本主義的國家發生各種由農民、商人、專家團體各式各樣的社會鬥爭，尤其是中產階級或技術專家政治中的一些部門的利益與觀點受到種種矛盾的沖擊，因為他們所管理的企業組織所具有的社會性質，以及企業以賺取資本主義的利潤為目的的現實之間有抵觸而產生了這些矛盾。因此，各個階層與領域的人士結合成龐大的社會共同利益，以反對壟斷性的大企業，特別是反對犧牲大多數人以成全少數人的國家權力。「奪取國家權力的鬥爭成為社會關心的焦點」[77]，發達的西方資本主義制度表面上看來是不會受到革命的威脅，但事實上卻面臨了不同於落後國家的社會革命的危機。

最後，聖地亞哥・卡里略呼籲：「馬克思主義者不能採取僵滯教條的立場來抹殺一個嶄新的事實，馬克思主義者必須使用對具體情況作具體分析的馬克思主義的方法來處理這個事實，那就是，以目前國家機器的規模和特點，社會和國家之間的矛盾可能而且必然會在這部機器內激化成為一種危機，國家機器的大部分成員來自下層的各階級，實際上是處於相同的階級狀況的，他們構成一股羣眾的勢力，（……）因此，目前在社會上發展的各種意識型態和政治的潮流有滲透到國家機器而贏得其中各重大部門的新的可能性。」[78]

---

[77] 聖地牙哥・卡里略（Santiago Carrillo），《歐洲共產主義與國家》，羅安達（郭松棻的筆名）譯，第一章〈國家對社會〉，香港《抖擻》雜誌，1978年9月，頁28。

[78] 聖地牙哥・卡里略（Santiago Carrillo），《歐洲共產主義與國家》，羅安達（郭松棻的筆名）譯，第一章〈國家對社會〉，香港《抖擻》雜誌，

二、國家意識型態機器的轉化與運用：在第二章〈國家的意識型態機器〉中，聖地亞哥‧卡里略從西方宗教、教育、家庭、法律與政治、傳播媒介的各種層面談論這些意識型態機器所面臨的危機，以及爭取控制意識型態機器的鬥爭，最後歸結出社會主義誕生於發達的資本主義。以下一一加以說明。

從宗教層面來說，這個最古老意識型態機器的危機與資本主義的崩潰和社會主義的產生有關。《潛力》雜誌曾在1976年2月23日至28日西班牙第二十四屆主教大會時作了關於資本主義的秘密調查，其結果顯示，雖然基督教生命觀與資本主義制度相抵觸，然而教會需要富人的經濟援助，以達其社會利益。並且，教會的社會教義是贊成財產權觀念，並斥責各種的社會主義而不批評資本主義。甚至認為，只有接受資本主義制度的格調和形式的基督徒，才能被接納成教會的成員。即使教會也看到資本主義下的剝削方式。但在科學技術的進步、文化普及，以及一系列幼稚迷信和普遍落後的教條已被廢除，加上有些神學家作根本的修正工作，有些基督徒認為與馬克思主義者進行合作是可容許的，致使教會本身充滿矛盾，搖擺在資本主義與社會主義之間，甚至有些主教們試圖尋求第三條路。[79]

然而，越往教會的基層越會發現，那些基督徒的立場是傾向於社會主義運動，有的基督徒加入共產黨或其他社會主義黨團，以期符合現代情況，進行社會改革，這些修正活動可看成是一

1978年9月，頁28。

[79] 聖地牙哥‧卡里略（Santiago Carrillo），《歐洲共產主義與國家》，羅安達（郭松棻的筆名）譯，第一章〈國家對社會〉，香港《抖擻》雜誌，1978年9月，頁28。

種文化革命。聖地亞哥・卡里略認為，基督教應向科學更進一步地開放，「滲透到社會領域，向目前的社會改革潮流開放，向社會主義開放，在社會主義開始在實現，社會各階層普遍存在著差距和階級鬥爭的時代，基督教是不能不這樣做的。」[80]

　　從學校教育層面上來說，這個資本主義制度的另一種意識型態機器也面臨危機。造成這種現象的原因不外乎是將教育作為一種特權，以造就少數貴族，而與羣眾脫節。但另一方面，為了技術的發展，使生產工具的快速進步，又不得不普及教育。這顯示出在社會主義來到之前，腦力勞動與體力勞動之間的差距已越來越小，高等教育機構對此有了新的體認，就是在資本主義的社會裏，他們的處境基本上與工人是一樣的。現在許多青年接受高等教育，儘管工人階級佔少數，這意味著大部分的人已屬於中產階級和中低產階級，可是有許多大學生半工半讀，而他們的工作往往是體力的工作。而且，現在許多學生走出學校便嚐到失業的苦頭，或者在此之前，就得預備進入政府機構或私人企業或資產階級的政治圈以謀求高位。大學成為種種社會矛盾的一面鏡子。聖地亞哥・卡里略提出解決這矛盾的改革辦法是，只有在「社會主義制度」下將「教育民主化，提高它的科學水平，加強它的批判和多元的性質而把它開放給廣大的青年羣眾。」[81]

---

[80] 聖地牙哥・卡里略（Santiago Carrillo），《歐洲共產主義與國家》，羅安達（郭松棻的筆名）譯，第二章〈國家的意識型態機器〉，香港《抖擻》雜誌，1978年11月，頁28。

[81] 聖地牙哥・卡里略（Santiago Carrillo），《歐洲共產主義與國家》，羅安達（郭松棻的筆名）譯，第二章〈國家的意識型態機器〉，頁32。

　　傳統意義的家庭也正處於激烈的變化階段。這歸因於資本主義下日漸喪失的人性生活所致。除了婦女經濟獨立後的解放運動和所得到得一些權利（如離婚、避孕用具的使用、墮胎等等）為一明顯的實例外，父母與兒女之間的關係也從半家長制到兒女在思想上與行動上擁有更大的自由，兒女不如以前順從父母，還經常處於對立狀態，父母的態度則經常被迫作出讓步。這背後意味著傳統維持家庭的習俗和法規的崩解，這直接影響到的是傳統道德觀念的改變，而尋求新的道德律。「這個危機與經濟結構、宗教和教育等意識型態機器所產生的變化息息相關，同時它與這些變化對家庭制度所產生的影響也有關係。」[82]

　　「法律制度是一種意識型態機器，也是一種強制機器。（……）只要政治權力沒有改變，法律將繼續維護和確保資本主義所有權的種種形式。」[83]對於這種情況，許多司法人員以懷疑的眼光來看這實際上非獨立的司法制度，而造成司法和現有國家形式之間的矛盾，導致司法程序和法律的重大變革，加上年青一代不斷加入法律行業，反對傳統資產階級法律的力量也就會隨之更加普遍，終而使之走向民主的歷史新道路。歐洲的資本主義主義國家內部失去平衡，其中以英國最劇烈，工黨內部的左傾勢力日益壯大，要求採取激進的措施，將銀行國有

---

[82] 聖地牙哥・卡里略（Santiago Carrillo），《歐洲共產主義與國家》，羅安達（郭松棻的筆名）譯，第二章〈國家的意識型態機器〉，頁33。

[83] 聖地牙哥・卡里略（Santiago Carrillo），《歐洲共產主義與國家》，羅安達（郭松棻的筆名）譯，第二章〈國家的意識型態機器〉，頁33。

化，足見這個政治制度已顯露出一些嚴重的問題。這有助於歐洲資本主義國家向社會主義的轉變。[84]

　　現今歐洲各國所要認清的是，美國帝國主義這個佔據西方資本主義的領導地位的國家和社會統治集團的宣傳技倆，它們要人們相信「民主就等於資本主義」、「社會主義就等於蘇維埃統治」。歐洲共產主義的潮流應克服這個難題，「而把民主和社會主義問題提升到適當的歷史層次來解決。」換句話說，一方面要證實「民主和資本主義不但不是一回事，而且民主的維護和發展是以推翻這種社會制度為條件的」；而且要證實「在今天的歷史條件下，資本主義有阻撓，而終究會破壞民主的趨勢，這就是為什麼民主必須另闢新徑，以社會主義制度為依歸。」另一方面，歐洲共產主義要證實「社會主義在西甌各國的得勢絕不是蘇維埃國家權力的擴大，也不意味著蘇維埃一黨模式的推行，它將是一種獨立的經驗，這是更進化的一種社會主義，它對今天存在的各種社會主義的民主演進將有積極的影響。」[85]社會主義革命不再只對無產階級是必要的，而是對於廣大的羣眾也是必要的。要改變資本主義制度背後的意識型態與政治機器，唯有促使政治、社會和文化的鬥爭去創造各種勢力的新結合。

　　傳播媒介既是國家的意識型態之一，也是現代資本主義社會的意識型態之一，如電視、廣播、報章雜誌等。這些傳播媒介也是最令人畏懼意識型態武器。它們可以直接進入家庭報導政

---

[84] 聖地牙哥・卡里略（Santiago Carrillo），《歐洲共產主義與國家》，羅安達（郭松棻的筆名）譯，第二章〈國家的意識型態機器〉，頁33。

[85] 聖地牙哥・卡里略（Santiago Carrillo），《歐洲共產主義與國家》，羅安達（郭松棻的筆名）譯，第二章〈國家的意識型態機器〉，頁34-35。

治層面上的問題，有時具有離間與暴虐的作用，在資本主義社會中有如鴉片一般毒害人民。要改變這種情況，必須以民主的方式控制這些傳媒，使社會上各種勢力都能表達己見，而不是只掌握在少數的統治者手中。並制定法律來確保它們自己的自由，也就能使各個社會勢力擁有自己的言論機構。革命和進步的勢力應進入文化領域，產生領導作用，爭取文化自由是先決條件，文化的繁榮普及才是革命和進步思想的成長沃土，否則文化就會退縮到保守陣營，而無法深入改變這意識型態機器。

聖地亞哥・卡里略進而表示，若社會革命與進步思想要能佔據其領導地位，就必須爭取控制上述的意識型態機器，把意識型態機器調轉過來反對資本主義的當權階級。阿爾蒂塞爾（Althusser）在其著作〈意識型態與國家意識型態機器〉中說過：「任何一個階級如果不能同時在國家範圍內對國家意識型態機器行使統治權，它就不可能以持久的方式去維持國家權力。」[86]

而且，近幾十年來經濟條件起了「物質劇變」，使生產結構和社會關係也產生了巨大的變化，實現社會主義的條件已趨於成熟。這些物質劇變可從幾點來看，例如「生產力得到驚人的發展」、「私有企業制度即使新闢了多國結構的方向，還是不能處理或疏導生產力的急流」、「仿效集體解決辦法，由國家代而承擔各種社會功能，結果畫虎不成反類犬」、「壟斷

---

[86] 聖地牙哥・卡里略（Santiago Carrillo），《歐洲共產主義與國家》，羅安達（郭松棻的筆名）譯，第二章〈國家的強制機器〉，《抖擻》，1979年1月，頁43。

統治集團的少數人和社會其他人之間的差距日益惡化」、「以前曾經是殖民地的一些國家目前制定的政策具有較大的獨立性」[87]，這些資本主義國家所面臨的問題，實際上有利於重新結合社會主義勢力，創造不由專政形式而是以民主方式達成社會主義的可能性。

　　三、民主化的軍事政策：在〈國家的強制機器〉一章中，聖地亞哥‧卡里略一開始提出了一個重要的問題：「在發達的資本主義國家進行社會主義革命，第一個步驟就是要以暴力的行為摧毀國家的強制機器，這種看法是否實際？」從歷史的事實來說，社會主義政體確實是靠武裝革命而建立的。但在第二次世界大戰後，由於人們畏懼戰爭，尤其是核戰，而非由於帝國主義喪失了掠奪的本質，使得歐洲處於二十世紀以來沒有戰爭的最長時期。馬克思和恩格斯在《共產黨宣言》的開頭就曾指明，「到目前為止的人類（有記載的）歷史都是階級鬥爭的歷史，並說每一次鬥爭的結局都是整個社會受到革命改造或者鬥爭著的各階級同歸於盡。」恩格斯更指出，「發動戰爭的形式也會影響到階級鬥爭的發動」[88]。在他們那個時代也想不到會有核武器。若考慮到具體的事實，通往社會主義的道路必然不同於過去，是由民主的群眾行動和具代表性的民主機構的行動相結合的道路，也就是利用基本上為資本主義服務的民主機構來為社會主義服務。簡言之，是用民主方式改造國家機器。通

---

[87] 聖地牙哥‧卡里略（Santiago Carrillo），《歐洲共產主義與國家》，羅安達（郭松棻的筆名）譯，第二章〈國家的意識型態機器〉，頁38-39。

[88] 聖地牙哥‧卡里略（Santiago Carrillo），《歐洲共產主義與國家》，羅安達（郭松棻的筆名）譯，第二章〈國家的強制機器〉，《抖擻》，頁44。

過有力和理性的行動促使國家機器民主化，以造成某種情勢使
資產階級的意識型態喪失它對意識型態機器的統治力量為行動
起點。這個目標即使是部分達成，也會反映在強制機器上。

　　我們經常看到在壟斷資本家的國家中，一旦有示威或罷
工，先出來鎮壓的是警察，若更嚴重狀況，是軍隊開到街頭
上。警察的職責應是維護社會秩序，防止社會不良份子，保護
全體居民，而不是與示威或罷工群眾針鋒相對，維持示威的秩
序應由示威組織者來負責，警察更不是用來維護少數資本家或
統治者特權的利益，維持社會秩序是保證大多數的意志得以申
張。而且，雇主或資本家應該出來與示威群眾對話與談判，而
不是靠警察來撐腰，自認處在高於社會之上的地位。警察部隊
必須民主化，「最重要的條件是要使這些部隊的成員成立或加
入工會以維護他們的權利和職業尊嚴，使他們得以同工人建立
關係，這種關係不是警察和嫌疑犯的關係。」[89]

　　而軍隊更是國家最重要的強制工具。軍隊不僅在某些條件
下可成為少數統治集團的政黨，而且從意識型態的觀點來說，
「軍隊一般是在殖民主義和帝國主義以及鎮壓人民的行動中組
成的。」[90]他們深信國家和政治社會制度是一體的，於是他們懷
有強烈的愛國心。但若深入思考，這種愛國心其實是反人民的
階級結構的意識型態反映，和紀律、秩序、服務一樣，都認為
被統治者應該臣服於統治階級，為國家服務就是為既成的權力

---

[89] 聖地牙哥・卡里略（Santiago Carrillo），《歐洲共產主義與國家》，羅安
　　達（郭松棻的筆名）譯，第二章〈國家的強制機器〉，《抖擻》，頁48。
[90] 聖地牙哥・卡里略（Santiago Carrillo），《歐洲共產主義與國家》，羅安
　　達（郭松棻的筆名）譯，第二章〈國家的強制機器〉，《抖擻》，頁48。

服務，致使軍隊領導人不贊成任何政治和社會改革，以維持現狀為己任。這種信仰要到第二次世界大戰反法西斯的勝利打開反殖民地的時代才有了轉變。以法國為例，越南戰爭在法國人民的一般態度與軍隊所負的行動責任之間存在著一條鴻溝，這是軍人親身體驗的裂痕，戰敗後又要負起責任，而事實上這個戰敗的責任應由統治階級的殖民主義者所擔負。接著越南之後的阿爾及利亞戰爭，就有些軍官認為這種犧牲是蒙昧無知的，這些歷史經驗改變了軍人職責與國家、服務和現存體制為一體的觀念。[91]

聖地亞哥・卡里略強調，「左派勢力，特別是我們馬克思主義者應當積極處理軍事問題，這是促使社會進入社會主義改造的一項具有高度決定性的因素。（……）不改造國家，從而改造作為國家基本工具之一的軍隊，社會是不可能改造的。（……）在這個過渡的時代，應設法在軍隊和市民社會之間取得認同的關係，使之超出獨裁＋武裝部隊＝保守和反動這種歷史性的等式，而有助於進步勢力去爭取合理和平等社會的民主進程。」[92]在今天一發動戰爭就對導致與敵對者一起自殺的核武時代，只能憑藉戰爭以外的其他因素，在社會產生危機後，對軍事思想進行改造使之民主化。

影響軍隊的所有觀念中，首先應該排除的就是對一切權威都要盲目的服從。紀律在軍隊裏是不可或缺的，但也不能是盲

---

[91] 聖地牙哥・卡里略（Santiago Carrillo），《歐洲共產主義與國家》，羅安達（郭松棻的筆名）譯，第二章〈國家的強制機器〉，《抖擻》，頁49。

[92] 聖地牙哥・卡里略（Santiago Carrillo），《歐洲共產主義與國家》，羅安達（郭松棻的筆名）譯，第二章〈國家的強制機器〉，《抖擻》，頁52。

目而無條件的。美國軍隊在越戰時的惡行是眾所周知的。而法
國的軍人條例中使聖地亞哥・卡里略印象最深刻的是，「低級
軍官具有自我判斷的餘地，也有不執行某種命令的自由，如果
這種命令將造成危害人類尊嚴和民主法制精神的後果。」[93]此
外，軍隊和現存社會應該結合為一體，明確地說，在今天已沒
有在被殖民國家為殖民國官方視為「祖國拯救者」的指揮官，
軍隊的幹部應當擔任國家的「技術人員、科學家、抵禦外敵保
衛國土的知識份子教育家」的職責。不但在技術方面需要具備
廣泛的知識和扎實的智能訓練外，還需要具備大學教育程度的
人文與社會科學素養，軍官已不再是文盲、逆來順受、唯命是
從的士兵。簡言之，「民主的軍事政策首先要著手改革軍官訓
練制度，這應該是接受專門軍官學校和普通大學兩種訓練的混
合制度。」[94]現代的軍官應當具有高等教育，在平民生活中和一
般大學畢業生一樣，能夠作一個技術人員、工程師、經濟學家
或社會學家等等。並且，現代的指揮官要求體格強健、頭腦靈
活的青年擔當，這勢必要降低某些人的退休年齡，但曾接受一
般大學教育的退休軍官仍能進入職場，繼續按照他的技能謀生
而不會失去他的身份。

　　這麼做也符合一種現代觀念，那就是保衛國家不再只是職
業軍人的責任，而是所有公民共有的職責。一旦戰爭發生，職
業軍人理當立即介入戰鬥，其他人民則為後備部隊，同樣要介

---

[93] 聖地牙哥・卡里略（Santiago Carrillo），《歐洲共產主義與國家》，羅安
　　達（郭松棻的筆名）譯，第二章〈國家的強制機器〉，《抖擻》，頁53。
[94] 聖地牙哥・卡里略（Santiago Carrillo），《歐洲共產主義與國家》，羅安
　　達（郭松棻的筆名）譯，第二章〈國家的強制機器〉，《抖擻》，頁54。

入戰鬥。職業軍人在平時是為這些非職業軍人進行軍事訓練，在某種程度上相當於大學教員在非軍事的學術部門所做的工作。「換句話說，按照現代的觀念，軍人不是什麼封閉秩序的成員，處在社會之外或之上，他是參與教師團體裏的成員，致力於為公民們灌輸某種具體的知識，一旦有需要時，這些公民才有能力保衛國土的完整。」[95]這並非資本主義國家所具有的觀念，但若能調轉它們的意識型態機器，必然會贏得大多數的軍人支持，這是客觀的事實，也是歷史趨勢。

四、民主社會主義的經濟改造：在第四章〈民主的社會主義模式（上）〉中，聖地亞哥・卡里略首要談論的問題在於民主的社會主義裏的經濟改造，然後回顧蘇維埃的思維方式和對民主的觀念，進而深化對民主的評價和對普選制的觀感。

關於蘇維埃的思維方式及其對民主的限制，以及民主的形式之一，即普選制，均從蘇維埃的革命起點、進程與對其他共產或社會主義國家的影響和差距，繼之從馬克思和恩格斯的論點上，說明早期的共產主義國家，尤其是蘇維埃對民主概念的誤解，法西斯國家的濫用與歷史經驗中對普選制的觀念等，但因翻譯未完成的關係，本章節尚未論及現代「民主的社會主義模式」這個最主要的關鍵議題，因此，在此僅對民主的社會主義經濟改造作簡單的介紹。

聖地亞哥・卡里略所謂的經濟改造建立在私有和公有財產制的共存之上，雖然這個階段還不屬於社會主義，但已不再是

---

[95] 聖地牙哥・卡里略（Santiago Carrillo），《歐洲共產主義與國家》，羅安達（郭松棻的筆名）譯，第二章〈國家的強制機器〉，《抖擻》，頁55。

壟斷資本的國家統治了。這種共存狀態合併制定一個符合居民
真正需要並普遍提高生活水平的經濟模式，才是進行民主的全
國經濟規劃的基礎。這種經濟規劃是從底層開始，並考慮到各
階層、各企業和設施的創發精神，也就是將各個層次的許多計
劃協調成一個整體，從而制定一個總的計劃。在農業方面，若
有足夠能力自給自足的話，便盡量減少進口而增加出口，以及配
合不同程度的私營企業，推行生產、加工和分配；「土地歸耕農
所有」並不一定要將土地給予個人，可以「由集體方式或個人合
作社的混合方式來實現」；漁業技術現代化之外，對於「共同市
場和其他國家擴大沿海水域範圍所造成的問題」[96]，應該在外交
政策上尋求解決；注重能源的發展，盡量不依賴外國的供應，
應由國家進行能源探勘的工作，並注重從自然能源獲得利益的
科學研究；教育上，應免費教育兒童、青少年、成人，以提高
工人及其子女的知識水平，甚至富家子弟也可享有免費教育的
機會，這有助於富家子弟擺脫物質與意識型態上的家庭環境影
響而獨立自主；增加保健與醫療設施管理和醫療研究資源；對
於傳統工業，應給予各項協助，納入技術現代化的規劃中。

　　「公有和私有制的共存，指的就是我們接受自然增值，並
由私人佔有部分的增值，這也就是社會上存在著混合的制度。
社會有辦法保證可以通過徵稅使這種自然徵值不致到不可收拾
的地步，而同時又有足夠的增值以鼓勵私營企業。」這是混合

---

[96] 聖地牙哥・卡里略（Santiago Carrillo），《歐洲共產主義與國家》，羅安
達（郭松棻的筆名）譯，第四章〈民主的社會主義模式（上）〉，《抖
擻》，1979年3月，頁35。

式經濟制度，若轉化到政治體制上，有產者可以代表其利益的某一或幾個政黨內，就可以自己組織起來，「這是政治和意識型態多元主義的組成部分之一。（……）社會的分歧將依循自然的過程來解決，不靠強制措施，而靠發展生產力和社會設施來解決，這樣通過逐步漸進的過程，再用教育加以鼓勵，所有各階層的居民就會團結在社會集團裏面。」[97]

　　由上述的《歐洲共產主義與國家》的四個章節已可窺見聖地亞哥・卡里略對於國際共產主義的發展歷史瞭若指掌，而且對於資本主義國家的各種弊端和現代民主的社會主義各方面的改進都有整體的認識和全面性的掌握。他不僅從現代的觀點提出資本主義所顯露或隱藏的問題，更從社會主義的角度提出解決問題的具體辦法與方案，而非空談不切實際的理論和主張，改變了一般人對於社會主義即為蘇維埃極權模式的刻板印象。民主的社會主義目標為建立一個沒有階級差別的平等社會，這也許是個難以達成的理想，但至少不會像資本主義社會的階級與貧富差距程度來得這麼大。聖地亞哥・卡里略有信心的認為，這是可以透過民主的社會主義改造而實現的。而且，實現民主的社會主義是要靠資本主義過渡而來的，歐洲大多數國家已具備這樣的條件，聖地亞哥・卡里略也許正因為認為歐洲轉向社會主義道路的時機已成熟，毅然寫下這部《歐洲共產主義與國家》著作。

---

[97] 聖地牙哥・卡里略（Santiago Carrillo），《歐洲共產主義與國家》，羅安達（郭松棻的筆名）譯，第四章〈民主的社會主義模式（上）〉，《抖擻》，1979年3月，頁36。

第四節　結語

　　本章節中，郭松棻先藉由前後兩篇評論〈戰後西方自由主義的分化──談卡繆和沙特的思想論戰〉先批判戰後西方知識份子代表之一的卡繆思想疲軟、缺乏行動力的狀態，以及在他的思想中有背於馬克斯主義的元素後，用較為緩和的口吻介紹卡繆從歷史中批評馬克思主義在實踐時所導致的暴力與獨裁的事實。關於這兩篇談論卡繆思想時採取的不同態度，郭松棻於簡義明的訪談錄中曾如此說道：「寫沙特和卡繆這一系列當然有著連結現實的關懷，可是那是什麼，其實不一定是有一種簡單的指涉的，你應該有發現，我在《抖擻》上有一篇文章，寫了兩次，就是〈戰後西方自由主義的分化──談卡繆和沙特的思想論戰〉這篇，第一次寫的時候批評了卡繆，第二次寫的時候，就對卡繆有比較大的同情。」[98]如前所述，這兩篇所書寫的時間，一為赴中國大陸前，一在近四年之後，若根據郭松棻的自述，前後兩篇以不同的態度評論沙特和卡繆這一系列（事實上只評論了卡繆）「有著連結現實的關懷」，筆者認為，這個現實同時是關涉歐洲社會動盪的現實，還關係到揭開中國大陸黑暗內幕的現實，才會使郭松棻對卡繆的思想評論先是批判後帶同情，並且，也透露出郭松棻對馬克思主義的重新思考和其反躬自省。其中的複雜性正如郭松棻所言：「不一定是有一種簡單的指涉」。

---

[98] 簡義明訪談錄，頁159。

思想或理論可具有永恆不變的體系，一旦落入實踐之中，其中的不定因子就隨著現實（因人、因事、因時、因地）的轉變而來，這是郭松棻在赴中國之前就應知曉卻忽略的事實。這似乎也可解釋為何在此之後他轉向西方世界，轉向共產主義發展史，從歷史史實中去揭露行動中的馬克思主義所帶來的弊端，以及褒貶參半地評析行動中的列寧主義。李怡在〈昨日之路：七位留美的左翼知識份子的人生歷程〉曾經說過：這些評論文章的產生是希望能夠「*解釋從馬克思到俄國革命、再到中國的創傷的歷程*」[99]。筆者卻認為這些文章的誕生也似乎說明郭松棻並沒有對社會主義失望，更沒有因對中國幻想的破滅而轉向資本主義，恰恰相反，從他認同式翻譯聖地亞哥・卡里略《歐洲共產主義與國家》可窺知他的政治、社會、經濟等理想。對此，聖地亞哥・卡里略不只停留在馬克思理論的修正和其社會主義理論的建構，如前所介紹，他具體而多方面顯示出西方的資本主義逐漸式微，而馬克思再修正主義（民主的社會主義）已具備其實現的條件與方法。

由此亦可見出，郭松棻對馬克思主義並非僵化的遵循，不敢越雷池一步，反而是從俄國到歐洲的政治發展史中，去探尋理論與實踐中的馬克思主義其間的可能產生的問題，加上每個國家各有其特殊的歷史背景、政治和經濟等因素，以及領導者——無論是因私或因公——而造成的各種不同的結果，形成不同的共產主義或社會主義國家。但有一點是郭松棻始終不變的

---

[99] 李怡，〈昨日之路：七位留美的左翼知識份子的人生歷程〉，林國炯編，《春雷聲聲》，台北：人間出版社，2001，頁756。

信念，即在馬克思的理論中，社會主義必須經由資本主義過渡
而實現的，正如歐洲共產主義國家是在資本主義的危機下轉型
的最佳範例。換句話說，這個時期郭松棻的政治理想依舊是以
社會主義為目標，但已不再是傳統的馬克思主義思想，也並非
「第一次世界大戰後歐洲資本主義先進地區無產階級革命失敗
的產物，是在社會主義理論和工人階級實踐之間愈益分離的情
況下發展起來的，那種專業哲學化、對革命實踐不抱以思辨的
西方馬克思主義。」也不是對「紅色中國無產階級革命樂觀的
毛主義」，而是聖地亞哥‧卡里略的「再修正的民主化馬克斯
主義」，或簡單地說，「民主的社會主義」。

第三章　創作的開始與意識型態的轉型（I）

——郭松棻小說的創作美學

> 我的寫作形態是這樣，都是先寫個一頁、半頁，塗塗改改，然後積起來，一個小說要寫上兩個星期左右，大概輪廓才會跑出來。**先有句子，才有故事**[1]。（簡義明訪談，2004/02/23）

> 我的文體很受李健吾（譯筆）[2]影響。（簡義明訪談，2004/02/23）

> 剔除白膩的脂肪，讓文章的筋骨峋立起來。（郭松棻〈論寫作〉）

---

[1] 粗體為筆者強調。

[2] 「譯筆」二字為筆者所加。李健吾是翻譯西方小說之能手，尤其是郭松棻最喜愛的福樓拜《包法利夫人》的翻譯本也出自於他手。郭松棻認為他的譯筆從頭到尾像詩一樣。參閱簡義明之訪談，2004年2月20日，收入於簡義明的博士論文《書寫郭松棻：一個沒有位置和定義的寫作者》，2007年7月。

　　郭松棻對於文學形式的重視，並非始於1983年重拾小說創作之筆的時期，早在1968年於〈文學與風土病〉一文中已表露無遺。他寫道：「抒情是一種形式，而形式即是文學的精髓。如果硬堅持「形式－內容」的二分法，則我以為：「形式」決定「內容」。一個作家選擇了一種特殊的形式時，他既受這種形式的框架的支配，他的思路，他的心理傾向。他的情感勃動也都循著那框架運作了。」[3]這種看法與盧卡奇（Gyorgy Lukacs，1885-1971）在早期著作《心靈與形式》中的觀點甚為相似。陳清僑在〈美感形式與小說的文類特性——從盧卡奇到巴赫定〉一文中提到，盧卡奇從社會學的角度致力探討「形式」到「心靈」之間的過渡，這個過渡繫結於藝術思維的運作上，使屬於個人心靈的內在力量，走向物性所把持的、屬於文字、文化媒介，或是其他社會傳通體的形式世界裏去。[4]但這裏必須強調的是，郭松棻並非以社會學的觀點來說明他對形式與內容的關係。

　　同時，從這段表述可見出郭松棻此時的文學觀與他在〈談談台灣的文學〉中重題材和主題，並強調對台灣的文學應是「縱的繼承」勝於「橫的移植」有頗大的差距，更與中國傳統的文學觀背道而馳。在《文心雕龍》中強調的是「內容決定形式」，作品的文辭描寫需以具體思想內容作基礎。如〈情采〉篇說道：「幅鉛黛所以飾容，而盼倩生於淑姿；文采所以飾言，而辯麗本於情性。故情者，文之經，辭者，理之緯；經

---

[3]　郭松棻，〈文學與風土病〉，《大學》雜誌第一卷第四期，美國加州大學中國同學會主編，1968。郭松棻以筆名「乙禽欠」發表此作。

[4]　陳清僑，〈美感形式與小說的文類特性——從盧卡奇到巴赫定〉，《當代》，第89期，1993年9月1號，頁72。

正而後緯成，理定而後辭暢，此立文之本源也。」；〈鎔裁〉篇有言：「情理設（乎其）位，文采行乎其中」；〈體性〉篇則提到「情動而言形，理發而文見」、「辭為膚葉，志實骨隨」。從大學時期就受到西方文學洗禮，卻曾經想研究《文心雕龍》的郭松棻[5]，似乎不可能不知道自己違反了自己的文學主張，也違背了他曾重視的中國傳統文學觀。就這一點而言，我們可以有兩個假設與推測，一是他的文學觀是來自於他個人的創作經驗；二是他受到西方文學觀的影響更勝於中國傳統文學觀。但如前所述，他的文學觀早在重新開始創作純文學──小說時便已形成，因此，第一個假設與推測似乎較不具有說服力。筆者則認為第二個假設與推測較具可能性，更何況他於廖玉蕙的訪談錄中說到自己受到西方文學的影響很深，是很「洋派」的[6]。然而，第二個假設與推測衍生出一個問題，若他是受到西方文學觀的影響，他所受到的是西方哪一個文學主義或學派或思潮的影響呢？

　　從「形式決定內容」這一觀點、主張來說，盧卡奇早先的看法可能影響郭松棻，但後來盧卡奇改變了先前的觀念，而認為是「內容決定形式」[7]。因此，這個推測勢必引來許多爭議。

---

[5] 簡義明訪談2004年2月20日。「簡：那時如果你有機會完成博士學位，論文想寫的東西是什麼？郭：當時想做的是《文心雕龍》，至於那時為什麼想做，現在也忘記了。」

[6] 廖玉蕙，「生命裡的停格──小說家郭松棻、李渝訪談錄」，《聯合文學》，頁120。

[7] 盧卡奇之後在 "The Ideology of Modernism" 中的對形式與內容的觀點有了改變，他說道：「我們所關注的差別，不是形式主義意義上的風格「技巧」的差別。重要的是一部作品中所表現的對於世界的看法，是意識型

其他與「形式決定內容」的觀點相吻合的有可能是「俄國形式主義」。簡單地說，俄國形式主義，通常指文藝創作中的一種傾向。它強調審美活動的獨立性和藝術形式的絕對化，認為不是「內容決定形式」，而是「形式決定內容」。俄國形式主義的理論主張有以下三個重點：一、文學研究的主題是文學性。二、藝術內容不能脫離藝術形式而獨立存在，這是他們對文學「形式」進行的新界定。三、「陌生化」是藝術加工和處理的基本原則。陌生化是俄國形式主義提出的核心概念，也是在俄國形式主義文論中最富有價值而且至今仍有啟迪意義的觀念。[8]

　　由上述對俄國形式主義的簡介中，我們可以發現，雖然俄國形式主義所主張的「形式決定內容」與郭松棻的看法相契合，但作為創作與審美原則，俄國形式主義過於膨脹形式而輕忽內容的觀點，又異於郭松棻的「創作過程與理路」。他所認為的是，「一個作家選擇了一種特殊的形式時，他既受這種形式的框架的支配，他的思路，他的心理傾向。他的情感勃動也都循著那框架運作了。」也就是說，文學不能不是語言的構組，內容是無法獨立於形式之外或預存於形式之前的東西，換

　　態或世界觀（tanschquung）。正是作家表達這一對世界看法的努力，構成了他的「寫作意圖」，決定了他在作品中採用什麼樣的風格。從這個意義上說，風格問題就不再屬於形式的範疇。相反，它是植根於內容的，是特定內容的特定形式。」也就是說，盧卡奇後來還是認為「內容決定形式」。參閱Georg Lukas, *The Ideology of Modernism*, in David Lodge, ed. 20th Century Literary Criticism. A Reader, London and New York: Longman, 1972，pp.475-476.

8　伊格爾頓（T. Eagleton），《當代文學理論》，鍾嘉文譯，台北：南方出版社，1986，p.130，以及百度百科http://baike.baidu.com/view/40172.htm。

句話說，內容雖依附於形式之上，但它的重要性是不可忽視的。由此可見，若他的文學觀確實曾受俄國形式主義的薰陶，那麼，他對於俄國形式主義的理論主張並不是全盤接受，而是有選擇性的認同與運用。

　　或者可以從另一個角度而言，他的某些文學觀念與俄國形式主義的某些主張也可能只是一種不期而遇，這個說法可視為第三個可能性。

　　在對俄國形式主義作選擇性的認同與運用，或者是不期而遇的基礎上，郭松棻那些具有「異質性」與「藝術性」的小說，除了他自己稱說：「我的文體很受李健吾（譯筆）影響。」，以及「從文體來看，川端康成、芥川龍之介應該也都影響過我，（……）另一個作家叫中島敦」[9]之外，也呈現出俄國形式主義所倡導的「陌生化」創作策略。所謂「陌生化」就是將對像從其正常的感覺領域移出，通過施展創造性手段，重新構造對對象的感覺，從而擴大認知的難度和廣度，不斷給讀者以新鮮感的創作方式。文學的價值就在於讓人們通過閱讀恢復對生活的感覺，在這一感覺的過程中產生審美快感。如果審美感覺的過程越長，文學作品的藝術感染力就越強。陌生化手段的實質就是要設法增加對藝術形式感受的難度，拉長審美欣賞的時間，從而達到延長審美過程的目的。[10]即使這種「陌生化」的創作策略並非來自於俄國形式主義的感召與啟發，也必

---

[9]　參閱簡義明訪談2004年2月25日。訪談中，郭松棻還提到，「魯迅應該是和我最貼的作家了。」

[10]　參閱百度百科http://baike.baidu.com/view/40172.htm。

然是郭松棻個人有意識的創作理念。誠如郭松棻自己所言,他的小說詩化的表現是「刻意為之」[11],而非自然流露。

事實上,一個作家不可能完全服膺於某一文學理論、主義、思潮、學派主張。首先,每個作家對於某一理論、主義、思潮、學派主張往往各自有各自的理解。其次,作家在建立個人風格,形成個人風格的同時,經常根據的是自己所定下的某些創作原則,無論這些原則是否與某一文學理論、主義、思潮、學派直接或間接相關,以及自己對某些文學作家或作品的喜好偏向,加上個人的情感、思想的軌跡與性格,個人的生命經驗,企圖創造出異於其他作家、作品的風格,從而也成為作家的創作習慣與型態。如同郭松棻自述道:「我的寫作形態是這樣,都是先寫個一頁、半頁,塗塗改改,然後積起來,一個小說要寫上兩個星期左右,大概輪廓才會跑出來。先有句子,才有故事。」

再者,若我們回過頭來重新閱讀〈談談台灣的文學〉,從他批判與褒獎的台灣作家及其緣由,可推測出他對題材與主題的選擇焦點著重於台灣歷史、社會的大現實,而其形式技巧上──文字、人物塑造、場景刻畫、佈局、結構等則要等到他對「西化」的改觀後,始可見出「現代主義」的取向。而這兩者的結合也正是他的小說作品所呈現出的特殊風貌。(其實在這一點上,台灣一些早期作家已有不錯的表現,如鍾肇政在六○年代所嘗試的實驗小說集《中元的構圖》[12]。)除此之外,他曾說過,對於小說創作而言,他最在意也最用心的是「文體」:

---

[11] 參閱簡義明訪談2004年2月25日。
[12] 鍾肇政,《中元的構圖》,台北:前衛出版社,1968。

「像我這樣一個字一個字去寫的，對文體這麼注重的方式，在這個時代已經沒有人如此了。」[13]這也是使他的小說作品異於其他作家作品的重要原因之一。

　　以上是就郭松棻的小說創作觀而論。對於閱讀與批評作品的方法，郭松棻雖有明確的觀感，卻沒有將它用於實際的閱讀與批評上。在簡義明的訪談中，郭松棻表述了他對「新批評」（New Criticism）先拒後褒的轉變。對「新批評」的抗拒是由於他赴美以前深受存在主義的影響，而沒有辦法接受「新批評」主張的文學觀念。但在赴美以後，重新接觸「新批評」，才「慢慢覺得『新批評』也是蠻了不起的一個運動。」[14]以下先對「新批評」作一簡單概述。

　　「新批評」是反對過去傳統考據式、印象式的批評方法。它是跟隨1960年代現代主義文學崛起後而帶來的解讀方式，「精讀」、「細讀」、「再閱讀」是新批評最主要的要求。解讀時，讀者必須自己去聯想，發現文本中各部分的關係與內在邏輯。「新批評」要求讀者先不要問作者是誰，而是先問讀者自己的感覺是什麼？作品精彩的地方在哪裏？作品吸引讀者的地方在哪裏？作品好在哪裏？因為作品本身是一個自主的世界，這種新批評的閱讀方式不再只是屬於消遣、娛樂的活動，而是視讀者的審美觀念而定；不是切斷作者與作品的關係，而是先尊重作品的重要性。因為所有的閱讀都是批評的起點。[15]郭松棻曾涉獵藝評，

---

[13] 簡義明訪談2004年2月25日。
[14] 簡義明訪談2004年2月21日。
[15] 陳芳明主講，「何謂新批評？」，台灣文學系列──「閱讀的樂趣‧批評的嬉戲」，黃莉莉整理，敏隆講堂。請參閱：www.hfec.org.tw/course/

如〈大台北畫派1966秋展〉[16]（1966）、〈一個創作的起點〉[17]
（1989），但他的其他評論大都是與存在主義和政治相關，鮮
少對文學作品作評論，即使以筆名鐵曇書寫的〈阿Q與革命〉[18]
（1971）也不是以「新批評」的細讀、精讀的方法對魯迅〈阿Q
正傳〉進行評論的文章，而是「用來批評一群在海外醉生夢死，
只顧吃喝玩樂的留學生」[19]。可見郭松棻後來雖讚揚「新批評」
的見解、主張，但卻從未運用於實際文學作品的批評。而且，綜
觀他的評論、議論文章，事實上可見出他有自成一格的論調。因
此，關於郭松棻的文學批評觀，筆者在此不再多加談論。

　　本章節順應郭松棻對小說創作的觀點與實踐，先闡釋他
的小說作品中的詩化現象，再選擇幾篇具有美學表現或敘事技
巧殊異的小說作品為代表，如〈奔跑的母親〉、〈月印〉、
〈草〉、〈那噠噠的腳步〉、〈雪盲〉，深入探討其有別於一
般小說的「異質性」與「藝術性」特色。正如在〈橫切現實
面・探索內心世界──郭松棻集序〉中所言：

　　　郭松棻是一個重視小說的藝術性及美學結構的作家，尤
　　　其對於思想深沉、為世俗人罕於知曉的人物角色內心加
　　　以剖析、洞察。從最早期的簡樸平淡、歷經〈奔跑的母

---

data_2.asp?CTID={A76ADBBE-9B3B-442B-87D4

[16] 郭松芬，〈大台北畫派1966年秋展〉，《劇場》，第7、8合期，1966。

[17] 郭松棻，〈一個創作的起點〉，《當代》，42期，1989。

[18] 鐵曇（郭松棻筆名），〈阿Q與革命〉，《盤古》（香港），36期，1971。

[19] 簡義明，《書寫郭松棻：一個沒有位置和定義的寫作者》，清華大學博士
　　論文，2007年7月，頁41。

親〉、〈月印〉的細密綿美，到〈雪盲〉、〈草〉的晦澀含蓄，郭松棻強烈地塑造自己獨特的風格。[20]

第一節　郭松棻小說的詩化藝術

談及詩（化）小說，除郭松棻之外，我們還想到早年的楊熾昌、龍瑛宗、張秀亞，近年的七等生、林耀德、舞鶴、李渝，外國的有維金尼亞‧吳爾芙、川端康成等等……。但到底何謂詩（化）小說呢？郭松棻的小說又表現出怎樣的「詩性」，成為「向詩出位」或向詩「跨界」的詩（化）小說呢？根據廖高會對中國大陸詩化小說的研究指出：

> 詩化小說是詩歌向小說滲透融合而形成的新的小說文體。其採取詩性思維方式進行構思，運用意象抒情和意象敘事等手法，淡化情節和人物性格，以營造整體詩意境界、特定情調或表達象徵性哲思為目的，通過詩性精神使主客觀世界得以契合與昇華。[21]

我們可以察覺，筆者對於詩化小說的形成途徑與廖會高所言表面上相反，實則一致。因為，既為詩化「小說」，其根柢仍是屬於小說，而非「詩」，所以應是小說向詩「跨界」；而若以

---

[20] 〈橫切現實面‧探索內心世界──郭松棻集序〉，《郭松棻集》，台北：前衛出版社，1997第三刷，頁12。
[21] 廖高會，《詩意的招魂》，北京：學苑出版社，2011，頁6。

「滲透」一詞觀之，實為詩滲透到小說當中，成為「小說與詩的融合」。雖然有時詩化小說會形成散文化結構，但這也受限於詩化的程度與敘事的鋪展。

小說與詩本為兩種不同的文體，各自具有各自的特色與構成要素。例如構成一般小說的要素主要在於故事情節、人物、對話、時空、觀點、主題，也就是著重敘事性；而詩的要素不外乎語言的幅度與密度、詩的格式、意象（群）、音樂性、詩意（涵）、意境等，而其主要特徵在於「抒情性」。其實，在西方的觀念中，「詩」並非獨指一種文體，舉凡具有美感的藝術，均可稱之為詩，並且將藝術家稱之為詩人。因此，「『詩』並非總是一種固定的文類概念，而是持續建構的美學範疇」[22]。這裡筆者一方面將詩作為一種文類來談，另一方面也顧及其為一種美學範疇，在兼顧這兩種思維之下，試圖使以下有關小說詩（化）的論述更加清楚明白。

詩化小說，顧名思義，為「向詩出位」的特殊小說文類，除了含有不可或缺的小說要素外，還應具備詩的抒情美、詩意美、音樂美。但在此須先說明的是，詩化小說由於強調其抒情美，往往致使故事情節（敘事性）變得薄弱，也就是廖高會所謂的敘事時間被淡化，而敘事空間被強化，尤其是人物的內在心理、精神空間。[23]若運用索緒爾的「橫組合」與「縱聚合」的兩個向度來說，前者是「句段關係」，後者是「聯想關係」[24]，

---

[22] 唐捐，〈詩化小說新論：漢語性與現代性〉，《東吳中文學報》，2004，頁3。

[23] 廖高會，《詩意的招魂》，北京：學苑出版社，2011，頁91。

[24] 索緒爾，《普通語言學教程》，高名凱譯，北京：商務印書館，2000新版。

那麼詩化小說在構思時，縱聚合的聯想關係是最主要的，「聯想思維具有非固定性、自由性和放射性特徵。（……）而詩化小說的話語構成上是由詩的抒情話語（縱聚合）與小說的敘事話語（橫組合）共同組成。」[25]而且，由於在詩化的前提下，也就是在情感邏輯的要求下，詩化小說的架構往往於橫組合的故事情節中不時地置入縱聚合的抒情寫意，這就是為什麼詩化小說的故事情節往往被淡化的原因。

　　此外，詩化小說主要是取徑於詩「語言」與「意境」上的特質，即所謂的向詩「語言出位」與「意境出位」[26]的特殊文體。小說在形式上運用詩的格式書寫，句句分行、並列雖然並非小說詩化的必要條件，但不可否認，小說以詩的格式書寫可製造詩的形式效果，以及加強這種特殊文類的文本節奏感，如郭松棻具有詩意的小說作品。關於郭松棻的詩化小說，吳達芸在評論時便曾經說道：

> 郭松棻是一個有心強烈塑造自己特色風格的作家，他一直不斷在尋覓、變換、找尋自己的語言表現技巧，由最初極短篇的簡樸平淡，〈月印〉的細密綿美，到〈雪盲〉、〈草〉的澀鬱頓挫，他一直專注在他的文筆風格裏，要求以精緻完美的藝術技巧，真誠具實的呈現他的思維感情，甚至可以感覺出來，他一切以藝術表現為前提〔……〕語言是由傳統和習慣組成，像自然屬性一樣，作者使用它純

---

[25] 廖高會，《詩意的招魂》，頁7。
[26] 唐捐，〈詩化小說新論：漢語性與現代性〉，《東吳中文學報》，頁2。

> 屬自然而然的流露。文體卻專屬於一個作家,作者由於
> 「需要」而予變形或轉化,它像作者的氣質、性情、才具
> 一般,理該人各一面。〔……〕但對於語言藝術格外看重
> 的作家而言,他迫切需求在寫作中掙得一片自由創造的天
> 空。郭松棻便是這樣的作家……[27]。

以上引文中,有一點須加以更正,也就是如前所述,郭松棻自
述他的語言藝術是「刻意營造」而非自然流露。

那麼何謂向詩「語言出位」與「意境出位」呢?

就向詩「語言出位」而言,並非專指「修辭技巧」,散文
與小說運用修辭的情況自古有之,這種技巧實是詩文與小說共
通之處,而非詩所獨有。例如在張愛玲與白先勇的小說中,經
常運用修辭技巧書寫人、事、物,但我們從未將他們歸類於詩
化小說家。因此,修辭並非詩化的必要條件。那麼,詩語言的
特性究竟為何?詩語言的特性在於,在「美感思維」之中,或
在「詩性精神」[28]的根本創作動機之下,起初是自然流露飄忽來
去的語言,其後再對這飄忽的語言文字錘鍊試驗,從而形成特
異的「詩質」,也就是一種語言的藝術。詩人唐湜說道:「我
在詩中很少用煩瑣的介詞,更少有邏輯語言,堅決不用「但

---

[27] 吳達芸,〈齎恨含羞的異鄉人──評郭松棻的小說世界〉,收入於《郭松棻集》,台北:前衛出版社,1997第三刷(1993第一刷),頁518,538。
[28] 廖高會,《詩意的招魂》,頁56。筆者按:廖高會認為詩化小說的根本創作動機在於「詩性精神」,而具體體現在「鄉土情結」和「國家意識」兩方面。對於「鄉土情結」和「國家意識」為詩化小說追求主客體和諧與自由精神境界的本質的看法,是針對中國大陸詩化小說而論,因此筆者在此採取保留的態度。

是」、「所以」之類語彙……」[29]。郭松棻在〈論寫作〉中透過敘述者也曾說到：「任何事物，應該只有一個名詞來稱呼，一個動詞來敘述。這就足夠了。形容詞是多餘的，為了要烘托，其實它倒遮閉了真相。他要學會尊重一個逗點和一個句號。副詞和驚嘆號，則應該庫封起來。」[30]由此可見，郭松棻對於文句的美學見解在於精煉、純粹與嚴謹。除了美感之外，「詩質」實際上也離不開情思的凝聚與釋放，生命力的奔放與收斂，誠如詩人蔡其矯所言：

> 詩，是親近美的紀錄，甚至是純粹空想的體驗，把美作為一種真理的現象和形式，思想奔馳在內心世界，感到幸福的是靈魂。當濺起的情感是飛沫如光塵落下，噴泉回歸水面，詩衝動的幸福時刻體驗到的美平靜下來，給予一定的文字形式，於是成為詩，讚美生命的美好，讚美短暫而輝煌的感情，唱出了所有夢中最精彩最清純的歌……。[31]

因此，「詩質」並非單純地指涉修辭或練字便可達到層次，它可以是既明白如話，又傳神而精純的詩語，散發自內在長期醞釀的豐富美感與澎湃情思。這種具有「詩質」的語言文字在郭松棻的小說中得到的具體呈現，如「把夢的眼集中在黑夜和海連接

---

[29] 《詩是什麼——20世紀中國詩人如是說》，沈奇編，台北：爾雅出版社，1996，頁16。

[30] 郭松棻，〈論寫作〉，《郭松棻集》，台北：前衛出版社，1994，初版二刷，頁426。

[31] 《詩是什麼——20世紀中國詩人如是說》，沈奇編，頁12。

的那一片遼闊而成為無聲的恐懼……」、「母親印花布的裙幅像
海浪一樣飄起來」、「腳下溝水已漲滿，月娘印出奔水的摺紋，
像一條飄開的裙幅」、「母親的裙幅飄過石橋／一步一步飄過來
／一步一步接近／到了／接著她的體溫漫過來／而其實是一步一
步跑遠了」、「漠然穿越了時間，上一代的陰影盤踞在他的周
圍。他永遠顯得怠倦，即使現在他正與你雄辯」及「蒼鬱的綠
野舒展成為全部的天地。遠去的笛聲揭開了天空的奧秘」……
（〈奔跑的母親〉）[32]；「海，很遠，很恐怖。而夜是那麼安
靜。」、「浪頭一捲捲湧上來，湧上來，停都停不了。」、「那
原是鮮紅的血跡，現在已經褪色。照在火車的窗暉裏，宛如一
片片枯落的花瓣。」、「紙門外一抹西天的紅霞映在她身邊鋪得
滿滿一地的稿紙上」、「從晚風中的那一片竹林，成群成群的
星子向她傾瀉下來。」、「他斜在枕頭上，胸口一縷欲斷未斷的
抽吟，流絲一般，牽動著整棟房子」、「晚風吹來。／她用灼
燒的臉頰迎上去，夜的曠空突然變得熙良而和睦」、「欲雪的鉛
空，重重壓迫在枯竭的平野上，火車筆直奔馳過來」……（〈月
印〉）[33]；「怕生的臉，像在風中勉強點起的朵火，隨時要求再
熄滅過去。」、「紙張在風口拍動得清脆悅耳，宛如故鄉在呼
叫。」、「夕陽染紅的飛雲擦過一排不知名的樹叢。天陸是烏黑
的。河風吹著令人懷鄉的辛辣。夕陽正在終結。船腹的拍擊緩
慢遲鈍。更遠的地方，在樹叢的另一邊，太陽想必正匆忙下落。

---

[32] 郭松棻，〈奔跑的母親〉，《奔跑的母親》，頁115，124，125-126，
131，135。

[33] 郭松棻，〈月印〉，《奔跑的母親》，頁19，20，21，23，35，36，
41，47。

霧靄把河岸層層包圍，那樣從容的交疊，全在模仿人們幽暗的思慮。」、「他所有的語言，都凝聚在他那雙黝黑的眼睛。」、「然而他那深沉的凝注，無論如何短暫，也都因懇摯而成為一條牢固的鎖鏈」、「空氣也因此發出了比酒更為幽微的鬱勃」、「而對他，形上學就像啃食自己的寂寞一樣簡單自然。」……（〈草〉）[34]；「現在，遠處的地平線已經失去了雍容，露出逐步升級的焦灼。天空吸飽了墨水，海變得沉默。白浪帶著流質的鈍拙，喪失了衝向沙岸的意志。」、「船，終於借著最後的一陣衝力，以舒坦的臥姿，漂浮在水上，完成了復歸的宿願」、「兩框沒有玻璃的窗口成了被挖掉眼球的雙眼，啞地瞪著你」、「夏日無聲的傭懶發出喁喁的心的聲音。」、「那日光，只偶爾從雲朵的破隙裏乍現一下，到底是欺人的。」、「斜陽以後，柔弱的金沙在眼前奉出了浩瀚無垠的表體。景物慢慢遠退。你的胸口很平靜。耳畔響起的是喁喁的海浪。」……（〈雪盲〉）[35]。由以上的引文可察覺小說詩（化）的關鍵並非僅在於「透過文字，在讀者心中喚起一種具體而生動的形象」[36]，即使沒有形象塑造的語言文字，但具有上述所謂的「詩質」特性，亦可散發出濃郁的「詩味」。

　　至於向詩的「意境出位」更不是運用特殊的修辭法，在文中塑造一個意境或意象[37]。王國維在《人間詞話》中說道：「能

---

[34] 郭松棻，〈草〉，《奔跑的母親》，頁141，142，143，144。

[35] 郭松棻，〈雪盲〉，《奔跑的母親》，頁167，168，173，174，182，193。

[36] 杜國清，〈川端康成與「詩的小說」〉，《中外文學》，1972，第三卷，頁91。

[37] 唐捐，〈詩化小說新論：漢語性與現代性〉，《東吳中文學報》，頁2。

寫真景物真感情者，謂之有境界，否則謂之無境界也。」[38]王國
維的境界說其實和一般所謂的意境說雷同。關於意境，王先霈
有另一種的說法：意境是詩人的主觀情意和客觀物象互相交融
而形成的藝術境界。然而，意象也是主客觀的交融契合。對這
兩者的差別，王先霈認為：

> 意境的範圍比較大，通常指整首詩，幾句詩，或一句詩
> 所造成的境界；而意象只不過是構成詩歌意境的一些具
> 體的、細小的單位。意境好比一座完整的建築，意象只
> 是構成這建築的一些磚石。[39]

　　明確地說，意象只能被視為營造意境的元素之一，意境
並非只由意象（群）組合所產生的藝術效果（這種藝術效果，
也可用境界來指稱）。意境除了包含意象（群）與上述的「詩
質」之外，還應包含前述所提及之構成詩的某些要素，如詩語
言的幅度與密度、音樂性、詩意（涵）等所共同組織、融合而
成的藝術氛圍與境界。[40]但它並非只是上述要素的總和，而是
超越要素總和而形成的一種不可分割的化合體，主體的情思，
以及主體與客體已相互交融於其中。這種藝術境界不僅是作者
必須先能真切感知，也能將這所感知的境界透過具體作品使讀

---

[38]　王國維著，施議對譯注，《人間詞話譯注》，台北：貫雅文化公司，1991，
　　　頁21。

[39]　王先霈，〈中國古典詩歌的意象〉，收入於《中國詩歌藝術研究》，北
　　　京：北京大學出版社，1996，頁54。

[40]　龔鵬程，《文學散步》，台北：學生書局，2003新版，頁69。

者亦能鮮明感知，這便是王國維所謂「能寫真景物真感情者，謂之有境界」。那麼，詩（化）小說是否也能產生意境呢？筆者認為，在保有小說敘事、對話、人物、觀點、主題等構成要素的原則與前提之下，端賴「詩化」的程度而定，如此才不至過於「詩化」，反而成為「小說詩」或「敘事詩」。本小節的重點並非在於文類探討，因此，對於何謂「小說詩」或「敘事詩」的議題，在此不加論述。以下針對詩（化）小說所產生之意境加以闡明。

在〈奔跑的母親〉、〈月印〉、〈草〉、〈雪盲〉中，除了濃烈的「詩質」外，郭松棻還善於透過「想像（聯想）的飛躍」而創造精緻的意象、製造敘述節奏、賦予深邃意涵，綜合以上的「成份」，進而提升為一種詩般的氛圍，一種詩般的境界，成為一種「異質」的文體。如前所述，意境實為一種不可分割的化合體，但見於清楚說明的必要，筆者將其「綜合成份」分開談論。

就意象的創造而言，除了以上談論詩語言時的某些引文，已同時呈顯出郭松棻的意象製造外，我們還可以舉幾個例子。〈奔跑的母親〉中，最讓讀者印象深刻的意象莫過於奔跑起來像蚱蜢的母親：「我看到年輕的母親腋下挾著麵粉袋，像蚱蜢一般，一躍就跳上了徐徐駛開的卡車，去外鄉買黑市米」、如金魚藻的母親的長髮：「母親彎下身，把一頭用髮鉗子燙得捲捲如金魚藻的長髮泡在茶枯裏……」、對大自然生物的意象生動描寫：「太陽照到溝裏，溝壁的紅蟲就開始悠悠搖擺著尾巴，好像在淘沙」……[41]；〈月印〉中，文惠在池水裏的美麗

---

[41] 郭松棻，〈奔跑的母親〉，《奔跑的母親》，頁120，121，122。

形象:「蕩漾的池水,一波一波隨著水龍頭的水注擴散。水紋弄皺了她皙白的皮膚。窗暉傾瀉下來,池裏的她突然顯得光耀而奪目」、新寡的日僑女主人形象:「一身素色的和服,質地是淡墨色的細絹,胸口上圖案式的花飾宛如秋日的寒菊。」、鐵敏病中的幻覺:「現在,病人的眼前展開了冬天俄羅斯一片茫茫無垠的大草原。」……[42];〈草〉中,雪色帶靈的山脊:「雪覆在山脊上,軟軟的,顯得善解人意。從遠處望,好像憑空降臨的靈物。」年輕醫生的身影:「肥碩的芭蕉在他的白衣上印著羽狀的葉脈。」、神學院研究生的孤獨:「全部白皓皓的天空,為他搭成了一個溫暖的帷帳。」……[43];〈雪盲〉中,幸鑾對故鄉的渴望:「你的掌心因滿握而溫暖,好比故鄉的的落照,好比傍晚的炊煙,好比屋瓦上的……勞動罷。」、沙漠的景像擦出遙遠的記憶:「沙漠上的一片落葉。葉肉在炎陽下萎縮。扭曲起來的殘骸隨著風在沙上擦出了漠然而遙遠的記憶。陰影吞過來。陌巷那片大而堅固的頹牆。豌豆花在晨風中飄動。」、米娘見到人時的模樣:「現在,她看到人,濛著一層陰雲的眼圈,就像水底的海母,默默地站在那裏張合著。」[44]……。

再者,就敘述節奏或以熱奈特(Gérard Genette)的敘事學術語稱之為「敘述運動」而言,即意指敘事速度的快慢變化,分為停頓、場景、概要、省略四種運動,如音樂中的行板、快

---

[42] 郭松棻,〈月印〉,《奔跑的母親》,頁47,60,61。

[43] 郭松棻,〈草〉,《奔跑的母親》,頁149,150,162。

[44] 郭松棻,〈雪盲〉,《奔跑的母親》,頁189,194,196。

板、急板、休止等[45]。〈奔跑的母親〉、〈月印〉、〈草〉、〈雪盲〉等等都包含了以上四種運動。由於以下的陳述涉及的範圍較廣，包括敘述節奏和內在意涵的探討（關於郭松棻小說的主題則留待下一個章節再加以闡釋），筆者在仔細說明的考量下，選擇以〈奔跑的母親〉為例。

在〈奔跑的母親〉中，「我／你」與廖的對話場景與屬於概要的對親人回憶的節奏速度較快之外，對於母親的敘述多以夢境、回憶、想像、內心獨白型態呈現，而少有現實事件的連貫敘述。此外，對於大自然生物生動的描寫，童年歡樂的生活描述，加上詩化語言的催化，以致時而產生敘述停頓的效果，時而運用省略方式，而以上種種敘述運動的時間實際上在文本世界的現實中是不到一天的時間，即「我／你」與童年好友廖的重逢和對話的時間。因此，整體說來，其敘述節奏較為偏向緩慢行進，或明確地說，呈現一種較為緩慢的時空前後跳躍行進的「敘述節奏」。明確地說，也就是時間讓位給空間，敘事讓位給具有描述性、表現性、畫面美、音樂美的詩意空間。這種敘述節奏，筆者稱之為「外在敘述節奏」。文本中還具有一種「內在敘述節奏」，也就是王韶君在談論郭松棻作品的文本敘述節奏時所提到的：「郭松棻善於運用文字與文句間的語文節奏功能，在情節的意象之間鼓惑著感性和理性的思緒，造成了一定節奏的情緒。」[46]。這種文本外在與內在雙重敘述節奏

---

[45] 熱拉爾・熱奈特，《敘事話語・新敘事話語》，北京：中國社會科學院外國文學研究所，1996，頁59。

[46] 王韶君〈想像、象徵與真實——釋郭松棻作品中的母親形象〉，真理大學台灣文學研究集刊，第六期，2004年7月，頁89。

的安排顯露出郭松棻對於小說就如同對於詩的音樂性美感的企
圖。以下舉出〈奔跑的母親〉中節奏較為緊湊，情緒較為激動
的段落作為範例：「我口氣吞吐，記憶變得千頭萬緒，不知哪
裏是頭哪裏是尾。／「說罷，說罷，」廖催著。／夜裏夢到跟
母親爭吵，是從青年時代開始的。／說罷，說罷。／我張著大
口，屬聲衝向母親。／說罷，說罷。／有時連氣都喘不過來，
甚至在夢中還一邊簌簌流著淚一邊忙著爭吵。我負荷不了那憤
恨的重壓而驚醒過來，往往是發現自己被棉被塞噎了胸口而做
的夢。」[47]

　　最後，意境也離不開文本的意涵。一般談論〈奔跑的母
親〉的內涵意義，多著重於探討其中「母親形象」、「我／
你」對母親的依戀與背離，或如王韶君的詮釋：「『母親形
象』同為慈愛與崩潰的根源，成為母與子必然的糾葛」[48]。李
桂芳在論述郭松棻作品中的「母性意象」時也提到，由於終戰
前後台灣的意識與記憶之匱乏，母親形象便成了飽受犧牲與苦
難的印記，而這「匱乏的根源便與母性意象佔據著生命之初的
恐懼」。[49]筆者則認為，在〈奔跑的母親〉中，郭松棻試圖在
歷史／國族／故鄉的敘述框架中，藉由不斷變化的母親形象書
寫，實現心目中的「理想母親」，如畫家描繪的實體，進而逐

---

[47] 筆者按：粗體部份為筆者強調。郭松棻，〈奔跑的母親〉，《奔跑的母
　　親》，頁122。

[48] 王韶君〈想像、象徵與真實──釋郭松棻作品中的母親形象〉，真理大學
　　台灣文學研究集刊，第六期，頁84。

[49] 李桂芳〈終戰後的胎變──從女性、歷史想像與國族記憶閱讀郭松棻〉，
　　《水筆仔》，第3期，1997年9月，頁16。

漸淘空這實體，一步一步走向模糊化[50]，甚至理想化的母親形象，也就是根植於「我／你」夢想的「理想母親」形態，也是「我／你」夢想（並非夢境）擴大了的母親本質，即使回憶日常生活的母子衝突、糾葛，以及對母親的慈愛與母親為生活而奔跑的辛勞在生命之流中的正負面感受與體悟的並存：「想以慈愛統御著早已離家的兒女……在那犧牲自己也犧牲別人，那犧牲別人也犧牲自己的慈愛中，你不經意撒下的有多少歡樂就會有多少災難」[51]，也能反襯出年長後「我／你」對母親的強烈思念，而再也不是青年時的「崩潰的根源」，這負面的感受如今看來可以說，以過去的否定態度來表達現今肯定的內在世界，這內在世界擺脫了時間的局限，彷彿對擴大了的母親／母性的感知和自覺意識涵融了過去、現在與未來：「一提起慈愛之類的事就感到厭惡的自己，最惶惶不安的莫過於，現在連自己也築起一個已經有兩個孩子的家庭」、「無以抑制的昂奮之餘，你只能找來自己的兩個孩子。／你已經懂得不能與孩子爭奪他們的母親，／你說：／『孩子呀，有一天你將記得你的母親。』」[52]。

　　一段題外話：如此對「理想母親」的尋與獲，令筆者聯想起《明室》中，羅蘭・巴特（Roland Barthes）試圖在日常家庭的相片中尋找母親的氣質（或本質）而不得，卻在母親於冬園所拍攝的「童年」照片中尋獲。[53]

---

[50] 王韶君，〈想像、象徵與真實──釋郭松棻作品中的母親形象〉，頁86。
[51] 郭松棻，〈奔跑的母親〉，《奔跑的母親》，頁133。
[52] 郭松棻，〈奔跑的母親〉，《奔跑的母親》，頁115，137。
[53] 羅蘭・巴特（Roland Barthes），《明室──攝影札記》，許綺玲譯，台

　　綜合上述，詩化小說的意境融合了詩質、意象群、敘述節奏感、內涵意義等所共同形成。郭松棻詩化小說的意境雖稱不上高遠，卻深邃如海，如在晦暗的基調中，謎樣或「魔化」[54]的詩語，神秘地穿透文本與作者的「內心」世界。有關郭松棻煉金術般的語言可參閱附錄（三）。

第二節　敘述人稱的藝術效果

　　敘述人稱關乎於敘事文本中的敘述者與故事關係問題。不同的敘述者陳述產生不同的敘述層次，而敘述者與故事的關係確定敘述者在敘事中的地位。傳統小說中經常運用的是以第三人稱來講述故事，而敘述者往往不參與故事作為其中人物之一，或講述與本人無關的故事，也就是熱奈特所稱的「故事外－異故事」[55]敘述者，它對於故事中的人物心理、行動、事件瞭若指掌，傳達的信息也最多，也就是全知全能與權威的敘述者。而它的職能既為敘事材料的提供者、擔保人、說明者、解釋者、組織者，又是帶領讀者閱讀的引導者，亦為干預型或外顯型敘述者。換句話說，第三人稱的人物彷彿其棋盤中的棋子，任由上帝般的敘述者加以控制、操弄，異故事敘述者除了

　　北：台灣攝影1997，第27章。

[54] 「魔化就是以人的意志來利用經驗世界的藝術，在這種審美思維方式支配下，要表達和實現最高意義上的愛，要超越現實走向真我獲取神性，就必須通過魔化對象的方式。」參閱廖高會，《詩意的招魂》，頁81。

[55] 熱拉爾，熱奈特（Gérard Genette），《敘事話語・新敘事話語》（*Discours Narratif, Nouveau Discours Narratif*），王文融譯，北京：社會科學研究院，1989，頁175。

可以跳脫故事外發表議論、評論，也可以透過人物來傳達其思想、情感等，並可從這一人物轉換為另一個人物以推動、發展故事情節。因此，以第三人稱來講述的故事經常是具有最大信息量，台灣早期的鄉土題材小說也曾運用這一類人稱敘事，如鍾肇政〈中元的構圖〉。而郭松棻的小說作品大多屬於現代主義小說，也使用了第三人稱的干預型全知敘述者的技巧書寫。

此外，故事外－異故事敘述者尚有一種不作任何干預，以最大程度隱藏在故事後面的情況，又稱「自然而然」的敘述者。他只以第三人稱講故事，清楚交待故事情節，甚至讓讀者產生故事自行講述的錯覺，如呂赫洛〈牛車〉、王禎和的〈嫁妝一牛車〉、朱西甯〈鐵漿〉、陳映真〈鄉村的教師〉、白先勇〈永遠的尹雪豔〉等等。實際上，台灣鄉土小說多以這種第三人稱的隱含在文本中的敘述型態書寫，用以製造故事的現實效果。以上的故事外－異故事敘述者皆屬於第一層敘述者。但並非所有以第三人稱來講故事的故事外－異故事敘述者都毫不保留地敘述故事的來龍去脈，它也可以基於製造種種效果或敘述策略的理由而運用「省敘」或「空白」[56]，如製造懸疑效果、離奇效果、真實效果，或給予讀者想像空間等等，以限制信息量，如偵探小說、推理小說。

還有一類以第三人稱講述故事，而敘述者也是由故事中人物擔任的情況，我們可以直接稱之為人物敘述者，他講述的是

---

[56] 熱拉爾，熱奈特（Gérard Genette），《敘事話語・新敘事話語》，王文融譯，頁26-27。

另外其他人的經歷，熱奈特稱之為「故事內－異故事」[57]敘述者，如《一千零一夜》。人物敘述者為第二層敘述者，也就是故事中的故事，即熱奈特所謂的「元故事層」，台灣小說中，可以李昂的〈彩妝血祭〉為例。這種類型較為罕見，但不失為以第三人稱講述故事的類型，仍值得一提。

一般較為常見的人稱使用，除了第三人稱外，便是第一人稱「我」。以第一人稱敘事的類型又可分為三種情況：一、不參與故事作為人物的「我」，主要是講述他人的故事，熱奈特稱之為「故事內－異故事」，如魯迅的〈狂人日記〉、〈阿Q正傳〉；二、參與故事作為主要人物的「我」，講述自己本人的經歷，即自傳型敘事文本，熱奈特稱之為「故事內－同故事」[58]，如楊逵的〈送報伕〉；三、參與故事作為人物之一，但主要講述的是他人的故事，他人的經歷，熱奈特稱之為「故事內－異故事」，如魯迅的〈孔乙己〉、〈祝福〉，白先勇的〈謫仙記〉等等……。

相對於以第三人稱來講述故事的敘述者所給予信息量，以第一人稱敘述者往往只能給予他所知曉的故事信息，其數量相對減少，即使是自傳型文本，也都只能傳達圍繞在他四周所經歷或遭遇的人、事、物，也就是親身經歷的敘述者。而其他兩種情況，敘述者「我」在講述他人的過程中，成為名符其實的觀察者與見證者。既為見證者，他所能傳達的信息僅能限於他看見

---

[57]　熱拉爾，熱奈特（Gérard Genette），《敘事話語‧新敘事話語》，王文融譯，頁175。

[58]　熱拉爾，熱奈特（Gérard Genette），《敘事話語‧新敘事話語》，王文融譯，頁175。

或聽說的範圍內，其信息量又相對少於自傳型敘述者「我」的故事，尤其是對人物心理的描述更是受到限制，也就是他介入故事的程度是相當有限的。因此，敘事文本往往留下許多「空白」，這種留白已非上述以第三人稱敘述者刻意製造的效果所導致，而是受限於第一人稱敘述者的敘事邏輯所產生的結果。

　　以上是在敘事文本中最常見的兩種人稱及其附屬的型態、類型。然而，在郭松棻的詩化小說，如〈奔跑的母親〉、〈草〉、〈雪盲〉、《驚婚》，尤其在〈草〉與《驚婚》中，出現了「人稱變異」的情況，根據廖高會的說法：「當代詩化小說敘事模式的演變還體現在人稱的變化上。」[59]其文本中除了延用第三人稱的人物外，敘述者使用的卻是第二人稱「你」，配合著第一人稱「我」，造成詭譎多變的敘述人稱，即使他的非詩化小說，有時也穿插了人稱的變換，如〈論創作——下〉中，主要仍以第三人稱「他」書寫，但有幾處穿插了第二人稱「你」。這種人稱變異當然是在作者特殊的意圖中產生，我們須探究的是他何以如此運用的構思，及其有意營造的是什麼樣的效果？

　　在後設小說中，敘述者經常不時地截斷漸將形成的故事情節而轉向對「你」或「你們」說話，這裡的「你」或「你們」明顯地指陳潛在讀者，以此與讀者交流，並突顯讀者在文本中的角色，這是後設小說的特徵之一，如黃凡的〈如何測量水溝的寬度〉、駱以軍的〈降生十二星座〉。郭松棻的小說並非屬於後設小說，而是現代主義小說，其人稱變異的使用意圖、作用與效果明顯地異於後設小說。例如〈草〉的文本中所運用的

---

[59] 廖高會，《詩意的招魂》，頁97。

第二人稱「你」，不在突顯讀者的角色，而是相當於「我」的
分身，一個宛若「他者」又來自於我的我，這個「他者」並非
自我疏離或分裂而產生，而是與自我直接而正面對話的對象，
也是在自我凝視下的「鏡中之我」。郭松棻的〈草〉中以第二
人稱「你」來講述神學院學生的「他」的沉默與凝望，反射出
一個潛在觀視者或隱形敘述者「我」[60]，因此，形成雙重敘述者
「我／你」，這「我／你」的辯證關係可與郭松棻的另三篇小
說〈奔跑的母親〉中的「我／你」交錯使用，〈雪盲〉與《驚
婚》中的「你」相互對照與呼應。

　　從另一個角度觀之，郭松棻於1986年完成的〈草〉（原名
也稱〈含羞草〉，後來才更名為〈草〉）改寫自1983年的〈含
羞草〉，前者寫了長達一萬四千字；而後者僅寫了三千五百多
字，兩者題材相同，不同點在於小說藝術的處理，尤其是在人稱
的使用上。在〈含羞草〉中的人稱運用的是第一人稱「我」，改
寫成的〈草〉中改變了人稱運用，以第二人稱「你」的視角敘
事。雖然這兩篇小說的差異重點在於人稱上的轉換，卻同時也表
露出郭松棻在意識與觀點上的轉變，即以「今日之我」重新反
思「昨日之我」，「昨日之我」成為以「今日之我」的主觀意
識所觀照的客體，而「今日之我」成為一種重生或再生，於是
〈含羞草〉中的「我」成為〈草〉中的「你」。

　　並且，誠如吳達芸所言，這個隱形的「今日之我」「乃
是將敘事的立足點提升到一個較高的超越的位置，企圖打破
「我」執──打破以我敘事時，依照自然法則，必有的桎梏限

---

[60] 吳達芸，〈齋恨含羞的異鄉人〉，《郭松棻集》，頁527。

制」[61]。而且，隱形的「今日之我」的敘述角度和所處的位置，與其說「超越」倒不如說「超然」，這點可以從兩篇小說的敘述口吻見出。吳達芸說道：

> 〈含羞草〉所採取的是冷靜客觀的立場，以第一人稱講述別人的故事，敘述者雖採取局內（internal）觀點，即「我」的口吻來敘事，但「我」純係旁觀，只是目睹者、觀察者，觀察對象「他」的生命與「我」的生命即使邂逅相遇，甚至曾經相熟，但卻是兩個不同個體，彼此生命自是毫不相涉的。[62]

而〈草〉所採取的觀點是具有實驗性的第二人稱「你」，有「你」必有對談之「我」，但文本中並沒有「我」，這個「我」的存在是潛藏其中的，由此而形成一種潛藏或隱形「我」、客體「你」與「你」眼中主觀的「他」，以及主觀記憶中的實習醫生的「他」的組合關係，換言之，潛藏或隱形「我」所觀視的對象其實包含了「你」與「他」，這樣的「你」已非對話的「你」，而是超然視之或自省過往經歷的「我」的自白，有如「自言自語」。

　　潛藏或隱形「我」並非如吳達芸所言：「「我」告訴「你」我心中所思所感，希望「你」能了解共鳴」或「「我」正在告訴你的是一件有關「他」的故事……」[63]，而是從〈含

---

[61] 吳達芸，〈齎恨含羞的異鄉人〉，《郭松棻集》，頁529。

[62] 吳達芸，〈齎恨含羞的異鄉人〉，《郭松棻集》，頁525-526。

[63] 吳達芸，〈齎恨含羞的異鄉人〉，《郭松棻集》，頁526。

羞草〉中的「我」如是說、如是想、如是觀，過渡到〈草〉中
的當今「我」眼裡「你」的「曾經如是」，因此，潛藏或隱形
「我」不尋求共鳴，只須陳述〈草〉中的兩個「他」，一個
「你」孤獨的生命個體相遇與相識，相似與相異，而潛藏或隱
形「我」的自言自語不也正是一個孤獨的生命個體的體現嗎？

　　此外，就廖高會的觀點來說，「詩化小說多採用第一人稱
或第三人稱的限制敘事。其中，第一人稱敘事又多採用內心獨
白或意識流的方式來進行。這種敘事視角的變化同詩化小說敘
事空間的轉變也密切相關，（……）詩化小說都採取「取象以
表意」的方式來實現詩意抒情。」[64]郭松棻的詩化小說並非都採
用第一人稱或第三人稱，反而多用上述的第二人稱「你」，但
在取象的過程中，有時敘事空間屬於外在客觀物象空間，而人
物的心理活動形成的空間被包容在敘事的外在空間之中，或通過
物象使外在的空間內化，形成客體內化的心理空間。前者如〈奔
跑的母親〉中伴隨著「隱形我」的「你」對廖（他）所居住的老
洋房的回憶，與對好友廖的描寫：「洋房那一層堅厚的泥牆，曾
經使學生時代的他感到安適。牆的中央是兩扇鐵門，從小學到大
學，這大門都由一個遠親在照料。我們來的時候，這世家的親戚
就一瘸一拐慢慢走出來，雙手用力打開了門。兩半鐵門的滑輪就
沿著地上兩條拋物線的鐵溝徐徐滑開，退到兩邊。於是前院三代
培育的林木就顯出了幽深的鬱氣。／……／他經常和這棟頹敗的
樓房一起毫無生趣地望著鐵軌，人一動不動。好似他就是這無生
命的房子本身。漠然穿越了時間，上一代的陰影盤踞在他的周

---

[64] 廖高會，《詩意的招魂》，頁98。

圍。他永遠顯得怠倦，即使現他正與你雄辯。」[65]；後者如〈雪盲〉的第二部分「人間」中，外在物景彷彿內化到「你」的內在心理：「沙漠上的一片落葉。葉肉在炎陽下萎縮，扭曲起來的殘骸隨著風在沙上擦出了漠然而遙遠的記憶，陰影吞過來，陌巷那片大而堅固的頹牆。豌豆花在晨風中飄動。城市起了噪音，早晚不斷，你決定要走到很遠的地方去。」[66]

　　郭松棻小說的人稱使用無論用第一人稱搭配第三人稱，或第二人稱述說「自己」或「他者」的情況，或用第二人稱呈現意識流的手法，在第一、第二、第三人稱之間自由轉換，都能達到或虛或實的空間化詩意抒情和美學效果。

第三節　〈月印〉的時間與敘事藝術

　　筆者在這一小節試圖透過另一個途徑進入文本內容的形式，即主要運用「敘事學」為研究方法，探討〈月印〉文本的「時間藝術」和「敘事結構」，以提供閱讀這篇質美精純之作的另一種美學探索的可能性。[67]

一、〈月印〉中時序的模糊性

　　從敘事學的觀點而言，故事指的是從敘述本文或者話語的特定排列抽取出來的由事件的參與者所引起或經歷的一系列

---

[65] 郭松棻，〈奔跑的母親〉，《奔跑的母親》，頁131。
[66] 郭松棻，〈雪盲〉，《奔跑的母親》，頁194。
[67] 至於〈月印〉的主題，筆者留待下一章探討。

合乎邏輯的，並按時間先後順序重新構造的一系列被敘述的事件。[68]敘事有三層涵意：一、指承擔敘述一個或一系列事件的敘述陳述，口頭或書面的話語；二、指的是真實的或虛構的、作為話語對象的接連發生的事件，以及事件之間連貫、反襯、重複等等不同的關係；三、指的仍然是一個事件，但不是人們講述的事件，而是某人講述某事（從敘述行為本身考慮）的事件。[69]敘述指產生這些話語或文本的敘述行為。[70]若根據敘事學對故事、敘事、敘述的定義來說，〈月印〉的原始敘事架構實際上並非如前述故事梗概所顯示的那樣簡單明瞭，亦非以順時序的行進方向敘述，而是以「戰前」、「戰時」、「戰後」為時代背景下，呈現出事件序列間相互交錯、並行、穿插、跳躍和意識之流等的時間倒錯的複雜現象，這樣的複雜現象使故事的事件序列難以藉由重新爬梳以理出一個井然有序的故事情節發展，由此也形成事件在時序上的模糊性。

　　但由於〈月印〉的敘述者主要是藉由女主人翁文惠的視野書寫，我們可以將有關文惠的故事事件大致分為以下十一個

---

[68] 譚君強，《敘事理論與審美文化》，北京：中國社會科學出版社，2002年9月，頁13。

[69] 在西方傳統觀念中，「敘事」與「描述」的概念有明顯的不同，前者為含有動作的陳述語式，後者針對人或物的外型、特徵如展示一般的再現。熱內特則認為動詞的本身已含有描述的成分，即人物動作的描述，依此類推，而有事件的描述。描述這詞彙的概念不可能完全獨立於敘事，而敘事也不可能無描述而存在。這兩個詞彙實際上是互相依存的關係。（參閱 Gérard Genette, *Frontières du récit*, In *L'Analyse structurale du récit*, pp. 162-163.）

[70] 熱拉爾，熱奈特（Gérard Genette），《敘事話語・新敘事話語》（*Discours Narratif, Nouveau Discours Narratif*），王文融譯，北京：中國社會科學研究院，頁4，6。

序列組：「戰前與鐵敏的初識」、「戰前與鐵敏的愛戀」、「戰前與母親到鄉下避難」、「戰時的生活」、「戰後鐵敏歸來」、「戰後文惠與鐵敏結婚」、「戰後照顧丈夫鐵敏」、「戰後與鐵敏的幸福婚姻」、「戰後與鐵敏的疏遠」、「無惡意的舉發」、「想不透的結局」。若按照事件的前後發生的時間順序與因果關係將這十一個大事件序列組加以排列，實無法將見出其敘事上的複雜面。但若我們將其他小事件（群）納入故事事件的排序中，便可以發現到，由於在故事情節的內容與發展中，作者多以「有一回」、「有一天」、「那一天」、「有時」、「記得那時」、「幾年前」、「前幾天」等等為事件段落開端的「啟動時間副詞」（déictique）[71]，產生故事進展中的時序模糊地帶，以致於造成故事事件排序上的困難。例如「有一回，佐良先生下酒時，曾經有意無意說了一句：／「鐵敏未免太晦澀了一點。」那是指他剛登在《台灣新文藝》上的獨幕劇〈奔雲〉而說的。／文惠在旁聽了，馬上想到先生對她有過的一句評語：／「文惠倘能悲觀一下就好了。」樂觀，怕是天生遺傳的罷，文惠一向這麼以為。她就像母親。／父親剛過世的時候，大家都擔心一向順從而依賴丈夫的母親以後該怎麼過日子。／然而誰也沒想到……」[72]從情節上來判斷，這個事件只能判定發生於「戰前與鐵敏的初識」之後，至於當時文惠與鐵敏是否已戀愛，卻是未知數。尤其是接下去關於母親

[71] Emile Benveniste（1902-1976）, *La communication: Problème de linguistique générale*, t. 2, éd. Gallimard, Paris, 1974, pp.69, 73.
[72] 郭松棻，〈月印〉，《奔跑的母親》，頁51-52。

在父親過世後的行徑這段落更是難以判斷它的發生時間，也許是在「戰前與鐵敏的初識」以前發生的事，但無可追溯。又如「『文惠，文惠』／有一天，她在後院的蔡圃裏鬆土，聽到屋裏的鐵敏叫得很急。／待她放下鋤頭，忙著跑過去，卻也沒有什麼特別的事。」；「前幾天，他躺在被裏，從文惠的背後看到鏡子裏的她，驚豔一般發現自己的太太居然美麗有如日曆上的美婦人。」[73]前者明顯地歸屬於「戰後照顧丈夫鐵敏」大事件組，但亦無法斷定它在這大事件組中的明確位置；而後者搖擺於「戰後照顧丈夫鐵敏」與「戰後與鐵敏的幸福婚姻」兩組大事件序列之間，仍然難以作時序上的明確判斷。〈月印〉中，這種事件在故事時序上的位置模糊情況頗多，在此不一一列舉。

若我們仔細閱讀、觀察，某些事件在故事時序的位置模糊性實際上並不影響〈月印〉的主要故事情節發展，那麼，我們可以提出這樣的問題：為什麼〈月印〉敘述者對此敘事文本作如此的安排處理呢？筆者認為，從上述按照自然時間順序重新排列組合的十一個大事件序列組來看，〈月印〉是篇從「中間開始」（終戰後鐵敏被擔架抬回故鄉）敘述的小說，而後才以倒敘的方式交待前因後果，即戰前與文惠的相識到相戀，以及戰時文惠與母親從台北到鄉下棲梧避難的事件，再銜接上終戰後鐵敏被抬回來與鐵敏結婚的「第一敘事」[74]，日後照顧生病的丈夫等等的順時事件序列組，這是西方十九世紀寫實主義作家

[73] 郭松棻，〈月印〉，《奔跑的母親》，頁42，51。

[74] 第一敘事指在敘述段或事件序列中構成時間倒錯的敘述時間層。參閱熱拉爾，熱奈特（Gérard Genette），《敘事話語‧新敘事話語》（*Discours Narratif, Nouveau Discours Narratif*），王文融譯，頁25。

最推崇的一種形式格局[75]。若當今文本單就這樣的敘述方式行進，不免流於敘事上的單調老套。但〈月印〉敘述者在不干擾主要故事情節的鋪陳與進展下，刻意在時序上作變化，產生部份事件排序的模糊效果，用以動搖一般小說敘述的慣例，以及打破傳統寫實小說嚴格的敘事邏輯，並增添了敘事文本的生動活潑，意趣橫生，使讀者閱讀起來不至枯燥乏味、生硬刻板，更可以給予讀者一個廣大的想像空間。這也屬於一種「陌生化」效果。這便是〈月印〉的一種「敘述時序上的藝術策略」。

二、〈月印〉的時間結構

事實上，前一小節已涉及〈月印〉的時間性問題。在此一節筆者將根據熱奈特（Gérard Genette）與胡亞敏的敘事時間理論，更進一步也更有系統的談論其時間結構。敘事文本屬於時間藝術，它離不開時間，取消了時間也等於取消了敘事文本。在這個意義上，時間因素與敘述者一樣，是敘事文本的基本特徵。敘事文本又是一個具有雙重時間序列的轉換系統，它包含兩種時間性：被敘述的故事的原始或編年時間（簡稱故事時間），以及文本中的敘述時間（又稱敘事時間）。探討文本的時間結構，也就是探討故事時間與敘事時間之間的關係。[76]敘事時間為文本開始敘述的那一刻起到結尾的時間，即開端時間到結尾時間，在這基礎上，以開端時間為起點的敘述，稱為「現時敘述」[77]。

---

[75] 熱拉爾，熱奈特（Gérard Genette），《敘事話語・新敘事話語》（*Discours Narratif, Nouveau Discours Narratif*），王文融譯，頁23。

[76] 胡亞敏，《敘事學》，湖北：華中師範大學出版社，2004，頁63。

[77] 胡亞敏，《敘事學》，頁65。

　　〈月印〉中的第一段話語標示出的時間位置，也就是開端時間為「**終戰後**[78]，鐵敏從六三部隊遣散時，是躺在擔架上被抬回家的。」其後的敘述為現時敘述：「因為這樣，文惠的母親對他們兩的婚事，倒猶豫了起來。／然而文惠自己，早已忍不住心中的歡喜。一談起敏哥……」；結尾時間的段落為「『敏哥。』／突然文惠叫了一聲，連自己都不知道為什麼。／接著，她在心裏傻愣愣地說出了一句：／「如果我懷了你的孩子……。」／下一個瞬間，她就為這句突如其來的話感到刻骨的羞愧。」[79]此為按照敘述者敘述的時間方向行進為敘事時間，也就是按照文本所標示的1.、2.、3.、4.、5.的章節鋪陳。而前述以女主人翁文惠的視野為主，將〈月印〉區分的十一大事件序列組，按照自然時間順序重新排序而為故事時間，即「戰前與鐵敏的初識」、「戰前與鐵敏的愛戀」、「戰前與母親到鄉下避難」、「戰時的生活」、「戰後鐵敏歸來」、「戰後文惠與鐵敏結婚」、「戰後照顧丈夫鐵敏」、「戰後與鐵敏的幸福婚姻」、「戰後與鐵敏的疏遠」、「無惡意的舉發」、「想不透的結局」。從敘事時間上來說，文本是從終戰後開始敘述；而故事時間可追溯到戰前與鐵敏的相識：「文惠第一次遇見他，他坐得遠遠的，把自己藏在一個角落裏。／那是在佐良先生的家裏，記得那天客廳裏擠滿了辦雜誌的朋友，大家談得越熱鬧，鐵敏躲得越見不到人影。」[80]，甚至可以追溯到文

---

[78] 筆者按：粗體為筆者強調。
[79] 郭松棻，〈月印〉，《奔跑的母親》，頁15，112。
[80] 郭松棻，〈月印〉，《奔跑的母親》，頁22。

惠與鐵敏初識之前，佐良先生向文惠提起獨幕劇〈奔雲〉的作者（鐵敏）。至於從鐵敏終戰歸來回溯到戰前佐良先生的介紹，其間的跨度與幅度時間，文本中並沒有清楚交待。其後仍是一系列「逆時序」[81]的時間倒錯，直到戰後鐵敏與文惠的婚禮後，才與開端敘述銜接上，敘事時間與故事時間並行而轉為順時序。因此，若延用區分出的十一個大事件組來標明敘事時間，則為「戰後鐵敏歸來」、「戰後照顧丈夫鐵敏」、「戰前與鐵敏的愛戀」、「戰時的生活」、「戰前與母親到鄉下避難」、「戰後文惠與鐵敏結婚」、「戰前與鐵敏的初識」、「戰後照顧丈夫鐵敏」、「戰後與鐵敏的幸福婚姻」、「戰後與鐵敏的疏遠」、「戰後文惠與鐵敏結婚」、「戰後照顧丈夫鐵敏」、「無惡意的舉發」、「想不透的結局」。筆者根據熱奈特將敘事時間與故事時間用大寫英文字母（A為開端，B為第二敘事，以此類推）與阿拉伯數字（1代表最遠的過去，2代表次遠的過去，以此類推）來顯示它們之間的時間位置關係的公式如下：

$$A5-B7\text{-}C2-D4\text{-}E3-F6\text{-}G1-H7-I8-J9-K6-L7-M10-N11$$

---

[81] 時序指的事件在敘事文本中的排列順序與按自然時間或編年時間的故事順序間的關係。順時序指的是敘述按自然時間或編年時間的進展，即順敘。逆時序是一種包含多種變形的現行時間運動。也就是說，儘管故事線索錯綜複雜，時間順序前後顛倒，但仍可能重建一個完整的故事時間。（參閱胡亞敏：《敘事學》，頁64-65。）

由這個公式，我們可以看出以下三個重點：一、〈月印〉大致說來屬於逆時序轉向順時序的敘事作品；二、〈月印〉前半部份（文本標示1.、2.、3.的部份）的逆時序中上尚有其他的時間倒錯情況。三、〈月印〉後半部（文本標示3.、4.、5.的部份）的順時序事件序列中也參雜了逆時序的狀況。這裡必須說明的是，若加上前述不可確定的位置的一些小事件，以及其他可確定但一筆帶過的小事件或人物內心話語部份，便會使這個公式略顯簡陋。因此，筆者試圖運用另一種方式說明，以補充〈月印〉繁複的時間結構。

　　〈月印〉的時序原則，基本上是由前半部份逆時序轉向後半部份順時序。並且，前半部份逆時序中，又運用了許多「局部閃回」，如戰爭最後一年，文惠祈求敏哥留在台灣，而不被編入由學校組成的六三部隊，而且自己願意去當沒有人願意當的戰時護士的橋段；以及「內部閃回」[82]，如文惠從佐良先生口中提及獨幕劇〈奔流〉的作者（鐵敏）到與鐵敏在佐良先生家中初識的片段事件；與「外部閃回」，如終戰前兩年，南方作戰研究部北村孝志的日本人，因以金錢救濟一位台灣作曲家，涉嫌同情台灣人，而被軍部勒令離台返日，最後於寓所自殺，以示抗議。此外，在文本中還出現了過去的過去、過去的未來、過去與過去及現在與過去時間交融互滲的情況，現在與過去時間交融互滲在現在時空中開啟了過去的時空，以及過去

---

[82] 局部閃回是對故事中的某一時刻的回顧或交代。內外部閃回涉及閃回與開端時間的關係。（參閱胡亞敏：《敘事學》，頁66-67。）

時間在情節上不連貫的前後陳列等等。這些時間安排技巧使得〈月印〉的時間關係呈現多變的、動態的狀況。

　　然而，在多變與動態的時間安排中，我們還是可以發現其間的規律性。筆者根據按照「敘述時序」與「被描述世界的時間性」[83]來區分，將〈月印〉的時間結構分為外在時間結構與內在時間結構。外在時間結構前已大致表述。就內在時間結構而言，是在現在客觀的現實時間面中，包含著點、線、面等不同時長的過去主觀心理時間與客觀現實時間。〈月印〉的內在時間結構可分為「過去包含過去」、「現在包含過去」、「現在的現在」。這三種時間性的前兩種又可各自分為幾種不同時間型態：

1、過去包含過去

　　（1）過去與過去交融互滲：「過去包含過去」的第一種型態為過去的現實客觀時間夾雜著更遠的過去主觀心理時間。如「（文惠）戰時鬱鬱不樂的樣子一掃而空，如今想得高興了，她還會飛起小碎步，背後帶著一陣風。／每次文惠走在路上，總會咦地一聲叫出來。／沒想到台北被炸得這麼厲害。戰前和鐵敏一起走過的一些街道和房子，現在再也看不到了。／三月，最後一批獨立混成旅開往南洋，其中就有許多台灣兵，裏頭還有相識的親戚和同學們的哥哥呢。」；又如「戰爭最後一

---

[83] Twvetan Todorov, *Les catégories du récits littéraire*, In *L'Analyse structurale du récit*, éd. Seuil, 1981, pp. 145-147,（1ère édition, Communications, 1966）. 根據托多羅夫的說法，敘述時間在某種意義上是線性的，而被描述世界時間是多維度的。

年，從南洋傳來的消息，一次險似一次。／文惠不知暗中許下
了多少心願，只求敏哥能夠安然無恙，留在台灣。／那時到處
聽到說，台灣是日本防衛的最前線。而所有的中學生，都是防
衛的預備軍。／學校已經變成了訓練所了，統統叫六三部對。
／再下去恐怕就要變成後備部對的兵營了。／文惠一心想著，
只要自己能夠和敏哥廝守終身，再怎麼樣的痛苦她都準備忍受
的。／而且，如果自己越受苦，就越有機會得到敏哥的話，那
麼她是下定了決心，準備迎接最大的痛苦的。」[84]

（2）過去的過去：「過去包含過去」的第二種型態為過
去的現實客觀時間又回溯到更遠的過去現實客觀時間。就敘事
學的觀點，又可稱之為「倒敘中的倒敘」。如「文惠離開台北
的那一天，拿著疏散的包袱，站在月台上東張西望，就是找不
到敏哥的影子。事先答應會來的，卻沒有來，等火車開動了，
還是見不到他的人。／一定是部隊不放人，不准請假外出。聽
說他們就要被派到宜蘭的飛機場去當工兵了。／那一天回營
時，倒是他回過頭來，遠遠喊著，叮囑了一聲：／「不要忘了
來信。」／火車裏，文惠一直把那塊染血的手帕捺在手心裏。
／那原是鮮紅的血跡，現在已經褪色。照在火車的窗暉裏，宛
如一片片枯落的花瓣。／火車沿著海岸線，一路不停地呼嘯
著，正奔馳南下。／火車一站一站把她帶離了台北，帶離了敏
哥。／窗外映著海光的日照正劇烈地打在她昨夜失眠的臉上。
／敏哥越離越遠了。最後分手時站在那沉暗的雨街，昏黃的路
燈把他的臉照得那麼生怯。／「鐵敏是個怕生的孩子。」／母

[84] 郭松棻，〈月印〉，《奔跑的母親》，頁15-16，16-17，21-22。

親才看到他，就有了這個印象。／文惠第一次遇見他，他坐得遠遠的，把自己藏在一個角落裏。／那是在佐良先生的家裏……」[85]。

（3）過去包含過去的現在：「過去包含過去」的第三種型態為過去現實客觀時間如以現在的現實客觀時間的方式處理，並運用「現在」的時間副詞製造現實感。如「文惠人躲在防空壕裏，心卻在外頭，她可再也見不到敏哥了。／現在，街上到處都是敞篷的軍車、摩托車。佩著軍刀的騎兵也把馬騎到街上來了。」[86]

（4）過去包含過去的未來：「過去包含過去」的第四種型態為過去現實客觀時間引出過去的未來現實客觀時間或人物對未來的主觀心理時間。前者如「文惠第一次遇見他，他坐得遠遠的，把自己藏在一個角落裏。／那是在佐良先生的家裏，記得那天客聽裏擠滿了辦雜誌的朋友。／大家談得越熱鬧，鐵敏躲得越見不到人影。／他始終沒開口說一句話。後來問他那一天為什麼一句話也不講。／他只說，那時候一直想咳血。／「那是第一次有了咳血的預感」／「為什麼？」」。後者如「九月，文惠匆匆從海邊奔回台北。／第一次重見敏哥，看到他失血的臉孔，斜斜靠在枕頭上，她真想把自己的寫奉獻出來。／戰爭快到台北，他們兩個人都在腰間掛起一個A字的血型牌。／佐良先生看到了，竟笑了起來，怎麼會那麼湊巧，兩個人一個血型。／那時，她和敏哥私下說定，戰爭來的時候，誰

---

[85] 郭松棻，〈月印〉，《奔跑的母親》，頁 21-22。
[86] 郭松棻，〈月印〉，《奔跑的母親》，頁18。

失了血，誰就可以輸對方的血。文惠為了他們有共同的血型，對未來的幸福也有種種奇妙的聯想。」[87]

　　（5）過去與過去時間前後並列：「過去包含過去」的第五種型態為兩個過去現實客觀時間並列，但在情節上並不連貫。如「她每天一早打開報紙，急著看有沒有先生（佐良）被撤職的消息。／兩年前，南方作戰研究部有一位名叫北村孝志的日本人，是研究亞洲熱帶作戰的名家。後來以金錢賙濟一位台灣作曲家，涉嫌同情台灣人，而被軍部勒令離台返日。／記得當時報上指責這個日本人是偽開明份子。／不料離開台灣的前一天，這個人突然自殺在自己的寓所。離台的前夜，北村邀請了他心儀的音樂家到家裏會晤。／青年作曲家依約前往。當他來到門口時，只聽得屋裏傳來斷斷續續的胡琴聲。他在外面一再敲門，也不見有人出來。／待他推門進去時，琴聲嘎然而止。這位著名的《熱帶作戰方法論》的作者，整裝端坐客廳，手裏抱著一把中國胡琴。在客人甫到的那一瞬間，盤腿端坐的身子徐徐向前傾去，沒有開口說一句話，就倒死在蒲團上。／死者身邊留下了一封絕命書，表示要以死向當局抗議。」；又如「她就像母親。／父親剛過世的時候，大家都擔心一向順從而依賴丈夫的母親以後該怎麼過日子。／然而誰也沒想到，失去了父親以後，母親就像蟬蛹一般，脫去了軟殼，就能逕自飛向初夏的陽光。／母親聽從了鄰居的勸告，開始信教。／守完了七旬，她開始走上教堂。／當她手裏拿著第七日再臨團的「聖

---

[87] 郭松棻，〈月印〉，《奔跑的母親》，頁22，27。

經」，跨出門檻，重新出現街道時，家裏是那麼令文惠感到溫暖。／現在，日子一天一天地過去……」[88]

　　我們可以發現到，在以上「過去包含過去」的五種型態所舉的例子中，人物動作的描述，大多產生了將過去拉回到現在的「實況」效果，使過去的客觀現實更具真實性，即使是發生在過去。由於「異故事敘述」直接描述人物行為動作，有如電影中將過去「閃回」（flash-back）到現在的效果。這種彷彿將過去客觀時空拉到現在，使之更具真實性的效果，即德勒茲所謂的「過去的現在」（le présent du passé）[89]。

2、現在包含過去

　　（1）現在回溯過去：「現在包含過去」的第二種型態為在現實客觀的現在回溯現實客觀的過去，即敘事學所謂的「局部閃回」。如「她坐在榻榻米上，不時拿起消毒過的面巾，小心翼翼地拂去敏哥臉上的汗粒，惟恐驚醒了午後就陷入昏睡的他。／十二月的細雨落在這棟日本房子的屋頂上。她懷著愉悅的心情癡癡地望著窗外。不久，失修的屋簷就積下不規則的雨漏，蒙蓋了短牆外大塊大塊的天空。（……）／敏哥從六三部隊來信曾經提到「肺病患者嗜冰」的話。／他常說，他最渴慕的是朔北的大風雪。／「如果被派遣到熱帶的南洋去作戰，那真叫天公有意懲罰。」／母親帶著她從梧棲回到台北時，火車又奔馳在海岸線上。（……）一到台北，她就直奔敏哥的住

---

[88] 郭松棻，〈月印〉，《奔跑的母親》，頁25-26，32。
[89] Gilles Deleuze, *L'image-temps*, éd. Minuit, 1985, p.132.

處。／秋天一過,她匆匆嫁給了他。／婚禮沒有鋪張,實際上
也不可能鋪張。(……)第二天,鐵敏終於倒了下來。／從
此,他就一直躺在現在這八席榻榻米的房間裏,可以說一病不
起了。」;又如「婚前,有人介紹這棟房子給母親。/說是公
館一帶都是水田,雖然偏僻一點,可是空氣新鮮,對病人的身
體倒是好的。／搬過來以前,母親帶她一起看過兩次房子。文
惠第一眼就看上了。……」;又如「兩人正好並肩站在簷下,
抬頭看到這群白鳥歸巢。/「簡直像一群戰鬥機。」/台北第
一次被戰鬥機掃射的那一天,她和鐵敏正在動物園的山頂上。
突然響起緊急警報,整個人都嚇壞了。只見大正街上行人慌恐
四逃……。」;又如「那不能說出來的部分,隨著日子不斷擴
大起來。文惠竟感到彼此轉眼已成了陌路。/學生時代一起去
看東京來的馬戲團。剛一散戲,天空就暗下來。一場驟雨把認
識不久的兩個人湊到一把洋傘底下。……」[90]

　　(2)現在回憶過去:「現在包含過去」的第二種型態為
人物在現實客觀的現在回憶起過去的事件,即為現在中帶有主
觀的心理回顧。如「直到結了婚的現在,文惠才恍悟過來。
／那一天的晤別,先生(佐良)看來有一番話要說,然而到
頭來還是未說,等到最後離別時,也還是藏著沒有說出來。/
莫非先生在離開台灣以前,急切地想充當他們的媒人而苦於無
法開口?/「先生如果知道了我們的婚事,不知要怎樣地高興
啊。」/現在,文惠正坐在結婚新居的一棟日本屋子裏,由於
驀然的領悟而興起了這樣的感歎。」;又如「戰後重逢,敏哥

---

[90] 郭松棻,〈月印〉,《奔跑的母親》,頁28-30,30,85,88-89。

臥躺在病床，一見面就從他虛弱的胸膛裏那麼費力地發出了呀的一聲驚喜。／難到敏哥也看到了展開在他們眼前的幸福生活？／記得母親說：／「人家是急著做新娘，你是急著當護士。」每當眼睜睜看著沉睡中的敏哥無端盜出汗來，她就想起母親這句話。／母親是什麼意思呢？／現在她不也做了新娘嗎？至少，現在她整個人浴在新婚的快樂裏呀。」；又如「鐵敏病好以後，每天午後的寂靜總喚起了她心中一串火車的長鳴，從遙遠的那頭嗚嗚地叫過來。／高女還沒畢業，台北已經進入臨戰體制。母親帶著她疏散到靠近梧棲的海邊，還是三嬸婆的好意。／故鄉的夏日，她在蚊帳裏總被林間的蟬噪吵醒。／她從晾著衣服的竹篙彎下身去，然後穿過一片松林，就可以看到整片的海。（……）在回憶中，故鄉是那麼遙遠，而她發現自己已然是一個成熟的女人了。／現在她已經能夠高高興興地向她的少女時代告別。」；又如「花簇相對，文惠無端念起了佐良先生。老人家索居北海道，這個時候一定是萬里冰封，草木皆枯的雪季了。／幾年前，雜誌的酒宴上，文惠知道了佐良先生原也是一位烏魚子的大品家。先生學會了台灣人的做法……。」[91]等等。

　　（3）現在與過去交融互滲：人物內在心理的主觀過去覆蓋著繼續流逝的客觀現在，它們是屬於同時性的，並在文本中製造主客難以釐清的效果。也就是德勒茲所謂的「去當下的現在點狀群」（les points de présent déactualisé）與「潛在的過去面」（les nappes de passé virtuel）的互相滲透而產生的時間混

---

[91] 郭松棻，〈月印〉，《奔跑的母親》，頁26-27、27-28，58-59，76-77。

淯，這種手法主要在於突顯情感與時間的關係。[92]如「文惠把蠟燭點起來。她一邊望著鐵敏半躺在桌邊的榻榻米上，一邊對著燭芯獨酌起來。／文惠能夠喝酒，還是鐵敏病倒以後，自己一個人養成的習慣。夜裏獨飲，算來是結婚第二年的事了。／首先，在消毒家裏的器皿時，她吸進空氣中的酒精，整個人就會從疲勞中突然甦醒過來。久而久之，這就變成了她為自己提神的辦法。／夜裏，等鐵敏入睡，木板套窗拉上以前，她喜歡坐在廊口歇一歇。／把發痠的兩腳歇在粗水泥的台階上，一邊聽著田間的蛙鳴，一邊獨自喝起酒來。／第一次看到鐵敏把血咯在臉盆裏，她自己差一點昏厥過去。／那可怕的記憶，後來藉著酒把它沖淡了。／想到那時，黑夜一攏過來，她就感到孤單害怕。有時，連人都快要發瘋了。什麼都落空了，什麼都抓不住。光復時候的天空、雲、街道，還有母親，在她半夜的微酡中，一樣一樣離她遠去。最後只剩下她自己，連丈夫都抓不住了，他隨時將要離她死去。／她頂著沉沉的頭倒了下去睡。這個時候，酒精淹沒了她。她什麼也不想。什麼也想不了，一切都暫時移到明天去。」；又如「丈夫的內心居然還有自己不能參與的空間，文惠掃興之餘，也稍稍感到被欺負了似的。／臥病時，連他耳根後的污泥，她都是熟稔的。現在兩個人之間居然還有深鎖不宣的事情。想起他褥疹發癢時，外面是「二二八」，裏面是掙扎在生死線上的丈夫，少女的夢想轉眼成空。有一夜望著敏哥蒼白的病體，一陣心酸，竟忘了替他擦拭疹斑，只顧自己大粒大粒的眼淚簌簌落在他赤裸的上身。／他的

---

[92] Gilles Deleuze, *L'image-temps*, p. 170.

每根筋骨，每塊肌膚，她都認得。現在閉起眼來，也摸得到他鼠蹊上的那兩顆朱砂痣。」[93]

　　從時空上來說，這段屬於「非時間性」的心理空間，在「現實」或外在的時空中，開啟了一個個片段的、混亂的心理或內在時空，或呈現女主人翁文惠一陣陣襲湧而來的意識之流。從敘事學的觀點來說，相當於前面提到的「內部閃回」。

3、現在的現在

　　「現在的現在」指的是敘事時間與故事時間相吻合的情況，也就是一般所謂的「順時」或「順敘」。由於〈月印〉的後半部份的基本敘述時間手法為順時或順敘，因此，筆者在此不多加舉例說明。但這裡必須再次補充強調的是，文本後半部份除了順時序外，時間的倒錯現象多屬於「現在回溯過去」與「現在回憶過去」兩種逆時序的時間倒錯型態。

　　綜合上述，〈月印〉的故事情節看似簡單的單線性故事結構，若仔細閱讀，可覺察其時序問題實為異常複雜。首先它呈現時序上的模糊性，但仍然可以使用不同的研究方法，如熱奈特與胡亞敏敘事學，甚至於德樂茲的電影時間觀中的時序理論，梳理出較具規律性的時間結構。

三、〈月印〉敘事結構析論

　　故事梗概：〈月印〉主要描寫一個具有傳統堅毅美德的「知識女性」──文惠，在日本老師佐良先生的介紹下，認識

---

[93] 郭松棻，〈月印〉，《奔跑的母親》，頁64，88。

了鐵敏,並與他相愛。戰時鐵敏被徵召當軍伕,文惠苦苦等待
他的歸來。終戰後鐵敏被擔架抬回來,文惠仍欣喜地與他成
婚。此後日復一日地細心照顧體弱多病的丈夫鐵敏,幻想著與
病癒後的丈夫享受幸福快樂的婚姻生活。當幻想終於實現,不
消多日,鐵敏透過蔡醫生認識中國共產黨黨員楊大姐及幾位中
國來的朋友,此後經常與蔡醫生、楊大姐和那幾位朋友談論有
關中國大陸的林林總總,這是文惠無法插話的話題。不久之
後,鐵敏開始閱讀「紅書」,並將這些書鎖在箱子裡,不讓文
惠知曉箱內裝的是什麼。在文惠的眼中,楊大姐是位貌美、體
面、善解人意又有內涵的女人。當眼見楊大姐與鐵敏的關係日
趨親近,自己卻寂寞地獨守空閨和租書店,不禁起了嫉妒之
心。一天下午鐵敏又與楊大姐出門,文惠跑到派出所舉發鐵敏
私藏一箱東西,不料派出所的人第二天立即逮捕了鐵敏。文惠
耐不住獨自待在空蕩蕩的屋子,便把母親接過來一起住。鐵敏
才被抓走兩個禮拜,便與楊大姐、蔡醫生與幾位中國朋友便在
日據時代的競馬場被槍斃。第二天,派出所所長和區長一前一
後來到家中,稱讚文惠的了不起和偉大——大義滅親,然而,
文惠還是想不通,只在那兒對著靜默無聲的山野呆坐……

1、〈月印〉的敘事結構析論

若根據敘事學對故事、敘事、敘述的定義來說,〈月印〉
的原始敘事架構實際上並非如前述故事梗概所顯示的那樣簡單
明瞭,亦非以順時序的行進方向敘述,而是以「戰前」、「戰
時」、「戰後」為時代背景下,呈現出事件序列間相互交錯、

並行、穿插、跳躍和意識之流等的時間倒錯的複雜現象，這樣的複雜現象使故事的事件序列難以藉由重新爬梳以理出一個「井然有序」的故事情節發展。

（1）〈月印〉敘事／故事結構析論

　　文藝作品敘事結構的分析，可追溯到亞里斯多德對悲劇藝術的闡釋。他指出在悲劇藝術的成分裡，最重要的是情節，即事件的安排、組織、布局，其要點有二：一為完整，即指事之有頭、有身、有尾，也就是事件的發生有前因後果，情節之間有因果聯繫；二為須有長度，即情節安排需要有時間序列的設置，敘事結構要有一個時間的延續進程。亞里斯多德有關情節──事件的安排的論說，雖然主要是針對古希臘悲劇藝術而言，但卻具有藝術結構論的普遍意義。[94]亞里斯多德的觀點包含了情節與時間兩個要素，這兩個要素在敘事學中對於敘事結構的研究也佔有相當重要地位，但敘事學似乎將敘事結構與故事結構等同視之。例如胡亞敏在其著作《敘事學》中提到，把故事視為結構是結構主義敘事學的主張。「敘事學的『故事』是一個抽象概念，它已脫離具體故事所承擔的歷史或現實的內涵而成為自主的存在。故事在這裡被定義為從敘述信息中獨立出來的結構。故事的結構性質主要表現在三方面：一、故事是一個有機整體，其內部各部份互相依存和制約，並在結構中顯示其價值；二、故事又是一個具有一定轉換的穩定結構。一方面，故事中

---

[94] 李顯杰，《電影敘事學：理論和實例》，北京：中國電影出版社，2000，頁321-322。

各要素以及它們的形式連接具有一定規律，其基本語義原型也
代代相習。另一方面，故事又表現出在其固有模式基礎上的各
種變異（增刪、缺位、變形等）。故事正是通過這種自我調節
的動態過程加強其穩定性，並由此構成區別於其他種類的基本
性質；三、故事獨立於它所運用的媒介和技巧。它可以從一種
媒介移到另一種媒介，從一種語言翻譯成另一種語言。」[95]研究
故事結構是研究它的特徵，它的各個組成部份，尤其是它潛在
的內在關係的形式架構，由此突顯故事自身的抽象性質。

　　雖然胡亞敏在《敘事學》中將敘事結構視同故事結構，
但在上述談論文本時間性時，我們已區分了敘事時間與故事時
間，因此，筆者認為在此有必要也將敘事結構與故事結構這兩
概念加以區分。敘事結構在此指的是文本的原始架構，其事件
（序列）是按照敘述者的陳述而行進，而受述者或讀者不作任
何干預行為。如〈月印〉中的敘事結構是將文本用阿拉伯數
字劃分為五個部份敘述，每一個部份又或多或少以不同複雜程度
的時空前後跳躍的方式組合事件（見上一部分對〈月印〉時間
結構的論述），因此，〈月印〉的敘事結構呈現出部份事件與
事件間表面上不連貫或某些事件獨立於故事情節的鬆散現象。
至於故事結構則是經過受述者或讀者對文本加工，根據情節的
前因後果對構成文本的事件（序列）重新爬梳、組織、排列，
以交代故事的來龍去脈，由此而形成一個事件與事件緊密關聯
的有機整體。這不僅涉及受述者或讀者對文本意涵的解讀，並
且根據解讀的結果產生一個個的事件（序列），進而給予命

---

[95] 胡亞敏，《敘事學》，頁118。

名，因此，它來自於文本與受述者或讀者之間的交流，屬於前
述胡亞敏所謂的抽象概念。如此，不同的受述者或讀者在與文
本交流時，將可能產生不同的詮釋結果，因而也可能產生不同
的故事結構。筆者在前兩小節論述〈月印〉的時序問題時，已
從女主人翁的視野出發，按照自然時間順序重新排列組合而將
文本分為十一個大事件序列組：「戰前與鐵敏的初識」、「戰
前與鐵敏的愛戀」、「戰前與母親到鄉下避難」、「戰時的生
活」、「戰後鐵敏歸來」、「戰後文惠與鐵敏結婚」、「戰後
照顧丈夫鐵敏」、「戰後與鐵敏的幸福婚姻」、「戰後與鐵敏
的疏遠」、「無惡意的舉發」、「想不透的結局」，實際上也
是根據情節的因果關係來劃分與命名的結果，於是便形成嚴謹
的「單線性」故事結構。也是敘事文本情節的基本構架方式。

　　若我們進一步探究〈月印〉的「單線性」故事結構或其情
節組織原則，可發現其事件序列的連接原則並非如此簡單，它
同時涉及了敘事學中的兩種連接原則：「承續原則」和「理念
原則」。前者包括時間連接、因果連接和空間連接；後者則是
事件序列的語義排列原則，包括否定連接、實現連接和中心句
連接。[96]關於承續原則中的時間與因果連接前已論述，在此不再
贅述。至於空間原則又可分為現實空間的連接與心理空間的組
合。〈月印〉中文惠與母親於戰時從台北逃到鄉下棲梧避難，
以及戰時的鄉間生活的序列即為一種現實空間的連接所致，即
屬於「戰前與母親到鄉下避難」、「戰時的生活」兩大序列；
而心理空間的組接形式則與時間與因果連接混合使用，但多見

---

[96] 胡亞敏，《敘事學》，頁124-129。

於「戰後鐵敏歸來」、「戰後照顧丈夫鐵敏」、「戰後與鐵敏的疏遠」的序列中。

再者，關於理念的組織排列原則在〈月印〉中也混合運用了上述三種從屬連接方式，以下一一加以說明。否定連接意指序列逐步向對立面過渡。這是一種典型的語義模式，敘事文本大多都具有向對立面轉化趨勢。〈月印〉中文惠日日期盼與生病的敏哥長相廝守，鐵敏身體康復後，也與文惠過了一段美好時光，但好景不常，文惠為了一箱鐵敏私藏的書及與楊大姐日趨接近的關係，無惡意地舉發了鐵敏，致使鐵敏被槍決而家破人亡，也就是橫跨了「戰後鐵敏歸來」、「戰後文惠與鐵敏結婚」、「戰後照顧丈夫鐵敏」、「戰後與鐵敏的幸福婚姻」、「戰後與鐵敏的疏遠」、「無惡意的舉發」、「想不透的結局」的序列。簡言之，〈月印〉的否定連接是從逆境到順境，再由順境轉為逆境的形式組成；上述的否定連接中事實上已包含了實現連接，即從計畫到實現的過程。文惠下定決心好好照顧生病的丈夫，以期在丈夫病癒後實現美滿幸福的婚姻生活，即屬於「戰後文惠與鐵敏結婚」、「戰後照顧丈夫鐵敏」、「戰後與鐵敏的幸福婚姻」序列，就是這種目標型組接方式。最後中心句連接意指序列根據作品中心句的語義排列和擴展。〈月印〉中的中心句可濃縮為「文惠千辛萬苦想與鐵敏過著幸福美滿的生活」，即使是最後文惠略帶嫉妒卻無惡意的舉發鐵敏私藏一箱書，為的也是想再尋回學生時期及鐵敏剛病癒後不久的快樂生活。

　　由上述可見，〈月印〉看似簡單的「單線性」故事結構，其情節的組接方式卻具有多樣性，不僅存在著承續原則的三種連接方式，也同時存在著理念原則的三種連接方式。

（2）〈月印〉敘述層與敘述者

　　熱奈特將小說文本分為「超故事層」或「故事外層」（niveau extradiégétique），而相對於「超故事層」或「故事外層」的層次，熱奈特稱之為「內在故事層」或「故事內層」（niveau intradiégétique）[97]。「故事外層」與「故事內層」間的關係相當於敘述者的話語（discours）與所講述的故事（récit）間的關係，即包含關係。熱奈特曾明白地說到，「插入於話語間的故事將轉變成話語的元素，而插入於故事間的話語仍然是話語」。[98]在將敘事作品視為一文本的前提下，文本中所講述的故事便被涵蓋在敘述者的話語中。[99]

---

[97] 熱奈特將本文中的所講述的任何事件都放在**同一故事層**，接下來才產生這一敘事的敘述行為所處的故事層。並將本文分為超故事層或稱故事外層與內在故事層或稱故事內層。故事外層即由虛構故事的講述者或初始敘述者的構成的層次，而故事內層則為以敘述者－人物來敘述的層次。（參閱熱拉爾・熱奈特（Gérard Genette），《敘事話語，新敘事話語》（*Discours Narratif, Nouveau Discours Narratif*），王文融譯，頁157-158。）

[98] Gérard Genette, *Frontières du récit*, In *L'Analyse structurale du récit*, p.167.

[99] 事實上，熱奈特所稱的故事外層相當於巴特以結構分析的角度來看文本時所區分出的「敘述層」。這「敘述層」不僅高於其他兩個層次，即「功能層」與「人物行動層」，而且還隱含著一種特殊的作用，或以巴特的用語來說，扮演著一個「曖昧的角色」，即「比鄰故事情境（有時甚至涵蓋故事），並向一個故事被拆解（或被消耗）的世界開啟；但同時環繞先前的層次，它封閉故事，最後將故事建構成像語言文字系統的話（parole d'une

　　明確地說，文本的「故事外層」即為統攝涵括的層次，不僅統攝文本中的其他敘述層，更將包含人物心理、行為或動作、事件等的故事層，即「故事內層」，拆解成敘述者話語中的一部分，進而傳達出敘述者的意識、思想、情感等等。因此，這層次上不僅涉及敘述方式（怎麼說）與內容（說什麼），還涉及執行敘述行為的敘述者，或稱「陳述行為主體」[100]，畢竟敘述者的表達方式與參與程度，決定了文本的基本特徵。[101]

　　〈月印〉的敘述者不出現在故事中作為參與事件的人物，而是講述關於他人的故事，並且處於一個外在的位置，對於故事世界與人物具有權威與全知地位。熱奈特稱之為「異故事的敘述者」（narrateur hétérodiégétique）或「故事外敘述者／非人物敘述者」[102]，由於他不參與故事，因此在敘述上具有較大的靈活性。但這「異故事敘述者」雖然處於權威、全知的地位，凌駕於故事之上，但並非掌握故事全部的線索和各類人物的隱密，而是有節制地發出信息。並且，因敘述者特殊的敘述方式（敘事時間倒錯或前後跳躍）與文本特異的形式排列（大量使用短語並幾乎句句分行），使得〈月印〉的敘述者不像寫實作品以最大程度隱藏於故事之中，也不像後設小說敘述者大幅度

langue）一般，並預示、裝載著它自身的元言語（métalangage）」。（參閱Roland Barthes, Intorduction à l'analyse structurale des récits, In L'Analyse structurale du récit, p.28.）

[100] 胡亞敏，《敘事學》，頁36。

[101] 譚君強：《敘事理論與審美文化》，中國社會科學出版社，2002年9月，頁50。

[102] 熱拉爾・熱奈特（Gérard Genette），《敘事話語，新敘事話語》（*Discours Narratif, Nouveau Discours Narratif*），王文融譯，頁175。

地「干預」故事發展而處處顯露，而是介於隱含與外顯之間的敘述者，在虛構世界與讀者間「在場的」引介者。

　　以下筆者將〈月印〉的敘述層次與方式分為製造「現實」效果、內外故事層重疊、視角與聲音等分別加以闡釋。

　　（1）製造「現實」效果：嚴格說來，建構〈月印〉文本的陳述方式是屬於非連續性的，而是由若干表面上連貫的被陳述單元組（unités d'énoncé）或「能指」單元組（unités signifiantes）所構成。這種陳述方式與一般寫實小說有明顯的不同。然而，從另一個角度來說，「異故事敘述者」在講述故事時，又大多扮演寫實作品中的故事引導者的角色，引導讀者去經歷他們閱讀的行程，只作最低程度的干預解說[103]，有如「自然而然」的敘述者，由此造成「真實」的幻覺，[104]或使讀者產生「現實」的錯覺。事實上，這種既片斷又具「現實性」的效果可與電影相比擬。電影之所以能使觀眾產生現實感，主要在於電影話語建立在兩種「模仿」上，一是建立可與真實世界類比的影像、聲音人、物像或肖像模仿（imitation iconique），一是影像、聲音在時空中所構成一致均勻的虛構世界，而這虛構世界的運作仿自真實世界，稱敘事模仿（imitation diégétique）。前者製造了電影的「真實效果」（effet de réel），後者則製造「現實效果」（effet de réalité）。[105]〈月印〉雖然不具有電影的真實效

---

[103] 譚君強，《敘事理論與審美文化》，頁68-70。

[104] 胡亞敏，《敘事學》，頁45。

[105] André Gardies, Jean Bessalel, *200 mots-clés de la théorie du cinéma*, 1996。
　　「Effet de Réel/Effet de Réalité」.

果,也不具有小說的「真實效果」。[106]然而,大篇幅的文字敘
事的「模仿錯覺」(空間、人物行為的敘事描述、對話的展現
描述),將〈月印〉建構成如影像現實世界般的小說。有如筆
者在前面談論其時間結構的末端時,引用德樂茲的說法將之稱
為「過去的現在」的現實效果。

　　(2)內外故事層重疊(重合):所謂敘述層次,指所敘
述的故事與故事裡的敘事之間的界限。根據前述熱奈特將小說
文本敘述層分為「故事外層」與「故事內層」而言,故事外層
又稱第一層次,指包容整個作品的故事;故事內層又稱第二層
次,指故事中的故事,它包括由故事中的人物講述的故事、
回憶、夢境等。[107]這裡順便一提,相應於外、內故事層,我們
可以將故事外層的敘述者稱為外敘述者,而故事內層的敘述者
稱為內敘述者,他往往具有交待和解說的功能。外故事者也就
是「異故事敘述者」或「陳述行為主體」,是第一層次故事的
講述者,他在作品中可以居支配地位,又可以起框架作用。然
而,我們可以發現〈月印〉中的外故事敘述者或「陳述行為主
體」並不起框架作用,又無明顯地表達其意識、思想、情感等
的非敘事性主觀話語(如評論),也就是說文本中雖然具有故
事外層與故事內層兩個層次,故事內層穿插、鑲嵌在故事外層
中,使文本讀起來彷彿只有故事外層而沒有明顯的故事內層,
這種現象可稱為內外故事層重疊。首先,這種內外故事層重疊

---

[106] Roland Barthes, *L'effet de réel*, In *Littérature et réalité*, éd. Seuil, 1982, p.82-83.
　　小說的真實效果主要來自於不具有任何敘事功能的描述(description),或
　　表面上「無能指」(insignifiant)價值的「無用細節」(détails inutiles)。
[107] 胡亞敏,《敘事學》,頁43。

的現象也加強了文本的現實性，換句話說，大多數的寫實主義
小說多具有內外故事層重疊的現象，因此，嚴格說來，這並非
〈月印〉異於其他寫實主義小說之關鍵處，它之所以特殊在於
敘述時序上的複雜性，也就是敘述方式的特異性。其次，即使
內外故事層重疊也依然能夠如前述所言被拆解成外敘述者或
「異故事敘述者」或「陳述行為主體」的話語或論述，以傳達
出其意識、思想、情感等等。

　　（3）視角與聲音：視角指敘述者或人物與敘事文中的事
件相對應的位置或狀態，或者也可以說，敘述者或人物用什麼
角度觀察故事。聲音則涉及語氣與語態兩個概念。簡言之，視
角研究誰看的問題，即誰在觀察故事；聲音研究誰說的問題，
指敘述者傳達給讀者的語言。視角不是傳達，只是傳達的依
據。在許多作品中視角與聲音並非完全一致，視角是人物的，
聲音則是敘述者的，敘述者只是轉述和解釋人物看到和想到的
東西，雙方呈分離狀態。視角與聲音差異的表現形式是多方面
的，有時間差異、智力差異、文化差異、道德差異等等。總括
來說，視角與聲音既有區別又有聯繫，它們互相依存，互相限
制。從視角方面來看，作為無聲的視角，必須依靠聲音來表
現，也就是說，只有通過敘述者的話語，讀者才能得知敘述者
或人物的觀察和感受。不過，敘述者在傳達時往往融入個人色
彩，對視角有所修飾；從聲音方面來說，聲音則受制於視角。
聲音在傳達不同人物的感受時會染上不同的詞彙色彩，具有不
同的文體風格。[108]

---

[108] 胡亞敏，《敘事學》，頁20-22。

　　在〈月印〉中,「視角的承擔者」[109]主要是敘述者與女主
人翁文惠,如前所述,〈月印〉中敘述者多透過文惠的視野
觀看這虛構的世界,就連敘述者在敘述故事時也多聚焦於文
惠。此外,〈月印〉中的「視角的承擔者」類型包含了「感知
視角」與「認知視角」。前者指信息由人物或敘述者的眼、
耳、鼻等感覺器官感知,如「在消毒家裏的器皿時,她吸進空
氣中的酒精,整個人就會從疲勞中突然甦醒過來。」;後者指
人物和敘述者的各種意識活動,包括推測、回憶以及對人對事
的態度和看法,它屬於知覺活動,這種認知視角幾乎佔了〈月
印〉文本中大部份的篇幅,在此僅引一段為例:「直到結了婚
的現在,文惠才恍悟過來。/那一天的晤別,先生(佐良)看
來有一番話要說,然而到頭來還是未說,等到最後離別時,也
還是藏著沒有說出來。/莫非先生在離開台灣以前,急切地想
充當他們的媒人而苦於無法開口?/「先生如果知道了我們的
婚事,不知要怎樣地高興啊。」感知與認知視角有時候是難以
區分的,如「前幾天,他躺在被裏,從文惠的背後看到鏡子裏
的她,驚豔一般發現自己的太太居然美麗有如日曆上的美婦
人。」[110]

　　至於視角的類型,〈月印〉基本上屬於非聚焦(或零聚
焦)型視角的敘事文本,但主要以女主人翁文惠的意識為中
心,從她的眼裡觀察其他人物、事件及自身的感受。換句話

---

[109] 視角的承擔者即作品中感知焦點的位置,換句話說由誰感知。參閱胡亞
敏,《敘事學》,頁23。
[110] 郭松棻,〈月印〉,《奔跑的母親》,頁64,26-27,51。

說，在非聚焦型視角中，又穿插外聚焦與內聚焦，形成敘事學
所謂的「視角變異」。在外聚焦型視角中，「敘述者嚴格地從
外部呈現每一件事，只提供人物的行動、外表及客觀環境，而
不告訴人物的動機、目的、思維和情感」[111]。如「前天，敏哥
從床上爬起來，難得神志清爽，就想在太陽底下坐坐。／她把
藤椅放在廊口上，敏哥拿了一本書，從陰暗處蹣跚出來，走
進了暖暖的秋陽裏。／那真是令人高興的日子。可是天卻有
意捉弄。／敏哥沒曬多久，突然從書上抬起頭來，嘴抿得緊
緊的，一隻手在空中比劃了一下。……」[112]；內聚焦型視角指
「每件事都按照一個或幾個人物的感受和意識來呈現。它完全
憑藉一個或幾個人物（主人翁或見證人）的感官去看、去聽，
只轉述這個人物從外部接受的信息和可能產生的內心活動，而
對其他人物則像旁觀者那樣，僅憑接觸去猜度、臆測其思想情
感。」[113]如「她整個人被那件美麗的旗袍給呆住了。借著缽裏
的炭火，那暗鬱的絨質不時閃耀著豔郁郁的布色。／長在台灣
的文惠第一次看到這種款式的衣服。／這件美麗的旗袍，正穿
在見面時由醫生介紹為楊大姊的一位少婦身上。／進門以後，
文惠的眼睛就始終沒有離開過這位標緻的楊大姐。……」[114]這
個敘述段是通過文惠這單一人物的意識現出，視角自始至終都
來自於文惠，因此，又可以稱之為「固定內聚焦型」視角。此
外，〈月印〉還運用了「不定內聚焦型」視角以顯示不同人物

---

[111] 胡亞敏，《敘事學》，頁32。
[112] 郭松棻，〈月印〉，《奔跑的母親》，頁37。
[113] 胡亞敏，《敘事學》，頁27。
[114] 郭松棻，〈月印〉，《奔跑的母親》，頁72-73。

所呈現的不同事件，並在某一範圍內必須限定在單一人物身上；如文惠願意到精神病院當護士；佐良春彥喜歡烏魚子，學台灣人的做法；蔡醫生愛花，樂於談論植物與政治；楊大姐談論有關中國的種種等等，這些都屬於不定內聚焦型視角，它們各自有其固定的聚焦位置，有其特定的注意點、感受和思維方式，由此拼成一幅斑斕的圖畫，使小說具有多樣化的文體風格。綜合上述，〈月印〉在其主要所運用的非聚焦型視角之中，穿插了外聚焦、內聚焦、固定內聚焦和不定內聚焦等視角類型，然而其重心則趨向對女主人翁文惠的固定內聚焦型視角，屬於視角變異的典型範例，由此使文本浸透著多種不同的氛圍。

　　〈月印〉中，「視角的承擔者」主要是敘述者與女主人翁文惠，但聲音大多發自敘述者，或敘述者模仿文惠的語氣與口吻，偶爾出現其他人物的聲音：「在爬向阿里山上的五分車裏，他終於笑得那麼開心，帶著幾分稚氣。」／「聽聽那海聲。」／有人在車裏叫起來。／「在海拔兩千米的山上？」／大家笑起來了。／「莫非天生就是一對順風耳。」／「那是樹葉的聲音。」／火車爬上山頭時，紅檜木起了一陣陣嘩嘩的響聲。……」[115]。這裡必須強調的是，以上引文不僅呈現出其他人物如鐵敏的聲音，而且還有不知名的人物聲音，造成「誰說」的模糊性。這種誰說的模糊性在文本中尚有兩處：「父親剛過世的時候，大家都擔心一向順從而依賴丈夫的母親以後該怎麼過日子。／然而誰也沒想到，失去了父親以後，母親就像

---

[115] 郭松棻，〈月印〉，《奔跑的母親》，頁22-23。

蟬蛹一般，脫去了軟殼，就能逕自飛向初夏的陽光。／母親聽從了鄰居的勸告，開始信教。／守完了七旬，她開始走上教堂。／當她手裏拿著第七日再臨團的「聖經」，跨出門檻，重新出現街道時，家裏是那麼令文惠感到溫暖。／現在，日子一天一天地過去……」；「兩年前，南方作戰研究部有一位名叫北村孝志的日本人，是研究亞洲熱帶作戰的名家。後來以金錢賙濟一位台灣作曲家，涉嫌同情台灣人，而被軍部勒令離台返日。／記得當時報上指責這個日本人是偽開明份子。／不料離開台灣的前一天，這個人突然自殺在自己的寓所。離台的前夜，北村邀請了他心儀的音樂家到家裏會晤。／青年作曲家依約前往。當他來到門口時，只聽得屋裏傳來斷斷續續的胡琴聲。他在外面一再敲門，也不見有人出來。／待他推門進去時，琴聲嘎然而止。這位著名的《熱帶作戰方法論》的作者，整裝端坐客廳，手裏抱著一把中國胡琴。在客人甫到的那一瞬間，盤腿端坐的身子徐徐向前傾去，沒有開口說一句話，就倒死在蒲團上。／死者身邊留下了一封絕命書，表示要以死向當局抗議。」[116]這兩段引文使讀者無法明確的判定聲音是來自敘述者或是文惠，或說是以敘述者還是文惠的觀點來講述這兩個事件。由於這兩個事件涉及觀點或意識，我們也可以視之為「視角與聲音的混淆」。視角與聲音的混淆拉近了敘述者與文惠的距離，甚至可以說兩者以近乎相同的感知和認知感受周遭事物，或說敘述者認同文惠的情感思想。

---

[116] 郭松棻，〈月印〉，《奔跑的母親》，頁32，25-26。

　　以上筆者針對〈月印〉的敘述方式及其所突顯出的特性，分為製造「現實」效果、內外故事層重疊、視角與聲音加以闡明，也就是以敘事學的觀點，探究其語式與語態等議題。

第四節　〈那噠噠的腳步〉聽覺意象與聽覺語言

　　「當我們心裏有所感觸──亦即由任何一種感覺的印象勾起過去經驗之再現時，就開始意象的活動。」[117]雖然意象可由任何一種感覺勾起，但是，一般說來，意象的營造多為視覺形象，少有以其他感覺活動形成意象，除了象徵主義的詩作之外，如波特萊爾（Baudelaire）的詩包含了視覺、觸覺、嗅覺、聽覺、味覺等意象運用。這是就詩作而言。至於小說文本中的意象往往是以視覺意象為主要表現元素，其餘感覺意象則是處於一種輔助或次要的地位，鮮少給予較高的價值。在這情況下，郭松棻小說〈那噠噠的腳步〉不僅大量運用聽覺意象，還經常使用聽覺語言，即非視覺意象而訴諸於聽覺之語言（如吶喊、咆哮、無聲），便成為小說中的一種特殊的藝術技巧。

　　從標題〈那噠噠的腳步〉即可看出作者有意識地製造聽覺效果。而文本內，這種聽覺意象與聽覺語言更營造了不同的氛圍，或孤寂、或懸疑、或緊張、或激烈、或寧謐、或死寂等等，和人物不同的聆聽所產生的心理反應，配合著視覺意象的烘托，拓展了文本的內在張力，深入了人物內在心理，延伸了

---

[117] 王夢鷗，〈繼起的意象〉，《文學概論》，台北：藝文印書館，1982，頁151。

敘事場域，加強了想像空間，甚至鋪陳了文本的內外在節奏，並引出主題意識。本小節將重點放在聽覺意象與聽覺語言在文本中所營造的不同氛圍與情境，以及在氛圍與情境中不可或缺的人物的行動與心理。

一、孤寂的聆聽

妹妹在空無一人的屋中等待著偷跑出去的病哥哥。孤單的妹妹只能聆聽著隔壁的聲響，靜靜等著哥哥歸來的木屐聲：「夏天的午後。靜默和天空一樣無邊無際。日影落在牆上。鄰居在打他們的貓。又偷吃東西了。（……）為了那塊豬肉，鄰居的太太挨了一頓罵。後來丈夫好像還拿起了菜刀。太太從天井的後門蹓跑。一陣喊鬧。（……）貓趁機爬上飯桌，吃了那快肉。彷彿是這樣。／打過了貓，整條巷子又寂無聲息。／巷子口一直聽不到哥哥回來的木屐聲。」[118]

二、懸疑的驚恐

無名的聲音在妹妹耳際響起，驚恐地抓住哥哥的衣角，那到底是什麼聲音？它又來自何方呢？即使大白天，妹妹仍能聽到那聲音。有一天，妹妹終於聽出那是人的腳步聲：「「那聲音……」／靠著哥哥。期期艾艾地說。抓住他的衣角的手在顫抖。／哥哥的手搭到她的肩上。／天井裏安靜無人。這棟房子大白天，就只有他們兩個人。／她聽到哥哥的肋骨發出了好像脫散的碎響。每次哥哥的手搭到她的肩上，她就聽到那聲音。／

---

[118] 郭松棻，〈那噠噠的腳步〉，《郭松棻集》，頁274。

（……）／「那是怎麼樣的聲音呢？」哥哥說。／夜裏。他們躺在床上。默默期待著。／「聽見了嗎？」／「嗯」。／「那聲音。」／即使大白天，充滿了噪音的街上，她也可以聽到。／聲音來了。潮水般的車聲反而退得遠遠的。／整條熱鬧的街。最後只剩下那聲音。／遠遠地聽去，比夜半的簷漏還清脆。（……）「那會是什麼聲音呢？」／「那是人的腳步聲。」／有一天，她突然這麼說。／在舊家，她沒有聽過這種聲音。」[119]

三、強烈的無助

　　每年的除夕，父親就會回家，但總是不脫衣服就拿起筷子。父親一有不快，總是拿母親出氣，邊罵邊打。哥哥不滿、激動，妹妹徬徨無助，只能在一邊勸哥哥：「「配給米，」才進了家們就啐口罵道。「配給米，配給米。配給米就不會洗乾淨嗎？」／頭垂得低低的母親，聽到父親把咬到沙子的一口飯吐到桌下。（……）父親走過去。狠狠抓起母親的頭髮。／母親驚叫了一聲。／（……）／母親掙脫了他的雙手。／父親啐了一句什麼。／摑了母親。／她的頭髮散了。／頭髮掩住她的臉。／母親只說了一句胸口在燒。父親就把桌上的盤碗統統掃到地上。／瓷器碎得扎耳。／（……）／父親還不鬆手，還毆著母親。」[120]

---

[119] 郭松棻，〈那噠噠的腳步〉，《郭松棻集》，頁277-280。
[120] 郭松棻，〈那噠噠的腳步〉，《郭松棻集》，頁283-286。

四、激烈的反撲

父親第一次離家，母親一個身子撞到牆上。父親回家，一進門就摑母親。哥哥脫光了衣服又喊又叫，衝出大門往大水溝跳去，朝向父親大吼。妹妹也奔出去，要替母親跳溝，直到父親離去：「父親第一次離家。母親一個身子撞到牆上。／那是在不可思議的無聲中發生的。／母親要整個人撞進牆裏。再也不想見這個世間了。／母親在走一條自己的路。／即便坐在床沿擦著痛風，或蹲在溝邊洗衣，或在灶腳忙著，她都走在那條自己的路上。越走越遠。／「這樣也好，現在什麼都聽不見了。」／（……）／父親回家。一進門就摑她。過一回又砰地甩門走了。／（……）／哥哥脫光了衣服，又喊又叫。一個人從後廳跑進穿廊。衝出大門。跑過煤渣路。跳入大水溝。／（……）／你敢打她。你敢打她。有膽的你就下來打我。（……）父親在後尾說，你這是借誰的膽，敢說這種話。（……）／母親快昏倒。她跑得歪歪斜斜。她還在穿廊跑。喘著粗氣。急得哭不出聲。我的兒我的兒，要死我跟你一起死。／這時。一個新的光景出現在她的眼前。她一下子長大了。她看明白了一切。／（……）／她要替母親跳這個水溝。／這個溝她得跳。／（……）／半夜。父親走了。母親的血從耳朵裏流出來。不可思議的靜默。」[121]

---

[121] 郭松棻，〈那噠噠的腳步〉，《郭松棻集》，頁289-291。

五、寧靜的心靈

經歷了家變的摧殘，心理的掙扎，逐漸成長的妹妹不再害怕那噠噠的腳步聲，表現出心靈的寧靜：「溶成軟泥的柏油路上，她聽到的還是那噠噠的腳步。／從幾條街外一路響徹過來，在她的身後。／現在，那是唯一令她不再煩躁的聲音。／那都是在不可思議的無言中發生。靜聽著，她不再出汗。即使在這夏日燃燒的街道上。」[122]

六、死寂的吵雜

母親瘋了似的想離開這個家，被哥哥勸著從火車站回家。母親就在夜裏跑到冰廠撿冰，在廚房裏弄東弄西，在寂靜的夜裏彷彿發出一陣陣鬼魅似的聲響：「探出窗口。半夜。摸著路堤走下去的一個影子。腳下一陣陣喳喳的碎響。慌忙。虛弱。有鬼似的。那背影就是母親。手裏一口麻布袋。趁著夜裏沒人，跑到冰廠去撿冰了。／「那聲音，我睡不著。」哥哥說的是母親夜裏在敲冰的聲音。／（……）／颱風雨。乍停乍起。西落的弱陽又出現了。薄薄照在窗上。廚房裏傳來砧板的聲音。母親的聲音。把包袱放下來，就又默默地在廚房裏了。」；「收了天光以後，屋外一片靜默。／於是，幾條街外就響起了那聲音。／哥哥也在聽著它嗎？每天趁著暮色，那聲音就走得特別勤快。／來到身邊。在屋子裏外走動。跨進後門，穿過天井，就逗留在灶腳。／人在灶腳，就覺得聲音在裏

---

[122] 郭松棻，〈那噠噠的腳步〉，《郭松棻集》，頁298。

屋。守在哥哥的床邊。放下手上的活，待要靜靜地聽去，卻什麼也沒有。／（……）／等他再躺下去。坐在枕邊，她還可以聽到那聲音。那是隨時隨地都跟著他們的。／大白天。她走過去。猛地打開了衣廚。／什麼也沒有。聲音並沒有躲在廚裏。」[123]

七、緊張的錯聽

夜晚，哥哥聽見那聲音，是哪裡發出來的聲音，是花爆開的聲音，還是人聲？吵得令兄妹難以入眠：「『聽到了嗎？』哥哥仰望著說，『那聲音』。／『你聽到了？』／『吵得我睡不著。』／『你也聽到了？』妹妹在被裏整個人醒過來。抓住哥哥的衣角。／（……）／『你也聽到了？』妹妹急著又問到。／然而哥哥指的是後門荒地上的那片野花。『聽聽那聲音。』有一次她抓著他說。／『聽到了。噢。那些花。』哥哥卻這麼回答。」[124]

八、「家」傾頹的一聲

哥哥以為那聲音是那片花爆開的聲音。而這次妹妹聽到的是另一種聲音，沙子傾瀉而下的聲音：「而她聽到的是另外的聲音。／首先是沙在卿注。／沙，無端從屋頂瀉下來。嘩地一陣。下一片刻就靜默無聲。接著又是嘩地一聲。／夜裏，屋頂上

[123] 郭松棻，〈那噠噠的腳步〉，《郭松棻集》，頁317，323-324。
[124] 郭松棻，〈那噠噠的腳步〉，《郭松棻集》，頁338。

沒有人。沙就這麼掉著。／（……）／沙不瀉的時候，她就聽到那聲音。／『聽見了嗎？』／『噢。』／『那腳步。』」[125]

九、親切與驚悚交錯的噠噠腳步聲

追隨妹妹的「那腳步聲」，在長期的聆聽下變得可親，那是在睡夢中。白日的街道上，不時出現的腳步聲，卻仍感到驚悚：「而那聲音似乎緊緊趕在身後，也來到了這裏。／那腳步。怯怯的。有一陣沒一陣的。從來不曾闊步直走。總是摸著陰暗的角落。暮色降臨，它才悄悄添了一點自信。從幾條街外噠噠地傳過來。那是心酸的腳步。／（……）／後來感到那腳步畢竟是可以親近的，是在睡夢裏。／它就在屋子的什麼地方輕輕走動著。／但是，每天隨著破曉，它就走遠了。／等著再仔細聽去，噠噠的聲音很細弱。／接著，就被巷口叫賣醬菜的銅鈴掩沒了。／有時候，迎著風走過來的那腳步，聽來又那麼年輕。它到底還是可以踏出愉快的步子的。它並不老。／不過，再聽久些，就感到那其實還是酸楚的。／（……）／站在吵嚷的市街，她豎起了耳朵，隨時留意傾聽著。／無意間，那腳步，就像一陣風，不知起自何處，猛地貫進了她的胸口。炎陽下，那分明是一股刺骨的冷流。驚悚之餘，站在街的中央，愣住了。／（……）／其實無須走得太遠。就可以碰到那噠噠的腳步。那聲音，令她渾身疲倦。」[126]

---

[125] 郭松棻，〈那噠噠的腳步〉，《郭松棻集》，頁348-349。
[126] 郭松棻，〈那噠噠的腳步〉，《郭松棻集》，頁350-351。

十、孤獨的聆聽

　　哥哥聽到的是花開爆響聲，只有妹妹一人才聽得到那腳步，獨自一人靜靜地聆聽著：「「聽聽那聲音。／哥哥怎麼搖也搖不醒。／「聽見了嗎？聽見了嗎？」而她是聽見了。／那聲音。由她一個人聽著。／一步一步。穿過疏落的秋光。穿過不停嘩嘩飄動的樹葉。一步一步。傳過來。遙遠。親切。秋天已經到了。／（……）／又來了。那聲音。比以前更急切。看不到。就像看不到自己。那聲音，踩著自己的影子。」[127]

十一、如影隨形的腳步聲

　　妹妹總想擺脫那如影隨形的聲音，然而那聲音從來不曾離開過她。既陌生又親切地彷彿在訴說些什麼，那是童年就熟悉的聲音，那是妹妹內心的母親的聲音：「才稍稍靜下來。那聲音就活過來。還是沒被她關在門外。／它早已在屋子裏了。／市街和郊野。那聲音一路追趕而來。／（……）／她恍然過來。那聲音的貼切，有如自己的影子。／偶爾搭上公共汽車，以為擺脫了。等到下車，才發現它就在身邊。成為自己的影子。／迎著市聲，它全身向她傾了過來。／猛一回頭，它倒沒有動靜了。／再往前走，它也隨著起步。一步一步。陌生。親切。斷了。一步一步。又響起。十月的蟬。／（……）／那腳步。總是由身後追逐上來。她錯了。她擺脫不了。／（……）／再思念下去，就覺得那是幼小時候就熟悉的聲音。／怎麼一向會把它當做陌生的東西

---

[127] 郭松棻，〈那嗶嗶的腳步〉，《郭松棻集》，頁371-372。

呢?（……）他們三個人都在默默期待著同一件事──父親的回來。／然而,那是母親的聲音。／（……）／而就在同時,她驀地醒悟到,那一向不斷噠噠響過來的聲音,原來就是母親的腳步。是的,那是聾子的腳步。」[128]

從上述筆者將〈那噠噠的腳步〉中的聽覺語言與聽覺意象分為十一種不同又相互關聯的氛圍與情境中,可發現文本中的真正聆聽者是「妹妹」這個人物,由聆聽外在世界的嘈雜逐漸進入內心世界所發出的噠噠腳步,在未知「那聲音」的來源所產生的驚恐,及欲擺脫那聲音的糾纏後,隨著歲月的流逝,終於領悟那聲音不僅是母親的聲音,更是發自於自我內在心靈無可擺脫的聲音,那聲音早已內化為自己的心靈之聲,進入潛意識的狀態而成為一種「非意願型記憶」[129],隨時隨地都可能觸發,如影隨形。

郭松棻在〈那噠噠的腳步〉運用女性角色與「聽覺意象」書寫母親的技巧正可與〈奔跑的母親〉中運用男性人物與「視覺意象」描繪母親的方法相互對照,由此可顯示出他在處理類似的「母親」的主題上,盡量避免表現手法上的重覆,而力求其曲折變化。

第五節　〈雪盲〉走向意識流的藝術技巧

意識流小說崛起於二十世紀二〇年代的英國,復盛行於西歐與美國,直至四〇年代後逐漸勢微。「意識流」的概念最早

---

[128] 郭松棻,〈那噠噠的腳步〉,《郭松棻集》,頁375-383。
[129] Ferdinand Alquié, *Le désir d'éternité*, éd. PUF, 1993, pp. 27-29.

由美國心理學家威廉‧詹姆斯所提出。他認為人的意識活動不是以各部分互不相關的零散方法進行的，而是一種流水般的方式，如思想流、主觀生活之流、意識流的方法進行的。人的意識是由理性的自覺意識和無邏輯、非理性的潛意識所構成；並且，人的過去意識會浮現出來與現在的意識交織在一起，這就會重新組織人的時間感，形成一種在主觀感覺中具有直接現實性的時間感。法國哲學家柏格森強調並發展了這種時間性，提出了與「空間時間」相對的「心理時間」的概念。奧國精神分析學家弗洛伊德肯定了潛意識的存在，並把它看作生命力和意識活動的基礎。他們的理論促進了文學藝術中意識流方法的形成和發展。

意識流小說不是一個統一的文學流派，也沒有公認的統一定義。意識流運用於文學，指的是一種寫作技巧，它泛指一種心靈活動，指未形諸於語言之前，人的心理意識像瀑布般流動。運用這種技巧書寫的小說，稱為意識流小說。其特點在於打破傳統小說基本上按照故事發生的先後時間順序或是按情節之間的邏輯聯繫而形成的單一的、直線發展的結構，故事的發展和情節的銜接不受一般時間、空間、邏輯、因果關係制約，往往表現出時間、空間的跳躍，多變；前後兩個場景之間缺乏時間、地點方面的緊密邏輯聯繫。時間上常是過去、現在、未來交叉或重疊。

這種技巧最大的貢獻，在於使人物的刻畫從外在行為與現實的描述轉向內在心靈的挖掘。作家筆下的人物可以隨興之所，天地南北地自由聯想，在時間的隧道裏縱橫無阻。也就是

說，意識流小說中所強調的時間，雖然只是某一個片刻而已，可是當人物遊思方外時，他腦中所想的可能是一生以來經歷過的經驗或創傷。這種自由聯想的脈絡，就好比一張蜘蛛網，四通八達，而人物的大腦就像穿越於網上的蜘蛛。因此，漫長的回憶與往事，便可透過人物追溯，一幕幕地呈現在腦海裏。而人物的心理狀態，亦可透過意識流的寫作技巧，被表現得更淋漓盡致。[130]

綜合上述，意識流小說的特徵在於以人物意識活動為結構中心來展示人物持續的感覺和思想，而且通常借助於自由聯想來完成敘事內容的轉換。如前所述，它們往往打破傳統小說正常的時空次序，而出現過去、現在、未來的大跨度跳躍。人物心理、思緒經常飄忽變幻，情節段落的交叉併接，現實情景、感覺印象、回憶、嚮往等交織疊合，現實與回憶相互交織，來回流動，象徵性意象與心理獨白的多重展示，語言形式的離奇試驗和某些標點符號的捨棄，使敘事顯得撲朔迷離。

在西方被公認為意識流小說代表作家與作品有普魯斯特的《追憶逝水年華》、喬埃斯的《尤里西斯》、維吉尼亞‧吳爾芙的《到燈塔去》、福克納的《喧嘩與騷動》等。而台灣用意識流手法書寫小說的作家有王文興、白先勇、七等生、黃春明、郭松棻等等……。

以下所要談論的郭松棻的作品〈雪盲〉，並非全篇都屬於意識流小說，而是從文本開始到結尾步步趨於意識流的書寫策

---

[130] 蔡源煌，《從浪漫主義到後現代主義‧意識流──剎那到永恆》，2002，頁49-51。

略，如此更可揭示從「非傳統式」的現實主義小說走向現代主義流派之一的意識流藝術技巧的軌跡。這種書寫策略也是一種「結構原則」在同一個文本中轉變的敘述技巧。[131]

　　郭松棻小說〈雪盲〉文本分為三個部分：「斜陽」、「人間」、「故鄉」。讀完〈雪盲〉，筆者不禁產生幾個疑問，敘述者到底是從那一個時間點開始敘述？故事有沒有開始？故事的開始在前還是最後一部分「故鄉」？「斜陽」、「人間」這兩個部分是用順時序書寫？還是逆時序？是被描述世界的現實時空，還是主人翁幸鑾留滯美國沙漠時的單純回憶？以上的疑問是否能從幸鑾不同的成長階段找尋線索？越到最後越形成的時空前後跳躍與內心獨白，可以說文本走向意識流的小說藝術技巧。

　　從表面上看來，「斜陽」中主要敘述的是小學校長的故事，穿插著將升高中的「你」與母親拜訪小學校長與校長夫人，校長送「你」一本亡兄自殺後唯一留下來的，印有「台灣總督府監印」卻被書蟲與蟑螂啃食穿了的《魯迅文集》，以及對面鄰居米娘不幸的家庭境遇（父親因受不了B-29的轟炸而上吊自殺，母親病逝），其後，敘述者陳述校長的哥哥從醫科退下並投海自殺的故事。但這些不同層次的故事多以片段及現在客觀時空呈現，尤其是對校長外在與行為的描寫刻畫頗為仔細，其中只運用了二次時間倒錯，也就是交待校長在任校長之前的職務是小學督學，以及先前父親常對「你」說，校長是台灣人中難得的一個教育家，儼然為一種以順敘為主的現實主義書寫模式。

---

[131] 盛寧，〈現代主義・現代派・現代話語──對「現代主義」的再審視〉，北京：北京大學出版社，2011，頁36。

　　這種現實主義書寫模式延續到「人間」中幸龝留學美國，在暑期當清潔工時的一段與詠月的愛情與分手之前的愛之旅，及其後兩人因在美國不同州求學而不得已分道揚鑣的故事。其中片段地回想起叨念的母親，及米娘穿起豔紅的新鞋，孤身走在水門邊，被人議論為患精神病，而後終於離家，飄蕩在不為人知之處，並想起校長每天被校長夫人趕著出門上班，星期天的午後藉故在門口修理腳踏車。第一部分「斜陽」中的時間倒錯大多以敘述者與「你」與校長的視野、口吻說故事；到了「人間」部分，時間倒錯的回憶敘事大多從敘述者轉向由「你」幸龝來承擔，感知者也轉換成「你」幸龝，敘述者逐漸退居於後，但並沒有消失。

　　第三部分「故鄉」除了在美國沙漠中教魯迅，和日本教授共用一個研究室，共生共存，以及母親來電告知老校長暴斃的現實客觀書寫外，其餘對台灣種種的回憶與夢境，母親、老校長、成為乞丐的米娘、在羅斯福路一家租書店翻閱《張愛玲短篇小說集》等等，以及內心所思所感均來自於「你」，敘述者雖仍存在，但與「你」彷彿合而為一。以上只是筆者從表面層次上對〈雪盲〉的表述，這樣的表述並非對以下的論述毫無用處，至少能讓我們對文本有個粗淺的認識，以下筆者將深入文本中，探索〈雪盲〉逐漸趨向於意識流的書寫藝術。

　　如在闡釋〈草〉中的人稱問題時，筆者總結出第二人稱「你」在郭松棻的小說中，潛藏著一個隱形的「我」，「你」是「我」的分身，也是「我」的對話與反思的對象。這種雙重人稱的運用，使人物與敘述者，成為「你」、「我」的交流、

互襯。這種情況也出現在〈雪盲〉中。而這種人稱的使用手法可比擬於作者普魯斯特與《追憶似水年華》中的主人翁馬歇爾的關係，又比《追憶似水年華》更加複雜些，因為〈雪盲〉所涉及的人物與敘述者與作者的關係實有三者，人物「你」、敘述者，也就是隱形「我」及作者，但〈雪盲〉並不屬於自傳型小說，因此，從敘事學的角度觀之，作者為一「暗合作者」，主要敘述者實為隱形「我」，而形成「我／你」的共融狀態，如在文本一開始的段落：「為了讓**我們**雨後可以坐船在海上蹓躂，校長必須在落雨以前把船放回海上。被與淋溼的沙坪將會產生抗拒，到時船就推不動了」[132]。這樣的共融關係在〈雪盲〉中的意識流書寫又有何干呢？

事實上，這和小說中的語式與語態，也就是誰敘述、誰感知、誰獨白、誰回想等屬於意識流小說的特徵有關，〈雪盲〉中的敘述者，即隱形「我」，既然與「你」產生共融狀態，隱形「我」的敘述、感知、認知、思想等等也就與「你」同一了。

1、斜陽

以此為出發點，我們可以發現，第一部分「斜陽」在現實客觀的講述故事的同時，出現現實主義小說中少有的情節段落的交叉併接，不按自然順序排列的故事片段，事件與事件之間少有必然的因果關係和邏輯聯貫性，只是前述不同事件被拆散的片段或情節段落的交錯銜接，即在將升高中的「你」和母親拜訪校長與校長夫人的暑假期間的所見所聞，以及「你」的經

---

[132] 郭松棻，〈雪盲〉，《奔跑的母親》，頁167。

歷，尤其是「你」從校長手中得到魯迅的書籍，「你」讀到：
「中秋過後，秋風是一天冷比一天，看著將近初冬；我整天靠著
火，也須穿上棉襖了。一天的下半天，沒有一個顧客，我正合了
眼坐著。突然間聽到一個聲音，「溫一碗酒。」這聲音雖然極
低，卻很耳熟。看時又全沒有人。站起來向外一望，……」[133]，
這是魯迅短篇小說〈孔乙己〉中的一段，在〈雪盲〉中極具象
徵意義（留待後敘）；而「斜陽」整體來說，敘述焦點則是放
在校長身上，根據敘述的事件內在邏輯為線索，大致可依以下
的順序重新排列：當校長前為有理想的小學督學，當校長時代
自然課時發生的意外，與退休後的從事漁業卻不被校長夫人所
支持的窘境；最重要的透過嚼檳榔事件引出「你」的父親曾說
過的話：「那是嚼著校長亡兄的影子」，以及校長哥哥跳海自
殺前的一段往事，但這一段往事似乎必須追溯到更早校長仍年
輕的時代，也就是當督學以前，但時序點仍是模糊不清的。而
「斜陽」的故事卻結束於校長為想吃豆腐的老母出門買豆腐，
反被憲兵因戒嚴之由在街上摑了一巴掌。留下具有「隱喻」意
味的一句：「迪化街，空曠無人。那清脆的巴掌如記憶響徹在
一街荒涼的空間。喝喝……喝喝……喝喝」[134]。

　　在被描述世界中僅經過了一個暑假的時間中，隱形「我」
的敘述者運用了大跨度前後跳躍而不著痕跡的時空場景敘述校
長的故事，並且，省略了傳統小說中說話時所運用的標點符
號與人稱代詞，彷彿人物自行說話，無須隱形「我」的敘述

<hr>

[133] 郭松棻，〈雪盲〉，《奔跑的母親》，頁172。
[134] 郭松棻，〈雪盲〉，《奔跑的母親》，頁186。

者從中介入。甚至有些描述並不造成敘述停頓，反而產生預示的效果：「現在，遠處的地平線已經失去了雍容的平衡，露出逐步升級的焦灼。天空吸飽了墨水，海變得沉重。白浪帶著流質的鈍拙，喪失了衝向沙岸的意志。／地平線、海、沙地沉靜了下來，各自安於自己的地位。連風也遁曳了。前一個片刻在頭頂上呱叫的海鳥突然在空中絕跡。不久，一場驟雨就要打破這種靜止的安排。」[135]有些段落呈現「我／你」的感知：「漁港，無止境的夏日，海飄著魚的腐味。而漁會公所前的柏油路到處是令人噁心的馬尾藻。」；又如「太陽垂直照在海上。海鷗一隻、兩隻、三隻……沒有拍動一下羽翼，就悠然降落在椿頭上。岬角在遠處候立，而地平線已經染起了烏雲。這個海港的景致再也吸引不了你了。你埋頭讀著手上那本總督府監印的書。」[136]

　　「斜陽」的敘述手法已非傳統現實主義小說的書寫模式，雖具有部分的意識流小說特徵，但由於缺乏意識流小說中最重要「內心獨白」與「以心繫事」這兩個重要特徵，並且，在事件與事件間雖然少有因果關係及邏輯聯貫性之中，但仍能清楚可見聚焦於校長林林總總的事件，及與圍繞著校長的其他人物的事件拼接，因此，這部分也許可視為對現實主義小說的違規現象，以為〈雪盲〉文本後面越來越不連貫、零散、片斷的書寫方式開闢道路。

---

[135] 郭松棻，〈雪盲〉，《奔跑的母親》，頁167-168。
[136] 郭松棻，〈雪盲〉，《奔跑的母親》，頁169，170-171。

2、人間

　　「斜陽」與「人間」之間的龐大的「空白」，使〈雪盲〉
呈現出向未來跨一大步的時間大躍進。「你」幸鑾已成為留學
美國的學生，與同樣留學生的詠月相戀而後分道揚鑣，這構成
「人間」中的主要的客觀現實事件序列，卻又運用了時間倒錯
的方式敘述，這種敘述方式承續了「斜陽」，但比起「斜陽」
較為有序。然而，這是因為在「人間」這個部分中，現實客
觀的敘事部分減少許多，取而代之的是「你」的感覺、「你」
的幻覺、「你」受外在觸發的聯想中夾雜著回憶、「你」的意
識、「你」的夢境（潛意識）、「你」的自由聯想、「你」的
回憶等交織而成的意識之流。

　　如「人間」一開始就是一段「你」的感覺與幻覺：「爬
上被含羞樹蔭遮的沙丘，走向公寓的停車場，腦殼裏就卡拉
達、卡拉達響起來。有蟲在啃嚙著你。聲音從太陽穴迸裂開
來。劇烈的頭痛佔據整個白天。開車時，眼前常有撞車的殘骸
圖景。鼻孔一陣辛辣。阿月渾子的氣味。三朵天筑葵，在廚房
的水槽邊，透過沙漠的晨照，發出允諾的光。窗外，超速公路
無聲地從遠處延伸過來。再遠些，沙上騰起的白光，團團遮去
了景物。」；其後接續一段「你」受外在觸發的聯想中夾雜著
回憶：「你突然悟到，那原是母親越洋電話的噪音。線上傳真
不良。卡拉達、卡拉達，不斷地響著。頭痛則是遺傳的。小
時候，看到步入中年的母親太陽穴上總貼著兩塊撒隆巴斯。
越洋電話裏，母親的聲音細弱而遙遠，隔隔斷斷，像一段往

事。……」；這聲音讓「你」意識到：「有一天，這聲音成為沙漠黎明的第一線光芒。你在亂石中建築起來的這個城鎮安身了，你學會了忍耐。」；毫無關聯性的橋段串連成了自由聯想：「那年，奇怪的聲音吵醒了她。她爬下床。以為底下有老鼠在啃木器，又以為牆壁裏有蛀蟲在咬洞，最後發現那原是你睡夢中在磨牙。／那是很奇怪的聲音。／那是怎樣的聲音呢？／你自己都感到奇怪了，夢裏的語言。」；夢境插入現實客觀敘事之中：「你睡了又醒過來。夢裏全是一些螺旋鉗、板手、鐵錘、螺絲刀、絕緣膠布……。還有各種尺寸各種式樣的釘子。」分手前的旅行中，在印第安人保留區，看著詠月的臉，「你」想起了吳媽，又聯想起了米娘：「少年時代你總以為這樣悠閒的相處會發生在某個夏日的傍晚。那時你渴望日後有一個美麗如米娘的妻。／「吳媽是誰？」／「吳媽是魯迅寫的一個軟心腸的女人。」／站在旅舍的露台上，你突然了解到，再沒有像吳媽那樣一對無辜的眼睛了。以致於阿Q在赴往刑場的車上突然有了唱一支歌給她聽的意思。／那是只配眺望星空的一對眼睛。」在詠月唱著老歌「大江東去」中，回憶起過去的「你」與母親的任勞任怨：「你要走。你要走得遠遠的。再也不回到那條陋巷了。小時尿床，被父親半夜拖下來用雞毛撢子打。你泡在悠悠濕成一灘的羶味裏，你唯一叨念的是那女人。／第二天，那女人就有只渙散的眼神。她默默低著頭，把你尿髒的床被抱出去洗。那女人從沒說過一句話。那女人總覺得那是她的錯。一句話沒說，只低頭在水井搓洗。那女人就是你的母親。（……）出門要小心噢。多看看身邊的車子。阿幸

仔……。／絕別母親的話。入秋的蟬。」；平靜的心靈回想一
段洋神父的事件：「斜陽以後，柔弱的金沙在眼前奉出了浩瀚
無垠的表體。景物慢慢遠退。你的胸口很平靜。耳畔響起的是
嗚嗚的海浪。風吹起神父黑色的袍衣。那一年夏天溺在海港的
一對青年。洋神父的祈禱。」；現實與過去雜柔在一起思緒：
「沙漠上的一片落葉。葉肉在炎陽下萎縮。扭曲起來的殘骸隨
著風在沙上擦出了漠然而遙遠的記憶。陰影吞過來。陌巷那片
大而堅固的頹牆。豌豆花在晨風中飄動。城市起了噪音，早晚
不斷，你決定要走到很遠的地方去。／分手了，就這樣切罷。
（……）沒有字語的聲音，一把一把掃在你的心口上。你要走
到很遠的地方去。／台北發出了噪音。淡水河的霧浮騰起起
來，不到中午是退不下去的。母親在關帝廟抽的一支籤，預示
著你的出外命，點出了若干年後，你在異國沙漠汽車旅館的一
間房間裏會找到你的女人。」[137]其後接續大跨度的記憶追溯到
米娘的父親新婚後買回來一雙金扣紅鞋送給米娘母親事件，以
及校長望著米娘穿著新紅鞋遊蕩在水門邊。並在「大江東去」
的歌曲中，繼續追憶你在米娘離家出走後對她的思念與殷切期
盼的段落，直到「人間」終了。

3、故鄉

　　「故鄉」的現實客觀的敘述，主要在於圍繞在共用一間研
究室的日本教授的生活，以及在沙漠警察學校教中文（魯迅）

---

[137] 郭松棻，〈雪盲〉，《奔跑的母親》，頁186-187，188，192-193，193-
194，194。

的單調日子。其餘則由「觸景生意／憶」、「自由聯想」、對父親、母親、校長、米娘大篇幅的回憶，以及「內心獨白」相互交織穿插而成。「觸景生意／憶」開啟了「故鄉」的敘事：「車燈印出來的影子越來越大⋯⋯。模糊了。突然一起向牆壁的左上角倉皇頓去。／一組黑影消失，窗口就傳進轟的一聲。／汽車駛過公寓的樓角。／尾後的汽車又在牆上打出另一組類似的形象。／在你還來不及認辨以前，馬上開始變形。越來越大⋯⋯越大。失去了明暗度。下一瞬間，影子照樣向左上方的牆角逃逸。在天花板上倒立遁走。轟。接著又是轟。轟──轟──轟──。（⋯⋯）飛奔的牆影侵入你的腦殼，你在床上亢奮失眠，這是你沙漠生活的一部分。黑白的幻象一直留在你的視網膜上，不歇地重複著牆角的走動。第二天起床，蹣跚地走在通往停車場的路上，你想起小時後半夜尿床的屈辱。」；「自由聯想」：「醉酒的時候，他（日本教授）就嬰孩般嚶嚶起來。他要你為他想想，祖父曾經是四谷的武士。父親經營了江戶第一家外銷的紙傘店。而自己好端端一個江戶兒，竟落草般陷在這沙漠裏。（⋯⋯）／煙孃孃湧上山谷。二月的一場雨。遠山染上金毛狗的幼綠。像一片海水包圍了整年猙獰的山麓。那是瑰麗的三月君臨在寂寞的沙漠上。你的思維被擾亂了，你甩著頭，想甩掉殼裏的遲鈍。潮溼中孕育的蕨腥，從地平線的那端，隨著陣雨後墨色的曇天侵襲過來。母親在越洋電話裏說，台北已經變成了一個巨大的城。／阿幸仔，你回來都認不得了。仿如蕨類的抽芽，一夜之間肥大了起來。」；內心獨白：「有一天你會忘了家鄉腐殖土的泥腥。也會忘掉蝸牛爬

過的舔液的氣味。你悄悄走入一片鼠色的陰影，然後把身子藏在乾燥的黑暗裏，眺望著落日和沙的地平線慢慢完成T形的結合。魯迅，在陰影下曾經被樹上掉下來的毛蟲冷冷地爬過頸項。那是一九一八？」；內心獨白之處尚有：「你追隨著一條軌跡。每次教完了〈孔乙己〉，你好像患了機能障礙症似地，腳突然失去了作用。你想像以孔乙己的模樣，用滿是污泥的手爬出教室，甚至讓自己的腿折斷，坐在地上一路跂著向前。現在這就是是教室和停車場之間唯一可以頂天立地的行走方式。你忘不了南方澳的那次旅行。不管母親怎麼罵你，你還是屈身蹲在車廂的地上。讀著你的魯迅，讓自己在站客不斷搖晃的腿與腿之間沉落。」「故鄉」結束在一段內心獨白的段落：「在這百無聊賴的日復一日中，倘還有什麼未能放得下的，也許就是在暝暗裏，你總是看到自己──那揮之不去的允諾──沿著少年的那段河堤在奔跑，迎來成羣的蝙蝠，在夏日雲霞燦爛的天際喁喁飛翔，在這海拔五千公尺的沙漠上，在這美國警察學校裏。」[138]

　　由上述可見，「故鄉」中的現實客觀敘述又比「人間」更為淡化，在現實中事件無端並置、觸景生意／憶、大篇幅的回憶、內心獨白的前後穿插、交織、意識來回遊蕩，急走與趨緩，無視於時間存在的天馬行空，使這部分看似隱形「我」與「你」的意識活動，尤其展現成一種以「自由聯想」、「內心獨白」與「以心繫事」為主的敘述方式，意識流的敘述型態著實呈現。

──────────
[138] 郭松棻，〈雪盲〉，《奔跑的母親》，頁199，202，208，212，216。

　　綜合上述，〈雪盲〉中有合乎理性的傳統敘述和描寫的部分，但越來越大量的運用非合乎因果關係與邏輯聯貫性的事件並列，有如非關故事是否交待清楚的蒙太奇式畫面接合，以及越來越少量的現實客觀陳述，使文本逐漸走向隱形「我」與「你」活躍的內心與意識活動，感覺、幻覺、夢境、現實與回憶雜柔、大篇幅與大跨度的回憶、內心獨白，最後以「無時性」或稱「非時性」的自由聯想才能統括其敘述技巧的現象，最終成為一篇意識流小說，並將〈雪盲〉「支離破碎」的外在與內在交錯或交融所產生多層次內涵顯得更加撲朔迷離，迫使讀者絞盡腦汁去思索、去尋找各自的解答，或去作適當的解讀。

第六節　結語

　　陳清僑引盧卡奇的話說道：「我們知道形式之為中介，在於容許創作者的個人經驗通過特定的、社會性的、物性的時空而傳達到讀者和觀眾裡去。沒有形式，創作的思緒無法傳通，而美感經驗也自然不能產生。」[139]

　　郭松棻最具代表性的中篇小說〈奔跑的母親〉、〈月印〉、〈草〉、〈雪盲〉除了對文字百般挑剔、字斟句酌而成的詩（化）語言為其共同的藝術特色外（修辭上的骨感美學）[140]，每篇都各有其美學上的考量與精心策劃。〈奔跑的母親〉透過

---

[139] 陳清僑，《美感形式與小說的文類特性──從盧卡奇到巴赫定》，《當代》，89期，頁72。粗體部分為筆者強調之處。
[140] 王德威，〈冷酷異境裏的火種〉，《奔跑的母親》，頁6。

「我／你」的內心獨白開啟對有關母親的夢境陳述,並幻化為
回憶,合併想像,使四者交揉互滲,合而為一,宛若夢想者閒
適神遊於現實內外。〈奔跑的母親〉、〈草〉、〈雪盲〉中以
第二人稱使用上的匠心獨運,不僅打破了以第三人稱或第一人
稱敘事的傳統而陳套的敘事技巧,更強化了〈奔跑的母親〉、
〈草〉、〈雪盲〉的美學效果。〈月印〉雖為一單線性的故事模
式,卻能運用複雜的時序與敘事結構,達到生動靈活的非傳統式
的現實主義敘述效果。〈那噠噠的腳步〉以大量的聽覺語言結合
人物行動與心理製造不同的氛圍與情境,加之以聽覺意象描繪
耳聾的「母親」,正可與〈奔跑的母親〉視覺意象的「母親」
形象相互對照。〈雪盲〉從尚可稱為「異化」的傳統敘述手法
與時間安排,隨著故事的進展趨向非因果與非邏輯連貫性,逐
步拓展擴大成自由聯想與內心獨白,最終走向「非時序」的意識
流書寫方式,使多層次的內涵意義更加詭譎而撲朔迷離。誠如
蔡源煌所言:「它(現代主義小說)使小說人物的刻繪從外在
行為與現實的描述轉向內心靈的挖掘。這種轉變,不但賦與小
說人物內在生命,**而且也打破了傳統上對時間的認識**。」[141]

　　由上述可見,雖然郭松棻強調其創作過程是「先有句子,
才有故事」,但在故事成形之後,他在形式、美學上的考量與
精心策劃並不能與內容、意義割裂而自成一獨立場域,兩者已
融合為一體。每篇所建構或運用的特異技巧與藝術表現,必然
呈現出作者郭松棻對所欲傳達之情思。否則徒具有形式特色而

---

[141] 蔡源煌,《從浪漫主義到後現代主義》,台北:雅點出版社,1987,頁
　　49。粗體為筆者強調。

無相稱之內涵體現，必使作品流於空泛與做作，更談不上其作品具有「異質性」與「藝術性」的文學價值了。因此，在下一個章節中，筆者將探討郭松棻藉由這些藝術手法所欲表達的內在意義。

第四章　創作的開始與意識型態的轉型（II）

——郭松棻小說的主題意識

> 應被思的東西從人那裏扭身而去。它避人遠去，留滯於
> 自身。這種意義留滯的方式從人那裏抽身遠去的東西並
> 沒有消失。然而，我們如何才能得到關於這種以自己的
> 方式抽身而去的東西呢？我們如何才能給它一個稱謂，
> 給它命名呢？它抽身而去，退避三舍，也就是拒斥抵達
> 它的企求。不過，抽身而去並不等於無。在這裏，抽身
> 就是滯留，作為滯留，它也就是事件。（海德格）[1]

　　從〈秋雨〉、〈姑媽〉、〈向陽〉三個小短篇及其他與
之後的作品中，我們可發現，郭松棻早期的小說創作是有階段
性的。而1983年是個關鍵的年代。在此之前，〈秋雨〉、〈姑
媽〉、〈向陽〉標示著他的作品中所顯露的政治意識型態與

---

[1] 海德格，〈什麼召喚思？〉，收入於《海德格選集 下》，上海：三聯書店，1996，頁1210-1211。

民族思想的逐漸轉型，也就是向純文學創作的過渡，試圖藉由精緻的藝術語言、素樸的人物、日常性題材，以及現代主義的技巧，傳達「人在歷史中」的個體經驗與遭遇。這樣的轉型是否意味著郭松棻對過去的政治熱情已漸退去？答案似乎是肯定的。但他轉而透過創作（尤其是1983年以後的作品）尋求「自由」與「身份的識別」（Identité）卻是昭然若揭。這裏筆者用「識別」而非用「認同」的原因無他，主要是從郭松棻的作品中，我們可以發現他並不希冀以自己的名字「郭松棻」來標記他不同於其他作家的作品，而是以作品的本身作為他的「簽名」（signature），即他懷著強烈的主體意識尋找異於其他小說家在各方面的風格，尤其建構小說的兩大重點——藝術技巧和主題。前者，筆者已於上一章節加以闡明；而後者則是這一章節所關注的焦點。在正式談論他作品的主題前，筆者先以〈秋雨〉、〈姑媽〉、〈向陽〉三個創作初期的小短篇來看看郭松棻的左派意識與民族主義思維的殘留和轉向。

　　郭松棻於1983年以前所創作的小說仍離不開左派政治和民族意識型態的框架。如1970年所寫的〈秋雨〉是紀念、感懷殷海光先生之作，那麼他在1973年所寫的評論〈戰後台灣的改良派〉[2]中所談及的便是以理性的角度看待這位台灣自由主義的改良派，並被國民黨政府迫害下的學者。郭松棻認為殷海光先生雖然早期以「擁蔣反共」著稱，但遷台後，除了在台大教授哲學外，積極參與「自由中國」雜誌社的工作，在其言論上，及其有限的行動上支持雷震的改革思想，並鼓吹組織新黨。但他究竟不

---

[2]　簡達（郭松棻的筆名），〈戰後台灣的改良派〉，東風，第五期，1973。

能算是政治中的行動份子，只是在思想上信奉西方開放的政治社會制度，而不能依據台灣當時的特殊背景，建立一套他理想中的政治哲學，而成為無力扭轉乾坤的知識份子。他晚年放棄了反共的立場，較為客觀地對中國大陸的種種建設，甚至研讀《毛澤東選集》。由此使郭松棻褒獎殷海光先生是台灣「有良知的知識份子」[3]中，可見他當時仍舊是具有濃厚的左派「中國意識」。也無怪乎在此之前所寫的〈秋雨〉中說道對回鄉（台灣）再度失望的感觸與無奈：「『我已回到家鄉。』／不過引起這強烈的意識的，到底是由於他（殷海光）的一些有關家園的話題，或是因為這一向曾經很熟悉的日本房子的地板，這時卻也不很了然，幾秒鐘後，這歸鄉的意識卻不免帶給自己懊惱無奈感。『回到家鄉又如何？』自己這樣問的時候，彷彿終於又悟起家鄉本就是齷齪、蠻橫、無情，而自己的心早就被挖空了的。」[4]至於〈秋雨〉中的民族主義思想的呈現在於小說一開頭所敘述的「美國機場的中國人」，穿著呆板、排對爭先恐後，以及「台灣機場的中國人」的擾亂、撕打。無論是在美國或在台灣，即使是負面地描寫中國人的形象與粗鄙的行徑，在郭松棻眼裏，無論何處，他都不區分中國大陸人士或台灣人，一概稱之為中國人，畢竟他們都是帶著「中國近代苦難」的「中國人」。

　　這種民族意識還體現在郭松棻於1983年所書寫的短篇小說〈姑媽〉一文中，但這時的郭松棻在政治思想上已從左派「中國」的大夢中甦醒過來，筆者甚至認為〈姑媽〉頗具自況

---

[3] 簡達（郭松棻的筆名），〈戰後台灣的改良派〉，東風，第五期，1973，頁3。
[4] 郭松棻，〈秋雨〉，《郭松棻集》，頁237。

之意味，可視為郭松棻從對中國大陸的夢想到甦醒的「過渡」之作。〈姑媽〉裏的姑媽生長在中國大陸，而姪兒「我」則是從海外回到中國探望姑媽，並想留在中國長居的客人，但在姑媽的勸阻下，只見「多姿的故鄉正浸在灰灰細雨中」[5]。其中同時也揭露了中國共產黨殘暴、假造、矯飾、虛偽、粉飾太平的統戰本質，也印證了姪兒「我」在海外聽到的傳說。但姪兒「我」對姑媽終究是抱以無限的同情與憐憫而無可奈何地離去。郭松棻有意鋪陳中共在統戰技倆中的親屬真言以對（夜談），然而白天在中共幹部的監視下，姑媽又不得不說出有違內心的謊言。郭松棻至此的民族主義思想寄託在那些善良、樸實卻受壓迫的中國老百姓，而不再是不分身份職別的全體中國人，更不是助紂為虐的中共幹部。

　　另一篇「過渡」之作也是寫於1983年的〈向陽〉。這個「過渡」是從意識型態的語言紛爭過渡到日常生活和平共存的景像。〈向陽〉中的兩位情人（楠輝和仰蘭）時時吵架，從台北吵到美國，再從美國吵回台北，在溼溼霉霉的屋內吵到寒冷的山嶺。他兩都具有「法西斯蒂的性格」，「他們都是狂熱的信奉者，對共和政體由衷地不親近」[6]，他們各自有自己的主張，各持己見，而她被他吸引，原因是他「隱約有一種主義」，但「他不談政治。他不屑於言及國民黨」[7]。而她喜歡中性詞，帶有女性主義的味道。實際上，他們是兩個主體的意

5　郭松棻，〈姑媽〉，《郭松棻集》，頁255。
6　郭松棻，〈向陽〉，《郭松棻集》，頁38。
7　郭松棻，〈向陽〉，《郭松棻集》，頁38。

識型態對立鬥爭。偶然間在台北郊外找到一棟向南（陽）的房子，生活在陽光底下，什麼主張，什麼主義，都插翅而飛，結婚生子後，漸漸忘了吵架，連他的脾氣也給太陽曬軟了，並使用「畸型人格的塑架」[8]而無法解脫的日常語言，導致能擁有自由的話語主體消失在人人所運用的日常語言的「同一性」或「共同性」中。[9]然而，最終形成一家和樂的「冬曬圖」。

　　〈向陽〉還企圖突顯「偶然」與「歷史」辯證，甚至質疑「歷史」的價值，這正呼應楠輝在母校教授「歷史有意義嗎？」。偶然就像一張大嘴，「一口吞食了很長很寬很厚的一場生命。」[10]這個生命不僅是「個體的」也是「集體的」，歷史便宛若一次次偶然的集合體，或從另一個角度說，在歷史之下，偶然成為不可擋的第三勢力，反而支配了歷史的走向，只是大家都忽略了它的存在。誠如〈向陽〉最後將個體的偶然性轉化為個體歷史的必然性，相反地，集體歷史的既成事實隱含著為黨派所忽視的偶然性：「民國以來，各個黨派標榜的共和理想並沒有超過我們這幅冬暖圖。它們半個世紀的爭戰，更沒有造就真正的共和，只白白流了老百姓的血，因為它們都那樣瞧不起第三勢力。」[11]

　　在書寫〈秋雨〉、〈姑媽〉、〈向陽〉之後，郭松棻的其他極短篇小說多回歸日常生活的片斷，而在他篇幅較長的中短篇作品中的語言運用、題材選取、敘述策略、主題意識上則

---

[8]　郭松棻，〈向陽〉，《郭松棻集》，頁53。
[9]　〈向陽〉文本中說道：「然而我們還剩些什麼可說的呢？我們用什麼語言來闡述事件呢？」郭松棻在此似乎留下了他往後藝術性的語言創作的伏筆。
[10]　郭松棻，〈向陽〉，《郭松棻集》，頁51。
[11]　郭松棻，〈向陽〉，《郭松棻集》，頁53-54。

均具有頗大的改變。尤其是在主題上可說是來個大翻轉，政治意識型態逐漸削弱於敘述者與人物的話語中（但並未完全消失），取而代之的是回歸與超越日常生活、女性／母性／聖母的互文相應、孤兒或浪子的離與歸、個體與個體之間的迎拒、語言（包括殖民者的語言侵略）與沉默的話語、個體的孤寂、歷史與回憶的相互映照、紅地毯上的記憶湧現（有些作品仍置於國族、歷史框架中）等等多元主題。

　　筆者在以下章節中不以寫作年代的先後次序為考量重點，而是透過上述的主題歸類，對郭松棻小說主題各別深入探討，也就是不以另一個意識型態「座架」[12]，例如以父權象徵體系的「大敘事」（陰性書寫）、文化身份的認同和離散書寫等將郭松棻大多數的作品一網打盡。

第一節　回歸與超越日常生活

　　郭松棻的〈成名〉、〈第一課〉、〈機場即景〉三篇短小的作品中的題材都流露出樸實的日常性，不僅故事情節簡單如西方古典主義戲劇規範的「三一律」，而且，主題也都圍繞著主人翁的生活片段中的特殊經歷，這些特殊經歷並非具有嚴肅

---

[12] 魏偉莉，《異鄉與夢土──郭松棻思想與文學研究》，成功大學台灣文學研究所碩士論文，2004。「座架」（G-Stell）的概念來自於海德格，意指蒙蔽人的世界觀的意識型態。「座架」之所以能支配人們，是因為它不但控制人們的世界觀，另一方面也提供人們辨識自我的座標與框架，使人獲得歸屬與方向而展開盲目的追求，從而忘了回頭追問「座架」的本質是什麼，因此，「座架」才得以一直偽裝成「真理」而持續運作。P. 121-122。

的人生哲理，而是呈現出某些事件或現象，讀來反而令人不覺
莞爾，又不勝噓唏。回歸日常生活又超越日常生活正是郭松棻
及其妻李渝的創作方式：「常常你從生活裡的一個很具體的感
受而來。這最有名的例子就是普魯斯特，他突然茶葉裡邊、那
杯花茶把他全部的世界都勾引出來，然後七本大作就出來了。
常常一個很具體的、實在的、生活裡的，每天日常接觸，然後
你一步步下去的時候，就不再是這個世界，那是一個比較超昇
的世界。到那個世界，我覺得才是一個寫小說的人真正想講的
話，好的作家是一定會達到那個程度。」[13]

　　〈成名〉描寫一位在妹妹的讚美聲中也膨脹了自己的榮耀
感的詩人兼比較文學博士回鄉的一段趣聞。回到家鄉，他自以
為成名而將受到鄉人的打擾，便買了一頂鴨舌帽，低低地壓在
額頭上。不久，在警察的攔阻下以為對方要求簽名，卻被警察
挨批服裝儀容怪模怪樣，並警告下一次再見他留著長髮就當街
將它剪掉。

　　這樣單純的情節是否對台灣人的人文素養的低落和價值
觀的偏差，以及台灣社會的閉塞之氣尚未散去都有所隱涉？不
可否認地，「詩人」這頭銜對大多數的台灣人而言是微不足道
的，更何況比較文學博士。什麼是比較文學？至今仍有許多人
聽了還是發出此疑問，更別說在上個世紀的八〇年代。詩人和
比較文學博士在台灣不如在西方社會享有極高的榮耀（尤其是
詩人），這不但表露了兩者文化價值的差異，似乎也隱約地傳

---

[13] 廖玉惠訪談錄，頁119。

達了當時的台灣社會仍籠罩在一種保守和檢查制的氛圍中，即使相較於白色恐怖或戒嚴時期，台灣已逐漸走上開放的道路。

對台灣以戲謔而簡易的內容幽微地道出當時文化和社會現象，這種筆調也可在〈第一課〉中見出，但觸角已延伸到美國大陸及其他種族的人物。文本中的主要人物是位年輕、美麗、勤勉的大學臨時女「中國」教師。開學前夕，「她」準備好一堆將作為教材的書本到學校開系務會議。與會人除了當系主任，教日本平安朝文學的美國教授外，還有教中國神話的猶太教授、抽著菸斗的老教授、教希伯來文的半猶太半波蘭人等等。會議中，他們討論的內容與教學毫無關係，而是吃麵、男廁、警笛大作而妨礙上課、窮人犯罪率增加而杜絕窮人遷進校區附近、學生向學校告發男教授與女學生期末旅館開房間以求高分、經費的問題等事項。散會後，對這次會議正感疑惑的「她」被教希伯來文的半猶太半波蘭人老教授一路攀談，要求贈與中國郵票，特別是中國文革郵票。「她」不發一語跳上公車，留下激動的半猶太半波蘭人的老教授在街上大吼著：「我要蒐集中國文革的郵票……再貴我也可以買……誰也阻擋不了我。……」[14]

〈第一課〉文中並沒有明說這位年輕、美麗、勤勉的大學臨時女教師來自中國大陸還是台灣，緘默的「她」對比於其他聒噪的教授們談論著一些無關痛癢的議題，浮現出這些教授們的滑稽眾生相。其中除了經費和警笛妨礙上課的問題外，唯一值得討論的議題：學生向學校告發男教授與女學生期末在旅館開房間以求高分之事，卻被視為是「無從討論的」，並請這

---

[14] 郭松棻，〈第一課〉，《郭松棻集》，頁265-266。

些男教授到離學校遠一點的旅館開房間，以默許這種「兩相情
願」的行為。而且，主任將犯案率的增加歸咎於窮人而欲將他
們驅逐校區附近。這些都使得學術的殿堂成為歧視貧民和道德
淪喪敗壞淵藪，是非黑白顛倒，絲毫無學術和教育的熱忱、意
義與嚴肅性。這就是「她」在美國名校所被「教授」的「第一
課」。

　　此外，教希伯來文的半猶太半波蘭人老教授對蒐集世界郵
票的熱情，尤其對稀有的中國文化大革命的郵票特別感興趣，
無疑是將個人半生逃亡的顛沛流離、孤獨、無奈投射到具有相
似苦難的中國民族的命運，而集郵不過是他一生委曲的象徵，
終於藉由狂吼聲聲吐盡。作為讀者的我們也許會給予這位教希
伯來文的半猶太半波蘭人的老教授一些同情和憐憫，但仍擺脫
不盡一種荒謬之感。

　　如〈成名〉一樣，〈第一課〉也近乎戲謔簡短的筆調與故
事情節，暗示著美國資本主義下的道德淪喪和價值觀的偏差，
甚至帶有強烈的貧富階級意識而非種族意識，更加諷刺的是這
些偏差與歧視來自於受過高等教育的知識分子教授們，而充滿
疑惑不解的「她」雖以沉默相對，不啻對這些教授們也是一種
沉默的棒喝，一種控訴。

　　〈機場即景〉的篇幅較〈成名〉、〈第一課〉更為短小，
題材也更為生活化。兒子將飛往異地，母親陪著兒子等候飛
機。在這等候的時間裏，為了打斷母親的嘮叨，他悻悻然地說
「他唯一的心願就是到很遠的地方去養養病」[15]，母親哭泣著要

---

[15] 郭松棻，〈機場即景〉，《郭松棻集》，頁31。

求他留下來讓她照顧，並表示父親過世後她的心思都在兒子身上，並且與開著賓士車在停車場的男子只是朋友關係而已，若兒子不喜歡他，賓士車還給他，以後也不讓他來。母親苦口婆心地勸兒子回家。

〈機場即景〉褪盡意識型態的言外之音，將主題擺在「母子的糾葛」上。母親欲在短短等候飛機的時間，以關切的叨念與生硬的按摩動作來冰釋母子之間長期的冷漠。富裕的他並不是兒子離去或生病的主因，母子多年的疏離關係才是兒子真正的病因，唯一治療的方式就是不斷地離去遠去，來去間，流浪成了一種良方，用以喚醒或遺忘那已逝去不再的童年的母親之愛。飄泊的不僅是形體，而是早已凝結的心。

「母子的糾葛」主題在郭松棻同年書寫的〈奔跑的母親〉中繼續延伸發揮，但也只能說是其主題的一部分，畢竟〈奔跑的母親〉所涉及的主題意識範圍更加龐大和複雜。關於此，筆者於後再談論。

從〈成名〉、〈第一課〉、〈機場即景〉三個極短篇小說中都可明顯的看出郭松棻有意「回歸並超越日常生活」的書寫，以最樸實最簡易而不帶有他慣用的批判思辨的眼光敘述人物日常生活不平凡的經歷，捕捉日常性中不尋常的事件，以事件隱含作品的內涵意義，但由於作品也只單純地呈現某些現象，頗令讀者產生閱罷之後梗在喉的未竟之感。這種未竟之感在他的其他也以書寫不尋常的日常生活的短、中篇作品中更加強烈，誠如董維良所言：「生活永遠在承擔風險。沒有了險障，就不

復有生命本身。生命的總體問題和精神的淵源問題，也許就是
始於日常生活中最樸實的經驗——苦痛」。[16]

第二節　女性／母性／聖母

　　身為一個男性作家，郭松棻卻擅長於書寫女性，又擅長於
從女性中抽取出其母性特質，如〈月嗥〉、〈奔跑的母親〉、
〈月印〉、〈那噠噠的腳步〉。更將女性／母性的特質提昇到
神聖的地位宛若聖母，如〈論寫作〉。在這些作品中，男性／
父親總是缺席的，而其他男性成為追尋／追憶女性／母性的人
物，或成為次要的人物。對於女性形象的重視與刻畫是否與郭
松棻的成長經歷有關呢？他在舞鶴的訪談中自述道：「不能很
確定，也許有，也許沒有。小時依賴的是祖母和母親，但是也不
能肯定這樣的經驗影響到了小說中的女性形象。日據時代，如果
能賣出一幅畫，就可以買一棟房子，但是我們沒有，父親忙著生
小孩，一下子生了六個。（……）由於父親沒有職業，家裡就靠
母親標會周轉。會太多，債台高築，弄到後來賣了房子債也還
不清。」[17]他在簡義明的訪談錄中又說道：「我很少跟我父親交
談，我弟弟跟他比較好，直到晚年，我父親虛歲已經97歲，才
跟他比較親……」[18]雖然郭松棻並不肯定自己的小說中對女性／
母性的形象與他的成長經歷有關，以及作品中的父親總是簡短

---

[16] 董維良，〈小說初讀九則〉，《郭松棻集》，台北：前衛出版社，1997，
頁566。
[17] 舞鶴訪談錄，頁40。
[18] 簡義明訪談錄，頁172。

提及或根本缺席也和他與父親的關係較為疏遠冷淡有關，但筆者認為這些成長過程中的林林總總必然或多或少反映在他的小說作品中，畢竟文學作品不外乎都是想像的產物，尤其是「創造的想像」，而這些想像都是來自於「舊經驗的新綜合」[19]。這裡所謂的經驗屬於廣義的概念，包括親身經歷、周遭所發生的事件、聽來的、看來的等等都可包括在經驗的領域裡。

郭松棻筆下的女性形象多具有柔順兼陽剛的性格，柔順是女性在教育下的展現，陽剛之氣是環境或情境下培養而形成的因應之道。而母性則是激發自男性的精神或身體上的殘弱或缺席，以致女性必須堅強地扛下家庭的重擔，從而由女性轉向母性。〈月嗥〉、〈奔跑的母親〉、〈月印〉、〈那噠噠的腳步〉中皆存在這種女性／母性的特質。即使〈月嗥〉、〈月印〉和〈那噠噠的腳步〉中無子嗣的「夫人」、「文惠」與「妹妹」，也同樣具備母性，前者照顧的對象是生前至愛的丈夫：「「喜歡（素心蘭）就將它買下罷。」／她朦朦朧朧只感到這就是一種母愛了」[20]；其後則是常期臥病在床的丈夫鐵敏，對他的呵護有如母親對待兒子，或另一種母性（姐姐對待弟弟）：「人家是急著做新娘，妳是急著當護士」，「那天在路上，她牽著他的手，就像牽著自己的弟弟一般」[21]；最後則是承受家暴心理創傷而又多病的哥哥，雖然母親在場（後來發瘋）卻因處於家暴中而自身難保的境地：「看著一動不動仰天睡熟的哥哥，真想把他像

[19] 朱光潛，〈想像與靈感〉，《文藝心理學》，台北：商務出版社，
[20] 郭松棻，〈月嗥〉，《郭松棻集》，頁76。
[21] 郭松棻，〈月印〉，《奔跑的母親》，頁27，60。

嬰兒般抱起來」[22]。而〈奔跑的母親〉在兒子「我」的追憶中，溫柔美麗的母親為了生活像蚱蜢般地跳卡車：「『聽起來，母親是為了生活而跳卡車的啊。』／『但是，生活竟會那麼可怕……』／『……』／『把一向嫻靜美麗的母親變成一隻蚱蜢似的……善於跳卡車。』」[23]這些女性／母性形象的塑造無疑取代了家庭中男性／父親的地位，躍升為一家之主。但筆者認為，雖然傳統女性往往是配合主導的男性，但在特殊的歷史背景或家庭情境下，女性不得不「反客為主」，因此，這並非表示帶有「女性主義」之意以顛覆父權為目的的陰性書寫[24]，也許反而是郭松棻對於當時的女性／母性的一種謳歌，對女性／母性的堅忍與堅毅獻上他的敬畏和讚揚？就如同郭松棻談到〈月印〉中的文惠說道：「我自己覺得文惠是當時的台灣女性。像我母親就是這樣，她沒有自己，一定是以丈夫為重，日本教育出來的女孩子就是順從，當時的女性是這個樣子的。」[25]也就是說，郭松棻只是如實呈現日據時代與戰爭下的女性形象轉變，而無意於前述所謂的「陰性書寫」。

　　這種敬畏和讚揚在〈論創作〉中得到更高的表現與肯定，女性／母性形象提升為自由與解放聖母形象。在〈論創作──下〉的楔子中引歌德《浮士德》的詩句已道出女性／母性的永恆性：「一切消逝的／不過是象徵；／那不美滿的／在這

---

[22] 郭松棻，〈那噠噠的腳步〉，《郭松棻集》，頁373。
[23] 郭松棻，〈奔跑的母親〉，《奔跑的母親》，頁121-122。
[24] 許正宗，〈郭松棻〈月印〉的陰性書寫〉，中國文化月刊，2007年5月，317期。
[25] 廖玉惠訪談錄，台北：《聯合文學》，225期，2003年7月，頁117。

裏完成；不可言喻的／在這裏流行；永恆的女性／引我們上
升。」在文中，欲寫作而得失語症的兒子林之雄在美國療養院
看見奔自台灣的母親時挺身而立，並發出一聲「媽」。雙手捧
住了母親的臉，用畢生的熱望和氣力，緊緊捧著，所有的影像
匯聚一起，最後與紐約海港的自由神連結一起。「賃居的隔樓
上，所有的絮言、慈愛、期待、困頓、守望……都寫在這張臉
上。」；「母親、賃居的閣樓、裱糊的氣味、觀音、窗口的
女人、貧窮、幸福、寫作的意念……同時鑽入他的思想，相
互碰撞，相互滲合，蔚成一幅奇妙的圖像，掛在遠處的山麓
上。」；「他（老病號）想像那推推抱抱的幾個人實際上已經
結成一體。在陽光的逆照中更是難分彼此。不停搖擺而又逐漸
上升的某物就像有人撐起的一支火把。整團晃動中的剪影讓他
想起了矗立在紐約海港的那尊自由神。」[26]聖母形象是母性的極
致表現以提升與拯救兒子的精神創傷，在異域中閃現故鄉一道
曙光（還可包括〈月印〉中使丈夫從肉體垂危中重生的文惠，
即使到頭來是無意地置丈夫於死地的悲劇）。

　　在郭松棻在〈月嗥〉、〈奔跑的母親〉、〈月印〉、〈那
嗒嗒的腳步〉中的女性形象，其實是缺乏「現代意義的女性」
（如〈向陽〉中具有情欲的女主人翁仰蘭和〈雪盲〉中的詠
月）面向，也就是單純懷有情欲和追求愛的「女人」（無論
是否為知識女性）面向，而刻意突顯出「母性」的光照，夫妻
無正常的夫妻之愛，如〈月嗥〉、〈月印〉；夫妻之間生離死
別，如〈奔跑的母親〉；即使兄妹之情誼也變相為「母子之

----

[26] 郭松棻，〈論創作〉，《郭松棻集》，頁484，505，516。

愛」，妹代母職，如〈那噠噠的腳步〉，文中，家變中的暴力
丈夫扼殺了真正母親的「女性」，甚至「母性」的展現。這些
由「女性」快速轉為母性的角色，都成為為了家庭而任勞任
怨、犧牲奉獻的「殉道者」或是拯救兒子（甚至〈月印〉中還
是處女之身而「拯救」丈夫的文惠）的「聖母」。

　　相反地，男性可毫無保留和矜持地要求或滿足與生俱來
的情欲（即使瞞著妻子），〈月嗥〉中丈夫在日本的外遇、
〈月印〉中丈夫鐵敏的肉體渴望、〈那噠噠的腳步〉中的暴力
丈夫另立門戶。這些安排除了如郭松棻所言在於呈現日據時代
下及其後殖民時期受日式教育下的女性形象，並給予敬畏和讚
揚之外，是否同時以不大張旗鼓的方式揭露這種實際上不止是
日本式教育，也是中國傳統中丈夫（父權）主宰一切和女性順
從丈夫（父權）的陋習呢？而其中的女性角色將這教育與陋習
內化成為自己應有的形象和不可跨越的天職或道德規範，以發
揮母性的光輝為榮（無論是對丈夫還是對兒子），不惜壓抑同
樣是與生俱來的「女性」欲望？從另一個角度來說，母性具有
減弱「女性」特質的力量，在包容、慈愛與犧牲中將男性都變
為自己的兒子來佔有、呵護，反而也減弱了他的主體性，以致
迎拒參半（或乾脆隱瞞），這種愛有時轉化為一種強制，一種
壓迫。這種矛盾、這種情結在〈奔跑的母親〉中得到具體的闡
發：「在那犧牲別人也犧牲自己的慈愛中，你不經意撒下的有
多少歡樂就有多少災難。／……／嫉妒和允諾，敵視和慈祥，
經常那樣和睦毗鄰，隨時成為你精神的重荷。／……／即使最

安祥最體貼的片刻都是暗中播下未來的遺恨。／這場母子相互
摧殘的戰爭是無休無止的啊。」[27]

　　女性／母性／聖母的形象在〈月嗥〉、〈奔跑的母親〉、
〈月印〉、〈那嘁嘁的腳步〉、〈論創作〉各有其不同的呈
現，但如前所言，其對象雖然都是男性——兒子或丈夫或哥
哥，這是從女性的視野觀之。若換個角度以男性主人翁的視角
重新閱讀的話，將有其他解讀的可能性，並可跨出上述作品的
範圍去探討郭松棻的其他作品。

第三節　歷史／病體／孤兒還是浪子？

　　吳濁流在《亞細亞的孤兒》中道出「台灣人被祖國（中國）
拋棄，身處日本與中國之間的政治矛盾與文化認同的尷尬」[28]：

> 歷史的動力，會把所有一切捲入它的旋渦中去的。（……）
> 對於歷史的動向，任何一方你都無以為力。縱使你抱著某種
> 信念，願意為一方面盡點力量，但別人卻不一定信任你。甚
> 至懷疑你是間諜。這樣看起來，你真是一個孤兒。[29]

　　這種在歷史洪流中飄零的孤兒心態是否也存在於郭松棻的
作品呢？筆者認為不僅郭松棻本人，包括他的作品中的人物都

---

[27] 郭松棻，〈奔跑的母親〉，《奔跑的母親》，頁133。
[28] 許正宗，〈郭松棻〈月印〉的陰性書寫〉，中國文化月刊，2007年5月，
　　317期，頁81。
[29] 吳濁流，《亞細亞的孤兒》，台北：遠景出版社，1993再版，頁181。

不具有吳濁流筆下的孤兒意識。誠如許正宗所言：「郭松棻身為「跨語的一代」，其具有中日文化認同之間的困擾固不容否認，但不能理所當然地認為其作品中即具有孤兒意識。尤其印證他早期的偏左翼背景，他在作品（〈月印〉）中非但沒有試圖分割台灣與大陸的文化傳承關係，而且還不斷的出現錦繡河山的嚮往式對話。」[30]郭松棻其實不僅沒有「孤兒意識」，也無「中日文化認同」的困擾問題，他在廖玉惠的訪談錄中明確地表示：「說起來，我絕對是西化派的。題材則是因為台灣嘛！對台灣的印象還是比較深。」[31]

雖然在其作品中不存在「文化孤兒」或「國族孤兒」，但這並不表示沒有「真正孤兒」，相反地，他的一些作品中都存在著在「非常時期」父親被殺戮、遭意外、自殺或離開的「無父孤兒」，如〈月印〉中的文惠、〈奔跑的母親〉中的「我／你」和廖、〈那噠噠的腳步〉中的兄妹、〈月嗥〉中的中日混血兒、〈雪盲〉中的米娘和幸鑾、〈論創作〉中的林之雄。而其中郭松棻透過〈月印〉、〈奔跑的母親〉、〈雪盲〉的中「歷史孤兒」去反思台灣「孤兒歷史」的歷史根源。[32]但這並不意味這些孤兒主人翁懷有國族或文化上孤立無助的孤兒心態，除了〈月印〉中的鐵敏強烈激昂的左派思想和民族精神，以及活在歷史中，卻對它視而不見的天真，只求得幸福快樂的婚姻生活的文

---

[30] 許正宗，〈郭松棻〈月印〉的陰性書寫〉，中國文化月刊，2007年5月，317期，頁81。

[31] 廖玉惠訪談錄，頁120。

[32] 黃錦樹，〈詩，歷史病體與母性〉，《中外文學》，第33卷，第1期，2004年6月，頁96-97。

惠外，其餘大都歷經大時代的變遷下銘刻在他們成長軌跡的印記，致使他們出走，不斷地離開，有如〈機場即景〉中的流浪者一般，需要「到很遠很遠的地方去養病」。

〈月印〉的歷史背景橫跨台灣日據時代，中日之戰到光復之後，再從二二八到白色恐怖。早在抗戰之前就經常咳血的鐵敏，在戰後被擔架抬了回來，此後做妻子的文惠從天真樂觀的少女轉變為無微不至地照顧病痛丈夫的堅忍哀愁的妻子（變相的母愛），只期望鐵敏病癒能回到過去快樂時光（日據時代）。不料，從臥病沉睡中逐漸清醒康復的鐵敏正如蔡醫生所說言：「此後，他不再是你一個人的。」鐵敏熱衷於談論大陸山河的政治話題，並透過蔡醫生認識大陸的朋友，尤其是聰明美麗的楊大姐。文惠無法插入他們的話題，更搞不清楚他們的私密活動，日漸感到孤立、寂寞又嫉妒的文惠，向警察舉發自己的丈夫私藏一箱禁書，在白色恐怖的時代，鐵敏和其他大陸朋友在馬場町（日據時代的競馬場）被槍決。文惠無意間成了悲劇的推手（也是受難者家屬）。

文中暗示，鐵敏的身體隨著歷史的轉動而變化。台灣處於被日本殖民時代到光復後的二二八事件，鐵敏不停地吐血；二二八事件後到白色恐怖間，鐵敏的病逐漸好轉，精神逐漸恢復，「簡直變了一個人」，他的康復使他走出狹隘的屋子（文惠的視域內或象徵台灣小島），奔向廣闊的世界，奔向楊大姐（象徵美麗遼闊的大陸）。或如黃錦樹所言，他的病癒是靠「精神上的治療，此後他不只身體康復了，意識也甦醒了，很快便逸出文惠目光的轄地（室內空間），投向以楊大姐（「大

陸性的體面」、不為戰爭所折損的大格局,一個母親)為意象核心的紅色民族革命……」[33]。鐵敏的病體隱喻台灣不斷戰爭與內鬥而成廢墟一般,而康復則是傾向精神從台灣的小格局趨於中國大陸的大視野。文惠的象徵意義為台灣鄉土情懷,無可救藥地對政治局勢的視盲,只想將她所愛的一切置入她的眼底才感到安慰、安全與幸福。這種天真的鄉土情懷在「非常的政治局勢」中導致無可挽回的悲劇。〈月印〉最後文惠的自言自語與敘述者講述:「如果我懷了你的孩子……。/下一個瞬間,她就為這句突如其來的話感到刻骨的羞愧。」[34]暗示著若文惠懷了鐵敏的孩子,這孩子不也將成為由自己的無知而成為「無父孤兒」,不也是象徵著由台灣狹小視域中所產下的「台灣歷史孤兒」嗎?唐文標對〈月印〉的評介實為中肯:「用勁但不帶力痕而又曲折地把歷史寫入一個人的生命中。」[35]

如前所述,〈奔跑的母親〉與〈雪盲〉中的「孤兒」均為歷經大時代的變遷下銘刻在他們成長軌跡的印記,而成為「孤兒歷史」。

〈奔跑的母親〉中的兩個孤兒「我/你」與廖在成年後回憶過往在大歷史中的個我歷史,兩種歷史相互環扣在一起,尤其是將母親與歷史緊密結合的共構現象。兩個時期,兩個孤兒,兩種個我歷史:一是父親到遠方去「賺錢」,實則被日本調派到南洋當軍伕,下落不明的孤兒;一是父親「突然死於光復後

---

[33] 黃錦樹,〈詩,歷史病體與母性〉,《中外文學》,第33卷,第1期,頁98。

[34] 郭松棻,〈月印〉,《奔跑的母親》,頁112。

[35] 唐文標,〈無邪的對視——「月印評介」〉,見《一九八四年台灣小說選》,台北:前衛出版社,1985,頁270。

的第二年」，「被槍斃在嘉義火車站」，實為二二八的受難家屬，而母親被祖父逐出家門，音訊全無，使廖成為既無父又無母的孤兒。無論是戰時或是戰後，無論是殖民時期或是國民黨執政後殖民（或以作者的觀點來說等於是再殖民）時期，台灣政局與社會都是一片混亂與漆黑的深淵吞蝕了無數家庭中兩個家庭，孤兒歷史於焉展開。

　　文本開始於「我／你」的夢境，而這夢眼是在「戰爭末期」被喚醒，「把夢的眼集中在黑夜和海連接的那一片遼闊而成為無聲的恐懼，這種感覺從幼時開始，經過少年和青年時代，一直保留到中年的現在，而常常苦於無法擺脫。」[36]夢境中，這無聲的恐懼表面上源自於幼時於夜晚睡前母親帶著「我」買開水後，時現時隱，最後步步拼命、固執、決絕地奔跑而去，只留下「我」留在黑夜的一端。母親「奔跑」的意象與為了生活挾著麵粉袋「像蚱蜢」跳躍卡車的現實描述背後有著內在的關聯性。戰時B-29戰機不停地在台北的上空盤旋轟炸，促使居民生活處在隨時逃亡的恐懼中長達多年，幼時心中只有母親的「我」將在黑夜中逃亡與奔跑的母親意象結合一起，成為他原初的恐懼，而脫離殖民的戰後台灣局勢混亂和恐怖主義更是他恐懼的延續（少年、青年、中年時代）。就象徵意義的觀點而言，母親象徵著台灣這既美麗又無休無止的陰霾、震盪海島（故土／國族），既是安身之所又是敵對之處，這呼應了在母子（台灣與「我／你」）糾葛中愛與傷害並存的「辛辣的慈愛」和「幸與不幸」，「該向你跑來的，她卻離你

---

[36] 郭松棻，〈奔跑的母親〉，《奔跑的母親》，頁115。

而去,該離開你的,卻又要奔跑而來」,這倒置錯亂造成「精神難以負荷」,自覺地背離她/它而去,奔離她/它而去,儼然成為一個游移在「黑夜與海連接的那片遼闊」的「浪子」,隨著物換星移在「單純的回想」並「讓記憶引領著我」中收攬著「母親/台灣的體溫」,而終於「一再懼怕的不再懼怕了」[37]。至此,郭松棻對台灣故土/歷史/國族迂迴曲折的心境呼之欲出。

　　精神科醫生好友廖是個不折不扣的孤兒。成為二二八受難家屬是他的「悲劇」開端,加上祖父將父親的死怪罪於母親,而將她趕出家門,從此再也見不到母親,其後隻身到台北,寄宿在由他二叔經營的祖業。小學畢業前夕,二叔自殺,他成為嘉義名望世家的唯一後嗣,「也是整個家族的不幸和傷感的唯一倖存者。」歷史洪流與父權(祖父)的壓迫使他「早已非常蒼老」。漠然與了無生趣的他有如那無生命而顯出幽深的鬱氣的洋房本身。時間並未帶給他創痛心靈的良藥,「上一代的陰影盤踞在他的周圍」。這不禁讓讀者質疑他選擇當精神科醫生的動機與目的,是為了安撫他人還是拯救自己?既然「對朋友是很難進行精神分析的」,那麼,又如何能自我治療童年的精神創傷?身為「歷史孤兒」的廖並沒有選擇離去「養病」,而是死守著那棟頹敗的樓房,「一動也不動」地等待著生命被耗盡(槁木死灰)。用另一個方式說,他的生命跟著「廖醫院」的合金扁牌一起失去光澤,如「你」眼中的廖:「現在,灰塵、陰影、病魔,混成難以解釋的某種氣息正附在廖本人的身

---

[37] 郭松棻,〈奔跑的母親〉,《奔跑的母親》,頁134,135。

上。」[38]這似乎暗示，這樣的死守祖業不也正是死守他的家園、他的土地、他的根——被陰鬱籠罩的台灣？「歷史孤兒」的「孤兒歷史」的歡樂最終只能寄託於記憶中的幼年歡樂，那是在意識中不存在大歷史摧殘的純真又善忘的時光，在那兒才能閃現一道曙光，有如「我／你」。

另一個無父孤兒是〈雪盲〉中的幸鑾。被高中聯考弄得身體消瘦，「像一隻白絲蟲」的幸鑾被母親帶到住在漁港附近的校長家曬曬太陽。他非但沒有在海港曬太陽，反而躲起來讀印有「台灣總督府監印」的舊書——《魯迅文集》中的一個短篇〈孔乙己〉。這本舊書是校長送的，是校長的兄長自殺時的遺物。從大人的絮語中，得知校長家對面的屋主楊仔仙受不住B-29的日夜轟炸而上吊自殺，戰後，病重的妻子也死了，留下一女米娘。光復後，不再是小女生而成為一個美麗女人的米娘從此成為幸鑾心目中渴求的女性。對米娘的變化與思念一直延續到光復多年後到美國留學和教《魯迅》的時期。

幸鑾的出走，與其說到遠方養病，倒不如說到遠方「養育他的病」，他「病弱的腦筋」。他從校長手中拿到的不僅是「台灣總督府監印」的舊書——《魯迅文集》，更是繼承校長少年的志願：「我走。我走。隻身離開這個氣悶的海島。遠遠地走開。遠遠地走開。少年時代立的志。」[39]而這背後隱喻校長成長過程中的歷史變動（從殖民時代，歷經戰爭，直到光復之後的二二八、白色恐怖、戒嚴時期），以及校長所「嚼著亡兄

---

[38] 郭松棻，〈奔跑的母親〉，《奔跑的母親》，頁132。
[39] 郭松棻，〈雪盲〉，《奔跑的母親》，頁176。

的影子」的無限憂鬱:「你終於悟到你的一生缺乏的就是一位
亡兄。好讓他把痛苦分享給你。使它成為你生活的一部分。」[40]
這既是大歷史與個我小歷史的過渡,也是負面的精神傳承,這
與幸鸞從少年到中年都擺脫不了的「孔乙己」相互呼應:「你
但願自己再也站不起來。讓雙手沾滿地泥,甚至讓自己的腿斷
去。跟著手上的這本書一起沉下去……沉下去。」,又「每次
教完了〈孔乙己〉,你好像患了機能障礙症似地,腳突然失去
了作用。你想像以孔乙己的模樣,用滿是污泥的手爬出教室,
甚至讓自己的腿折斷,坐在地上一路跋著向前。」[41]這些印刻在
校長一生的精神負荷轉嫁到幸鸞的身上,一點一點地啃蝕他的
身體,他的頭腦,他的精神,彷彿將他推進虛無境地,「在風
沙中沉落,……沉到底,沉入睡眠」[42]。

　　「孔乙己」症候群在文中也具有「國家」殘敗或「後/再
殖民」的意義。對立志這件事,感到抽象而陌生的幸鸞,在小
學時曾也過一篇政治正確的作文「我的志願」,無論選擇哪一
種身分,在文章的最後總是寫下「如宣誓般莊嚴的一句話」,
作為立志的一部分:「願在明年的國慶日,把一面青天白日的
旗插在南京的城頭上。」[43]一句樣板語道出蔣氏政權下「反共」
意識型態的灌輸教育,以期將來為「國」效忠。幸鸞後來又參
加聯考,繼而又升學、留學,儼然成為一個知識分子,一個無
法報效國家的知識分子,一個沒有國家可以報效的殘缺知識分

---

[40] 郭松棻,〈雪盲〉,《奔跑的母親》,頁214。

[41] 郭松棻,〈雪盲〉,《奔跑的母親》,頁185,212。

[42] 郭松棻,〈雪盲〉,《奔跑的母親》,頁216。

[43] 郭松棻,〈雪盲〉,《奔跑的母親》,頁215。

子，有如孔乙己。這裡首先暗示著幸蠻所處的時代狀況，可比擬於孔乙己的時代境遇。戴不成舊科舉光環卻自稱知識分子的孔乙己處於清末民初時代交替中內憂外患的混亂「中國」；穿著「新科舉」金甲的幸蠻所處的也正是殖民後轉為蔣氏政府當政（後／再殖民）時動盪不安局勢下的中華民國。孔乙己在這樣的背景下苟活於時代交替中，投射到幸蠻身上，便是離鄉背景到美國沙漠警察學校教學生都聽不懂的魯迅，缺乏認同感的國家如何效忠？「沉到底……／中國，到底。」無根、無望的虛無浪子形象便如此映照著「腦筋病弱」的孤兒幸蠻，在異鄉企願跟著「中國」沉到底：「你但願自己有超絕的能力沉將下去。沉到底……到底」[44]。但這裡所謂的中國指的是哪一個中國（這邊是動盪；那邊是文革）呢？也許是海峽兩岸的「大中國」吧！郭松棻在現實生活中無法歸屬的國家認同問題又再現於〈雪盲〉之中，正如李日章所說：「不僅無法定位（或者無意定位吧！），甚至要找出基調或主調都很難。」[45]

　　〈月印〉、〈奔跑的母親〉、〈雪盲〉中，無論是身體纖弱還是精神頹靡的「歷史孤兒」或「流著浪子血液的孤兒」[46]，各自在其歷史背景中譜出不同調性的「孤兒或浪子歷史」。病體／歷史／孤兒或浪子在三個文本中所形成的共構現象，不但深化了文本的主題，還創造了嶄新的「孤兒觀點與意識」，而

[44] 郭松棻，〈雪盲〉，《奔跑的母親》，頁206。
[45] 許素蘭，〈流亡的父親‧奔跑的母親——郭松棻小說中性／別烏托邦的矛盾與背離〉，《奔跑的母親》，頁286。
[46] 許素蘭，〈流亡的父親‧奔跑的母親——郭松棻小說中性／別烏托邦的矛盾與背離〉，《奔跑的母親》，頁281。

不再陷溺於長久以來台灣在經歷各種創傷後所導致的「孤兒悲情情結」。

　　郭松棻其他作品中尚有敘述病（殘）體人物，如〈論創作〉和〈草〉的主人翁，他們都呈現失語或沉默的狀態，使文本瀰漫孤寂與困頓的神秘氛圍，以及難以窺探的心靈世界。

第四節　語言／孤寂／故鄉

　　郭松棻的小說中涉及到「語言」議題的有前述的〈向陽〉，以及〈雪盲〉、〈論創作〉、〈草〉和《驚婚》。早在〈向陽〉中敘述者便說道：「日常語言是畸型人格的塑架。誰要獲得自由，誰就得從那種語言解脫出來。／話雖這麼說，然而我們還剩下什麼可說的呢？我們用什麼語言來闡述事件呢？」[47]人如何能從語言中的意識型態解脫出來而獲得主體存在的自由呢？這個問題似乎難解。而且，無論用什麼語言，說什麼內容，我們總是不停地在說，正如海德格所言：

> 人說話。我們在清醒時說，我們在夢中說。我們總是在說。哪怕我們根本不吐一字，而只是傾聽或者閱讀，這時，我們也總是在說。甚至，我們既沒有傾聽也沒有閱讀，而只是做某項活計，或者悠然閒息，這當兒，我們也總在說。我們不斷地以某種方式說。[48]

---

[47] 郭松棻，〈向陽〉，《郭松棻集》，頁53。
[48] 海德格，〈語言〉，收入於《海德格爾選集 下》，上海：三聯書店，

整天吵架的楠輝和仰蘭也只能從一種意識型態的話語轉變成日常語言這「畸型人格的塑架」，在向陽的房子裏終而獲得平靜生活。

那麼「我們用什麼語言來闡述事件呢？」在〈向陽〉中，指的也許是中文，也許是台灣話，也許是英文；而在〈雪盲〉中，校長在日據時代「能說上一口上品的日文，比任何一個殖民地的文官都不差」。並且，在戰後，又能說一口標準國語，「遇到捲舌音時，校長都能夠把他的舌頭認真地捲上去，而發出不令人厭惡的舌音」，而且，努力勤奮聽收音機的廣播劇，「學著用純正的北京話從嘴裏發出心底的思想」[49]。還能閱讀中文書籍《魯迅文集》。也許還可以加上台灣話。殖民主義的策略首先就是對語言的控制。掌握了語言便是掌握了殖民地的文化，進而政治、經濟，最令人恐懼的則是被殖民者的「主體意識」。因此，校長能操多種語言，在此並非意味他的語言天分與能力，更非與殖民者和後／再殖民者都能攜手前進的犬儒主義或機會主義者（畢竟離開這氣悶的海島是他少年時代立的志），而是反映出身為台灣知識份子的主體意識在「改朝換代」的大時代下一再被撕毀與分裂的困頓情境。這種撕毀與分裂的艱苦歷程在台灣早期鄉土作家中屢見不鮮。

控制語言無疑是一種精神封鎖和文化侵略，如《驚婚》中的二段話：「啊，語言，台灣人一輩子的詛咒。有人被骨頭噎死，台灣人是被國語噎得連人格都無法建立，日本時代的國

1996，頁981。

[49] 郭松棻，〈雪盲〉，《奔跑的母親》，頁178，202。

語，現在的北京語……。」[50]；「台灣人首先在語言上失勢了，這畢竟是被異族統治的悲哀，母語被剝奪了，被強迫塞進了殖民者的語言，那好像嘴巴被滿滿塞了一口穢物。光復了，他重新拾起母語，畢竟太遲了。在日常生活裡，語言成為一場看不到出路的死戰。台灣人不能表達自己，被剪斷了舌頭似的。」[51]

　　但在〈論創作〉中，導致身處異域（美國）林之雄的「失語症」，以及〈草〉中也在異域（美國）的神學院攻讀歷史哲學研究生「他」難以開口的沉默原因也和上述幾篇文本中的人物一樣嗎？筆者先概述〈論創作〉的故事情節。

　　〈論創作〉中的林之雄本帶著病弱的肺葉在三重埔裱畫店畫觀音，自從在騎著腳踏車在水溝那邊的違章建築的窗口看見一個女人探出頭來，把一桶不知是什麼的髒水倒進溝裏後，這每日的舉動成為他的日常生活，而那張姣好的臉使他捉緊不放，連作夢也不放。因醫生的囑咐，星期日，不去裱畫店，但他要寫作。「剔除白膩的脂肪，讓文章的筋骨峋立起來」成為他寫作的原則。為了寫作，他聽從住在美國的畫家朋友的建議悄悄出國了。起初幾年因付不起房租住在教堂閣樓，仍寫不出什麼，反而跟著中國畫家們混，直到一天深夜他離開了陪他過了冬天的她，也離開了那座教堂。經畫家的介紹，他認識一位行為藝術家，並得到允准，一起出外完成《三六五：無頂生活》的作品。但在一次遊行中，他與行為藝術家失散了，只好又回到屋頂下寫作。然而，他還是參加了一次行為藝術，名為

[50] 郭松棻，《驚婚》，頁79。
[51] 郭松棻，《驚婚》，頁127。

〈無題〉，由於他是參展人中唯一的東方人，因而得到特別的注目。他口中以台灣話高喊著令畫家朋友聽不懂的語言，從三樓縱身一跳，身後一片掌聲和嘩然，但這次行動使他失去了一條腿。而另一位裸體的行為藝術家作品「花之聖母」，自我去勢的藝術家像自由神一般高舉他割下的陽具後，靜穆地被他的追隨者抬走。行為藝術敗北後，林之雄在一家雜貨店打工，因晚上偷電寫作而被趕走。卻遇上美以美的中國教徒（教士），相談甚歡，成為難兄難弟，但林之雄仍準備離他而去，美以美的中國教徒用雙手緊抱住他所剩的唯一的一條腿，他不禁為此感動。

　　起初到精神病院的林之雄依然能向醫生、社會工作者講述他的故事，醫生原本認為可以更進一步了解他的內在心靈，可是這時他卻突然喪失了語言。直到醫生安排母親從台灣到美國看他，驟然他看見自己又誕生了，一聲「媽」打開了他閉鎖的記憶之門。最後緊緊抱著母親而使她喘不過氣，母親的臉又被高高托起，加上畫家朋友、醫生的雙手進去攪成一團，竟成為一幅纏繞糾結的圖像，讓樓房的一個老病號聯想起矗立在紐約海港的自由神。

　　〈論創作〉可說是一篇徘徊在故鄉與異域之間的藝術家精神冒險和追尋的小說。文本一開始便將主人翁林之雄為藝術精神而不惜賠上身體（肺葉）的自我摧殘，以及無視貧窮處境的藝術家（窮而後工）形象勾勒出了輪廓。除了畫觀音，寫作是他存在的方式與心靈的寄託，是幸還是不幸地向對街窗口一瞥的女人，如上帝般的召喚，佔據了他整個生命，他要將這神秘而奇異的體驗用文字書寫出來，像畫觀音似地凝結在文字裏，

這種稍縱即逝的「美感經驗」又如何能為語言文字而停留呢？
尤其是對於寫作的自我要求極其嚴苛的作家而言，每一個字都
如同苦行僧鞭笞的血痕刻進白紙中，而非塑架畸形人格的日常
語言。「他為了把生命剔除白脂，苦心尋找著一種文體」；
「他繼續削砍。任何事物，應該只有一個名詞來稱呼，一個動
詞來敘述。這就足夠了。形容詞是多餘的，為了要烘托，其實
它倒遮閉了真相。他要學會尊重一個逗號和一個句號。副詞
和驚歎號，則應該庫封起來。」[52]於是「只要筆尖長出一個舌
頭，他就厭惡自己。」整個過程是難以與人分享的孤獨而踏實
的經歷，有如神的啟示。福樓拜說：「藝術，和猶太人的上帝
一樣，不見到血祭不能滿足。來罷！撕你自己，鞭你自己，讓
你自己在灰裏打滾，（……）藝術寬廣無邊，足足可佔有一個
人。」[53]總之，這裏的「語言不再是傳達信息的工具，語言也
被迫走出日常生活之外。於是主人公經常無從下筆而感到胸腔
的虛弱。（……）語言被套牢在「純粹經驗」裏。這是豐沛而
又貧瘠的世界，藝術家想從矛盾中導生希望，從貧困中滋育繁
富，在地獄裏窺見天堂。那口破落的窗戶造成了苦難，同時也
繁殖了光華。」[54]

　　林之雄的「極簡主義」不但是他的寫作原則，也是從事其
他藝術的方式。在他的行為藝術作品《無題》便是以簡捷的方
式進行，從三層樓縱身而下，口中用沒人聽得懂的台灣話叫喊

---

[52] 郭松棻，〈論創作〉，《郭松棻集》，頁426。
[53] 董維良，〈小說初讀九則〉，《郭松棻集》，頁600。
[54] 董維良，〈小說初讀九則〉，《郭松棻集》，頁598。

著。他似乎忘記了自己正身處異域而用台灣話狂嘯，這是否暗示林之雄在無意識的心靈深處對故鄉台灣強烈的思念和眷戀？並意味著「文化認同」的尷尬情境？在精神病院裏社工唸著醫院翻譯出來的故事摘要，聽在他耳裏，卻「顯出了奇異的景象，連他自己也感到陌生。他無法感受英文。她的中文是支離破碎的。」[55]無法感受英文，便無法用英文思考，無法用英文與異域者溝通，即使那位葛斯達學派的醫生曾一度讓他喚起故鄉的記憶，他終究還是將自己禁閉在由自己的語言所挖掘的幽暗深淵，而墜入與記憶斷裂的「失語」狀態，如在黑暗的世界裏找到了安寧，沒有歡樂也沒有創痛，沒有過去也沒有未來的虛空，但如前述海德格所言，他仍然用自己的語言在「說」，緘默和目光交融的「說」，也許是只有自己聽得見卻不知所云的心語（如無意識之語），鑲嵌入純粹經驗裏，與之融合。

　　然而，母親的探望喚回故鄉的種種記憶，「驟然他看到自己又誕生了。看到自己咬破了密封的繭，毫不猶豫鑽進了世界。」[56]在擁抱曾給予他快樂的母親／故鄉中，自己搭起的「巴別塔」一瞬間傾倒而下，「巴別塔」裏的窗口女人也隨之以單純的視線去看待，或根本是一張揉合觀音、母親、窗口的女人的臉。那麼寫作計畫呢？寫作原則呢？藝術家精神呢？「鑽進世界」是否意味回到羊羣中？還是寧為迷失的羔羊，待在精神病院繼續蛻變？原本擺脫了美與醜、善與惡、貴與賤、貧與富的世間分界是否也重新拾回、重新認知、重新界定呢？這是文

---

[55] 郭松棻，〈論創作〉，《郭松棻集》，頁459。
[56] 郭松棻，〈論創作〉，《郭松棻集》，頁474。

本留下的謎，留下的懸疑。〈論寫作 上〉最前頭一段尼采《查拉圖斯特拉如是說》的引文：「沒有牧羊人，只有一羣羊！人人渴望一致，人人一致：誰懷有別樣的心思，誰就心甘情願走進瘋人院。」[57]正是藝術家林之雄受盡精神折磨與轉折（回歸或迷失？）的最佳寫照。此外，若如郭松棻自述：「對我，疾病和創作幾乎是有絕對的關係，調整得好，效果是非常正面的。湯瑪斯‧曼說，疾病和創作是一體的。」[58]那麼，林之雄的「甦醒」對於他創作的影響到底是正面還是負面呢？

　　林之雄的緘默和目光交融的「說」在〈草〉中轉換成在美國神學院攻讀歷史哲學研究生「他」與在台灣當實習醫生的「他」。

　　敘述者藉由「你」的視野來書寫這兩位憂鬱而孤獨的靜默者，但主要仍將焦點放在攻讀歷史哲學研究生上，而實習醫生在文本中只提到兩次，都是因為研究生的而聯想起有關實習醫生的種種。在密西西比河上的邂逅，那初次離鄉的研究生就顯出他彷彿只與自己的影子和大自然為伴的孤寂冷漠。這身影使「你」回想起中學時代曾經見過的那個經常在夕陽西下倚著欄杆，癡癡望著醫院樓下的那一片空地的實習醫生。之後，「你」與研究生短暫共處四次，第一次是在紐約打工並開車送他回學校；第二次是到神學院拜訪「他」，這次「你」又想起那位故鄉的實習醫生的身影；第三次是「他」開車到「你」的住處；第四次，也是最後一次是在芝加哥的植物園。隨著每一次的接觸，

[57] 郭松棻，〈論創作〉，《郭松棻集》，頁392。
[58] 舞鶴訪談錄，頁52。

他們在無言和短語中建立了友誼。「你」以為了解「他」，能夠讀出他的眺望，他的眼神，明瞭他的哮喘病體，他的志向願望。不料，在一次妹妹從台北寄來的食品報紙包裝上，看到一則有關「他」的消息：「他因涉嫌叛亂，被判刑入獄。」

若〈草〉主要描寫的人物是美國神學院攻讀歷史哲學研究生「他」，那麼這篇可說是在「沉默追趕著話語」的孤寂中，暗自眺望著故鄉的故事。「他說要不是台灣那種潮濕的天氣，他就不想出國了。」原本不想出國的「他」為了治哮喘病不得已來到美國神學院攻讀歷史哲學，「他」的思鄉之情是可想見的。也許「他」的緘默和目光正訴說著故鄉，以及難以言喻的種種，有如在台灣當實習醫生的「他」。若說遠眺是「他」表露思鄉的殷切，那麼「你」則浸透在酒中才「逐漸漲成傲岸的思念。」此時，「薄暮中嘩嘩的樹聲，吹動了你的記憶。早在前一刻，天空為你出現了象形的雲彩，任你隨意詮釋久別的家鄉」[59]。因此，他們緘默和目光交融都不及〈論創作〉中林之雄的深沉與靜穆，即使是注視著夕陽西下的河岸，白茫茫的雪地，或是醫院牆角的一片空地，眼神都透露出深遠幽暗的「思慮」。形而上的追求（真實）其實是林之雄之所望而非修讀形上學的研究生「他」，雖然文本中由「你」敘述道：「能夠和外國人一起沉入奧妙的形上學，對你從來是不可思議的。而對他，形上學就像啃食自己的寂寞一樣簡單自然。」[60]畢竟他心之所向在於國家、政治的問題，這一點必須到文本結尾才被揭曉。

---

[59] 郭松棻，〈草〉，《奔跑的母親》，頁145。
[60] 郭松棻，〈草〉，《奔跑的母親》，頁144。

　　過於隱秘的思慮和過多的晦不可測使「他」的沉默成為聲聲巨響，震耳欲聾，像極了要嘔出肺葉的咳嗽；「他的臉帶著家鄉街道的灰敗。他年輕的身體只用來緊守自己的世界」；而當他的目光在與曠野達到媾和時，正是他開口說話時的緩和、親切、柔弱，此時的他擺脫了心中某種私密的沉重。最後一次在芝加哥植物園的不期而遇，「你」仍看到「他」一張如瓷器裂痕的寂寞的臉，「泉水發出故鄉的聲音」，「你」與「他」共渡了最後一個白晝和夜的交叉口。敘述者在文本中經常將台灣與「他」相提並論，互作連結，這一切有關堅韌、柔弱又有所堅持的「他」的陳述，實際上是敘述者對於「他因涉嫌叛亂，被判刑入獄」一事所鋪設的一些並不明顯的徵兆或伏筆。實習醫生是與「他」呼應的形象，都具有各自的執著、責任與使命：前者是拯救人命，後者是扭轉國族命運，這樣沉重的擔子只能用沉默與癡望獨自背負，成為一種「生命的耗損」。

　　凝重的沉默與寂寞透露了「他」懷有思慮的心。為何凝重？為何如此沉默？為何總是寂寞？而「他」的目光呢？是否也曾流露出什麼？「你」從未過問，「你」自以為懂得讀「他」。「你」在異鄉任自己追隨著「他」的孤獨，「他」的沉默，用「他的眼睛來凝望世界的盡頭」，卻進不了「他」的心思。「你」被欺瞞了嗎？還是依然懷念著曾經都負出了代價的友誼？

　　〈論創作〉和〈草〉中的人物刻畫才是這兩篇小說的關鍵，情節則是為了輔助和烘托人物形象的作用。表面上看來，這兩篇小說在結尾都留下了空白讓讀者自由地去想像、去猜謎，但由於重點在於人物性格、話語、行為、習慣、夢想、追

尋等等的敘述與描述，小說在這方面是簡斂而飽滿的。然而，將這篇小說的意旨鎖定在語言／孤寂／故鄉來詮釋、解讀，似乎又顯現出遺漏的缺憾，這也許正是內涵繁富的文本所經常遭遇到的無情砍削，誠如〈草〉中的「你」在論文中寫著：「在多義性的文脈中試圖以單一的視點去完成詮釋的工作，毋寧是……」，毋寧是件可惜之事，又是一件不可避免之事。詮釋永遠是一種未盡的書寫。

郭松棻的小說中尚有其他以人物為核心的作品，如〈今夜星光燦爛〉、〈落九花〉，這兩篇的特殊之處在於作者取材於歷史人物（陳儀和施劍翹）和部分歷史事件而加以虛構成章，既不能說與歷史背景全部貼合扣緊，又不能完全從歷史的觀點去閱讀，這是作家在歷史循環的內外之間賦予他的歷史人物以新血肉、新生命、新精神的匠心獨運。由於這兩篇都著重於歷史人物內在經驗的轉換歷程，因此，它們並不能歸屬於歷史小說或政治小說，而是托喻於向歷史進退人物的「現代主義小說」。

第五節　蛻變／輕死／重生

〈今夜星光燦爛〉和〈落九花〉都是以部分的歷史事件和歷史個案來建構歷史人物的心路歷程。〈今夜星光燦爛〉所處理的在台灣史上因「二二八」而惡名昭彰的前行政長官陳儀[61]

---

[61] 黃錦樹於〈詩，歷史病體與母性〉中說到：「陳儀最主要的罪名是策動湯恩伯反蔣投共」，《中外文學》，第33卷，第1期，頁107。

在行刑前的自我反思；〈落九花〉則是描述在軍閥割據時期計畫了九年，在第十年為父報仇的孝女施劍翹（原名谷蘭）的身心準備過程。一老一少、一男一女、於公於私都有著堅強的意志和決心，「求死而不欲生」。如何達到「輕死」的境界才是作者的著力點。而各自又以不同的型態從「不欲生」轉成「重生」作為結尾。以下分別闡明之。

〈今夜星光燦爛〉並沒清楚地指明所敘述的對象是陳儀，但從文本中的一些細節敘述，如長達幾十年的軍旅生涯、最終禁閉在「昭南館」等待上刑場、引詩文等，都明確指向「二二八」罪人陳儀，卻沒有提及「二二八」這段台灣史上的創痛。反而如黃錦樹所言：「始於勵志社（昭南館）的囚禁，終於馬場町的槍決，彷彿把他置於五〇年代白色恐怖（左翼革命）受難者之列。」[62]這也許正是郭松棻的歷史立場或歷史觀點——陳儀不過是歷史棋盤上的一個小棋子，一個犧牲品。但郭松棻本人對書寫〈今夜星光燦爛〉的觀點如下：「沒有（想為陳儀重新定位），寫小說哪裡是這樣寫的！小說就是小說嘛，跟陳儀是沒有什麼關係的。就是表面上，陳儀根本不是這樣的一個人，他的元配不是這樣，第二個太太是日本人。陳儀是表面現象，小說跟這些沒有什麼關係。」[63]由此可知，〈今夜星光燦爛〉的重點不在於陳儀這個人本身的歷史定位問題，而是透過陳儀將著力點放在這段等待死亡期間的身心蛻變。

---

[62] 黃錦樹，〈詩，歷史病體與母性〉，《中外文學》，第33卷，第1期，頁107。

[63] 廖玉蕙訪談錄，頁1。

　　「軀體被佔領」並不是從囚禁在台北勵志社會（日據時代的海軍俱樂部「昭南館」）才開始，早在日本軍官學校的宿舍裏看見「祖國神州一派光華與殘酷的歷史圖卷。他模糊看到自己的影子就在這民國的世界裏竄蕩」[64]，身軀就不屬於投身軍旅生涯的自己，官位越高束縛越緊，在這沒有退路的窄門中，未來是南征北討輾轉不止的事跡所留下的每刻無法揣想的過去，現在回首一切成為歷史，成為「斷續無章的夢痕而已」。他造就了歷史，歷史卻反過來佔據了他的軀體。如曾經「大義滅親」（捉殺心存二志、圖謀造反的義子章飛）的他，如今也被「大義滅親」（策動湯恩伯反蔣投共不成反被告發）[65]，他被捲入歷史的循環中難以自拔。因此，佔領軀體之意，不僅是為國（大我）而大江南北到處奔走混戰，無法脫身；也指一生當了兩回死囚，第一次被孫傳芳關在司令部的一間暗室，「生與死的線索支離錯結，游移難判有如自己的掌紋。」[66]他的生命掌握在他人的思慮間（其後孫傳芳一念之轉釋放了他）。第二次為國民政府當權者蔣介石階下囚等待槍斃，更顯示他的生命被歷史的鎖鏈緊緊捆綁在幽暗不明的論斷與判決中。

　　而長久以來，卸甲歸田的嚮往只能在幻想與夢中履踐。歸鄉後在自家是游思迷離，對自己的生命失去了定見。他再次被現實攫住，投入形勢中，「畢竟風華正茂，怎能不叫這光華前程又將他捉拿？」才從孫傳芳手中脫險後不久，又奔向另一個戰場。

---

[64] 郭松棻，〈今夜星光燦爛〉，《奔跑的母親》，頁232。
[65] 黃錦樹，〈詩，歷史病體與母性〉，《中外文學》，第33卷，第1期，頁108。
[66] 郭松棻，〈今夜星光燦爛〉，《奔跑的母親》，頁228。

直到六十五歲仍在軍、政上打拼，和藍衣社暗鬥。之後，在台灣行政長官任內，以不甚明確之罪禁閉於台北「昭南館」。連攬鏡自照，與自己的對話，仍是回憶起自己一生的戎馬生涯的漫長無序，此刻的他尚被鏡中的「歷史將軍」所佔領。

再次的轉折是他獨自對鏡自審時追問「我是誰？」。第一次的追問是出國考察時，在德國海德堡的博物館突然出現的問題，但軍人無我（即使是「長恨此生非我有」的感嘆），「征人無恨」，這問題便無餘暇再思索了。但這也是他開始感到一次的意氣張揚和同樣的謊言造成生靈塗炭、無故犧牲。厭戰、罷戰之心愈發堅定，歸鄉之情愈發迫切。並非他不愛國，反而是「癡心愛國渾忘老／愛到癡時即是魔」的自覺與自省，從個我魔性回到普遍人性的覺醒：「他突然看見了自己正與眾人在不同時空，咀嚼著同一枚苦果。一代代人都這樣，只囿於歷史的迴旋中，休想走出這循環的迷宮」[67]。然而，退志的決意成為已然熟透於腹中的夢胎，將他從歷史的惡夢中喚醒。或者是最後一擊，失敗了便註定從歷史退場？[68]

「我是誰？」在鏡與夢中自我形塑的「魔略」現在成為他又一次的轉折。驅趕了體內的邪魔（將軍）還原為人的意識使他如釋重負的輕快。他幾乎是在靈修，只消一個念力或意志之所趨，便能神遊於天地之間，同時也改變了他的身軀，鏡中的自己因此感到有些陌生，這是鏡子的秘密。相由心生，鏡不在

---

[67] 郭松棻，〈今夜星光燦爛〉，《奔跑的母親》，頁241，242。
[68] 黃錦樹，〈詩，歷史病體與母性〉，《中外文學》，第33卷，第1期，頁110。

複形而是照心，反射精神。鏡與夢成為他的共謀：「他越來越全心貫注。日夜在瑩亮的深層裏揣摩某種不可思議的東西。他的眼光鋒利如刀刃。他在鏡裏鏤刻自己理想的輪廓，一如雕刻家在一塊堅硬的石塊剔除多餘的碎碴。他要讓心中的形象在鏡子的深處顯現，一如從石頭裏蹦出來那樣。他幾乎有了十足的信心，耐心等待著出現一個嶄新的人影。他用極大的毅力將自己推入那場夢中。／於是他決定向鏡裏投生。／他孕育夢中的自己。」[69]他彷彿浸在「孕育胎兒」的痛苦與歡喜中等待新生的自己，妄想將過去一筆抹去。他推拒記憶，記憶卻在鏡中閃現，是妻子和女兒的影子在鏡圖中，故鄉和母親的追憶。

　　過於餵養鏡中的影子，他感到置於死地而後生的喜悅，有如「由毛蟲變成蛹的過程就是處於欲仙欲死的一場情感演習。」蛻變後，對於現在的一切現實（榮辱、勝敗、賞罰、生活）絲毫都不能再牽動他，他可以靜觀自己穩當的走向生命的終點。而他感到鏡中人形象屬於永恆的事物，與凡俗的自己並不相稱，是賦形的靈魂？或是精神的化身？靈與肉的對話、鏡中所編織的世界在黑夜無光的寂靜中完成。他超越了自己。

　　在受極刑的前一刻，來到眼前的是妻子的影子，妻子懷著母性的叮嚀，成為一種救贖的力量：「戰爭，都是你們男人家玩出來的把戲，不知你現在瘋到哪裡去了。倘你著火，我縱想潑水相救，亦不知潑到何處。到關頭，無需過份認真。生於亂世，無任何緣由可言，亦無任何公理可爭，唯自求心安而已。身正不怕影兒斜。凡事三分人事，七分天意，更勿怏怏不可終

---

[69] 郭松棻，〈今夜星光燦爛〉，《奔跑的母親》，頁245-246。

日。」[70]兒女情長的眷戀在沐浴淨身的陶然中悠悠蕩蕩，一向被壓抑的私情如今可任性地回味品嚐。「休論世上升浮事，且聞尊前現在身」[71]。妻子破鏡重圓的幸福允諾，「構成他大夢破滅後最後的夢胎，另一種愛到癡心，另一種入魔，他最後的撫慰，精神最後的重生。」[72]文本的最後時刻，「一個魔幻空間打開了」[73]：「他的身軀在倒下之前，在被他聽到的一聲昂揚而悠長的雞鳴中，他強作了一次深呼吸，於是從他胸前及時走出來它他們看不見的一個人──那就是他的那個鏡中人走出了鏡子。」[74]觀念化的「精神不死」魔化為既魔幻又具形的精神實體。自我救贖和超脫肉體（重生）的魔略至此大功告成。

　　至於〈落九花〉，根據郭松棻在舞鶴的訪談錄中說道：「〈落九花〉是閩南語，原意指女人生產之辛苦、傷身。」[75]「就像一株植物落了九朵花一樣。」[76]筆者則認為，〈落九花〉的題旨可解釋為九年的時間消逝，如九回的落花；更暗示歷史主人翁施劍翹從少女到婦人九年的臥薪嘗膽，失去了美好青春年華有如落花，尋求新生的「我」如分娩之痛，為的是為父報仇的行動，這發生在「偶然」的機會下（第十年）。

---

[70] 郭松棻，〈今夜星光燦爛〉，《奔跑的母親》，頁269-270。

[71] 郭松棻，〈今夜星光燦爛〉，《奔跑的母親》，頁，261。

[72] 黃錦樹，〈詩，歷史病體與母性〉，《中外文學》，第33卷，第1期，頁111。

[73] 黃錦樹，〈詩，歷史病體與母性〉，《中外文學》，第33卷，第1期，頁111。

[74] 郭松棻，〈今夜星光燦爛〉，《奔跑的母親》，頁276。

[75] 舞鶴訪談錄，頁51。

[76] 簡義明訪談錄，頁174。

　　郭松棻筆下的女性經常是靜守在家等待良人歸來的妻子或撫慰、救贖丈夫、兒子的母性形象，以及為生活，為逃亡的「奔跑的母親」。但在這中篇小說〈落九花〉中卻反其道而行，首先他從過去處理的母子關係轉變為父女關係（雖然文中並無父女相處之情境敘述）；其次，反覆離與歸不再是男性的專利，守著家園也不再是女性的責任。但這並不表示〈落九花〉是篇「女性主義」的中篇小說，而是突顯女性意志的堅韌可比擬於男性，或能更勝於男性的精神寫照，並且文本以兩個女主人翁重回家庭生活（一位重新成為母親、女兒；一位回到丈夫的身邊）作為結尾，以暗示女性終歸家園的天性。然而，從男性的「國仇」到女性的「家恨」，相較之下，氣勢相當，然而，就人物的歷史格局而言，後者似乎卻顯得小了一點（也許書寫花木蘭或秋瑾之類的歷史女主人翁才能和男人一般建構國族、歷史意義的大格局）。或者從另一個角度觀之，小說中施劍翹的復仇對象是軍閥時期的大梟雄、大罪人──孫傳芳，暗殺孫傳芳正可說是為國家剷除了一個禍根，如此來看，國仇與家恨不正是合而為一，成為同一件事了嗎？

　　此外，在刻畫歷史女主人翁劍翹與其襯托和追隨之女性角色曉雲的陽剛之氣外，女性的陰柔不時穿插其間，交織成一體。〈草〉中「雌雄同體」[77]的兩個人物（雖為男性）又在此處出現。同時，這兩個女性人物的關係仿似〈草〉中的兩個男

[77] 董維良，〈小說初讀九則〉，收入於《郭松棻集》，頁582。文中說道：「某種柔弱的氣質和苦修的剛毅，在他們身上交織起來，使他們具備了雌雄同體的性格。」

性人物:「一個在另一個身上的追求,(⋯⋯),那其中的一個,在苦苦追思中,只希望有一天能夠為對方懷個身孕──在精神上承接他的精神。不到三十歲的青年,獻身於莽原曠古的寂寞。在無告的流浪,無可妥協的追尋,隻身獨佇的人格完成中,他們所能憑藉的力量也就是這場友誼。」[78]〈落九花〉中的精神、流浪、追尋有另一種原因,另一種方式,另一種目的,還有另一種友誼;而且,〈落九花〉文本中的兩位女主人翁的人格是透過不斷地蛻變過程而形成,這些又與〈草〉迥異。

　　若仔細推敲,〈今夜星光燦爛〉與〈落九花〉都著力於歷史主人翁孤獨的內在心理轉變,但前者是以歷史事件和主人翁的生平事蹟的暗示、隱諱手法指向陳儀;後者則指名道姓地述說施劍翹的故事。兩者所釋出的主題──蛻變/輕死/重生──既有某些相似之處,又有各自的發展。明確地說,〈落九花〉是另一種蛻變,另一種輕死,另一種重生。

　　〈落九花〉書寫的故事時間是從民國十四年到二十五年大陸軍閥割據的時代。當時,億萬中國人長年在內憂外患的戰亂中過活,山河變色,流亡、逃亡、無家可歸者不計其數,尤其是無以計數的父與子戰死沙場,何處是修女老師所說的「女人笑聲最清亮的角落」?又如何讓中國人「學習學習安靜」?女人笑聲最清亮的角落在「絕望」與「心死」之後;中國人的安靜是默默承受「乖舛的命運」。這是愛爾蘭修女老師無法體會的事實和現實。〈落九花〉開始於「洋人看中國」的狹窄視域。卻使尚未完全進入父親死訊的「情境」中的少女劍翹對修

---

[78] 董維良,〈小說初讀九則〉,收入於《郭松棻集》,頁582。

女老師的話不斷地揣摩和產生一連串的疑問：「這該是怎樣的一個角落呢？（……）什麼是安靜呢？難到有了安靜世間女子的笑聲才會清亮？」[79]然而，在德國租借地一連拔了四顆智齒的血腥味在仍留在口中時，想到的卻是壯烈犧牲的革命鬥士鮮血傾洩的身軀，她忘了自己，神遊在歷史的刑場，她想起女革命先烈秋瑾。「這是由於軀體的損傷頓時拓開了她的認知世界嗎？誰也不能否認肉身的痛楚能夠啟迪蒙昧的心智。」[80]肉身的開裂和血與血的相連是否意味著少女的她在無意識中萌生了成為烈士的芽苗？致使她寫出了一篇血腥作文，讓修女老師驚訝無比。但畢竟還是少女的她，雖然「有足以與大男人們分庭抗議的地方」，也抵擋不了這死訊所帶來的「慌張惶恐」。

這位歷史女主人翁原名谷蘭，自己卻改為「男氣十足」的名字「劍翹」的用意，不僅是在於突顯其「為人任俠好義，果敢剛烈，又不失明麗悅人」，也預示了未來的血腥肅殺之氣。

漸入「情境」而後一切的改變是回到天津的家中，她先從慌張惶恐膨脹為無名的恐懼。心理的創傷令人快速成長，她從少女轉眼間變為女人，愈發冷豔動人，但在這殘酷的世界上，再美麗也顯得有幾分孤單。她一片空白的心中出現一個淡淡的人影（父親？還是孫傳芳？）。待聽聞死裏逃生的人所報之訊：施從濱（張宗昌的手下）在皖北與孫傳芳交鋒兵敗被俘，被孫傳芳用鐵絲綁縛，在蚌埠車站慘遭割頭殺害，懸首暴屍。[81]

---

[79] 郭松棻，〈落九花〉，刊載於《印刻》雜誌「郭松棻專輯」，第23期，2005年7月，頁68。

[80] 郭松棻，〈落九花〉，頁69。

[81] zh.wikipedia.org/zh-tw/施劍翹。

之後，她完全進入「情境」中了。首先是皮膚的反應：「全身像青蛙的皮一樣地鼓漲起來，又好像是有一百隻腳的怪獸章魚，每隻腳的腳底都有吸盤，吸在全身的表皮上」與「歷史上所有的聖徒和烈士，還有被虐殺的無辜的匿名者」的召喚。極具創痛的心靈驅使她只想遠離城市、建築物、人羣，只一心想「走向宇宙的邊緣，走在地球發漲的表體」。她願以完成平生素願的身份投入死亡，生前無悔，生後無憾。此時，「某種意志（復仇？）追趕著她，並將繼續像一個符咒那樣冥頑地逼迫過來。」[82]在「肉身開裂」（站在烈士的行列）與對「桃樹想望」（她在桃樹下得知父親的死訊，在此似乎隱喻對父親的思念和殺父之仇的憤恨）之間徘徊躊躇，無法集中心思於那追迫的意志驅使，這是一種錯誤。她終於了悟走出「精神的牢籠」才是首要之道：「其實你無須任何想像與猜測，你要清除體內所有的雜質，讓自己像平野一樣坦蕩，像高山一樣磊落，讓自己與身軀彼此相安，可以做到想像的無邪，和孤獨與自然面對面相處。這些都是精神的牢籠。你必須尋找，首先是尋找視覺上的靜寧，將視覺在軀體裡取出所有的糟粕。」[83]她的復仇意志至此已然根植於心。

於是劍出走，與再次相遇的山東女子師中同窗王曉雲一起流浪到關外。在平津鐵路上，她已感到某種「命運的暗示」，她們攜手「走出了那條女人的道路」。這場親密的友誼建立在彼此生命基調的相合相契（她們在對方身上看見某種「啟

---

[82] 郭松棻，〈落九花〉，頁70。
[83] 郭松棻，〈落九花〉，頁70。

示」，在未來將要「演義成世界的洪荒」）與共處的相親相惜（看到彼此的美麗的氣質）的磐石上，其情之深重更勝於男歡女愛。曉雲在男人的世界中追尋女性自我的解放，自覺地建立其主體性（對丈夫漸行漸遠），甚至有種超越自身的意志在支配她，這是劍的意志在引領著她，無形中她追隨了劍；而劍則在堅定的意志下展開她的計畫，孕育「置死地而後生」的氣魄，任死亡如影隨形：「光的逆影成了一幅上好的就刑圖，好像自己安詳地站在大火裡，正處於殉烈之內。」歷史彷彿在她們的另一面進行著，而她們已不畏戰爭的砲火轟擊，從容地瞻望逃難者的嘶喊與混亂，以及他們與生俱來的恐慌。她們為中國人畫出一幅「逃亡圖」，即使在太平時代，「敵人的影子也在背後追趕著」。當劍了悟到「人不過是戰爭與恐懼的大鎖鏈中的一環時，她內心就充滿了隱隱的快慰，這不算什麼災難」[84]，甚至依戀起這樣的動亂。這暗示著大歷史（革命）與她們未來將造成的小歷史（復仇）在慷慨赴義的決心中逐漸混同，只有在動亂中才能體現她的意志和存在的意義。

　　這種信念，這種決心，這種意志需要不停地持守著，否則將功虧一簣。然而，對於家庭，劍無法向以「亮亮堂堂」、「無所隱瞞」為生活態度的母親道出她的決意而產生罪惡感；曉雲則在擺脫種種情緒的糾葛纏繞後，離開了丈夫。意志似乎成了一種實體催促著兩人再出走。她們都在暗中進行不斷地自我蛻變。再向關外出走，進入森林，劍提高了境地，專心集中意力，隨時對抗侵入體內的暈眩，和心中不斷出現的幽靈（孫

---

[84] 郭松棻，〈落九花〉，頁71。

傳芳？），以至不停地鍛練槍法，天氣越冷瑟，劍越能凝聚她的意志力，她達到了不猶豫，不反覆思量的狀態。下山後，恐懼湧上心頭，恐懼的不是黑暗，而是唯恐她們（兩個女性）的計畫過於狂妄，「在這男人和權謀統治的世界裡，是否真有實現的可能。可是，如果沒有可能，她們又為什麼這樣讓生命一年年流逝？」[85]

　　安逸的生活削弱人的意志，只有在追逐不安寧的路途上，意志轉化成的命運才能一路跟隨。為此，她們必須擺脫自己，擺脫固定的生活模式，成為她們所追尋的另一種人，另一種軀體，深負重任的美麗軀體。她們在高地眺望，在黑暗中摸索，「宛若垂死的人想事前摸一下自己的墓碑」。這種追尋是不可言喻的孤獨體認，即便她們是兩相隨伴。恆久孤獨的體會使她們陷入於「流浪女般的處境」，而她們是欽羨遊牧的生活。「中國人的錯誤就是一直盼望有塊自己的土地，一個自己的家，想像每頓飯後都能躺在沙發上或太師椅裡把食物消化了，就如同袁世凱那樣能夠為幸福尋得某種楷模。」[86]（作者在此似乎剖心自白居安一處與安逸生活非他所嚮往。）

　　多年來劍和曉雲的共同生活成為一種防衛，一種挑戰，無所疑懼，彷彿成為「連體的雙鷹」。而肉身的痛苦也成為一種淨空的法門，身體反而感到輕盈了。她們所奉行的苦行已超越一般的苦行者，但她們仍不時在寂寞中探索一條更艱難的路，「先知的形體都是要以犧牲自身的肉身來換取的，因此她們都

---

[85] 郭松棻，〈落九花〉，頁83。
[86] 郭松棻，〈落九花〉，頁85。

希望以影子來取代肉身。」[87]她們連一點憂鬱的語言和手勢都
不能有，先知的殉烈是難免的。從來沒有人像劍與曉雲一樣，
「可以堅韌而閃電式擊毀自己的防衛」。白天的劍是多麼鎮定
自若，而到晚上卻是如此的不安寧，這是曉雲可以理解的，這
使曉雲更加憐愛她。但這沉重的壓力何時才能結束？劍知道總
有一天親友們會在報紙上看到她的名字，附著身世說明，還有
她的死訊。「歷史一向以說謊為其職志。」報紙上還會談到她
的身體，據說是一具豔屍。劍預想未來將要發生的事情原委，
自己可能的死亡。她總對人說她沒有親人，是不希望任何懲罰
降臨在她的母親，她的孩子身上。

　　時機終於來臨，但女子的脆弱突然襲湧而上，恐懼加縱恣
引起了一場自我的絕棄。「其實這就是一種欲仙欲死：既有欲
仙，當然有其欲死」[88]，她使自己走向死亡的可能。她努力尋找
下手的機會，就在孫傳芳到天津居士林聽經的時候。在曉雲的
丈夫吳學義去函告密之下，陰錯陽差先逮捕了曉雲，而讓劍有
機會下手，一連開了三槍，孫傳芳當場斃命，她也向警察局投
案自首。「一九四九年歷史終結了，對於整片山河是如此，對
於她更是如此。」曉雲出獄後又成了丈夫的妻子；原本被河北
省高等法院判處七年監禁的劍，在馮玉祥、李烈鈞、于右任、
張繼、宋哲元等出面援助下，她坐了十一個月的牢後被特赦
了。出獄當天，她被記者包圍時說，她將獻身於教育，不過在
此之前她會成為兩個孩子的母親，也成為她母親的女兒。「在

---

[87] 郭松棻，〈落九花〉，頁92。
[88] 郭松棻，〈落九花〉，頁104。

中國近代史上，她開出了最美麗的一朵恐怖主義之花，成為最美麗的女恐怖分子，不，最美麗的教育家。」[89]十年在死亡的臂彎裏隱忍地活著，隨時準備自己的死亡，現在才終於感到解放的寬慰與重生。「直到先後曾經走進了監牢，她們才終於找到了自己的家、歸屬，和安寧。」[90]

第六節　紅地毯上殘影幢幢

在郭松棻最後的遺作《驚婚》中，讀者又見到〈雪盲〉中的詠月談論著在亞利桑那州的沙漠中教授魯迅的幸鑾（文本中並沒有提及他的名字），因打工而激盪出的短暫愛情在十幾年後的回憶中，遺憾地感到那段愛情的可貴，可惜她不曾向他討一張照片，形容不出他的模樣，只記得他的「寧願仰望著天花板」的沉默，以及「怕他會殘害自己」[91]的憂心。除了〈雪盲〉中的詠月簡短的情事外，《驚婚》圍繞著充滿悲劇性的家族史、背著墓碑的憂鬱的亞樹，以及父親與亞樹成為忘年之交三個主軸旋轉，其間又叉出二條宛若〈雪盲〉中的校長兄弟精神承繼的橋段（雖然在《驚婚》中是日本學監和表兄的關係）和〈月印〉中以「同情台灣人」的罪名被判處離台回日的研究亞洲熱帶作戰的名家北村孝志的合併支線，以及台灣人在「再殖民」者的威權下因「語言問題」而被精神封鎖和文化侵略的苦

---

[89] 郭松棻，〈落九花〉，頁109。
[90] 郭松棻，〈落九花〉，頁85。
[91] 郭松棻，《驚婚》，台北：INK印刻文學生活雜誌出版有限公司，2012年7月，頁17。

難中，緩緩出現了陳儀（〈今夜星光燦爛〉）的名字的另一條
支線（郭松棻對於兩個時代交替下的台灣人的「語言問題」似
乎也很感興趣。這個問題筆者已於第四小節〈語言／孤寂／故
鄉〉有所談論，在此不再贅述）。這種文本互涉（互文性）的
敘事策略成為《驚婚》的一大特色。以下一一探討其複雜的內
涵要義。

詠月雖不是《驚婚》裏的女主人翁，但是女主人翁倚虹的
忠實聽眾，在美國共賃公寓的好友，也是催倚虹結婚的推手。
即將走向紅地毯的女子與好友會談些什麼呢？離不開男人的話
題。不是歡天喜地的愛情箴言，而是充滿悲劇性的家族史、背
著墓碑的憂鬱的未婚夫亞樹，和父親與亞樹的忘年之交。現在
生活靠回憶支撐的陰影，綿延到紅地毯上的殘照，在感到痛苦
過的生活才是著實的生活中，弄痛的手在對家不留戀和對遙遠
童年憎恨的他的手裏[92]，完成一場「驚心動魄」的婚禮。現在
他與她正建立起一個家。那未來呢？是否還會感到「溫馨的恍
惚」，「把全部的心思貫注在未來那種無望的生活裡」[93]？還是
「不斷回憶著現在的一種生活」[94]？這又是一篇郭松棻式的「矛
盾律」或「辯證法」之作。

在女性得到發言權的《驚婚》裏，所談論的仍是男性（父
親／男友／未婚夫）所帶來的所有難以彌補的歷史創傷與自我
創傷史，而女性總是無條件的跟隨、承受與付出，即使是現代

---

[92] 郭松棻，《驚婚》，頁170。
[93] 郭松棻，《驚婚》，頁25。
[94] 郭松棻，《驚婚》，頁54。

新女性。這是女性宿命的依歸？還是處於尚未覺醒的「自體存在」狀態？，不，詠月與倚虹已是「自覺存在」[95]的兩個個體。但一提及婚姻呢？一連串的痛苦回憶襲湧而來。還有什麼比父母的婚姻與男性的性格特質更能影響一個女人的婚姻抉擇？本來認為亞樹原是和藹的人才答應這門婚事的倚虹，之後在沉溺於童年到青年的成長回憶中對婚事感到沮喪、憔悴、麻木，無非是受到父母破碎的婚姻生活的影響。雖然倚虹年輕時對家庭的往事不但不好奇，反而是厭倦，尤其是父母吵架以後，想把所有的「糾纏不清的污濁」拋到腦後[96]。

父親為了豔麗的伯母而心靈背棄（精神外遇），母親為此痛苦絕望而至臨終時的沉默無告，留下的深深烙印是無可抹煞的生命控訴，將她塑造成一種扭曲的人格：「自己從小就厭惡著花朵的無聲的垂放，自己是在愚蠢、猜疑、嫉恨中看著成人世界長大的，而成了吝嗇和膽怯的人」[97]。吝嗇和膽怯無疑是針對「情、愛」二字而言的。倚虹對愛情的絕望是從伯母鏡前的側臉而瞭解的，死亡的記憶也是從伯母之死的影像一路伴隨著她沒有父母之愛的成長。聽聞母親談著曾被父親絕望中的文靜打動而從此付出畢生的愛的母親，終究在成為老嫗後無法再守住情感出走的父親，本身就是「惡魔」的殘酷、冷酷的父親：「他竟對妻子在天井裡突然在心胸抽緊之後潰洪似的號哭中冷靜地穿上了外出的衣服」[98]。伯母與年輕情人一起沉潭後還要自

---

[95] 「自體存在」、「自覺存在」為存在主義女性主義所運用的詞彙。
[96] 郭松棻，《驚婚》，頁100。
[97] 郭松棻，《驚婚》，頁38。
[98] 郭松棻，《驚婚》，頁39。

動為她服喪，變成一個終日在醒中夢著，在夢中醒著的行屍走肉。若男女情愛經不起時間的考驗，那麼，婚姻又有何意義？母親過世後，曾一度感到為親情付出自己的幸福，剎那間才明瞭這是冷落父親後的一種補償心理。她不願在母親曾走過的道路上行走，而預知了自己將走上與伯母同樣的道路；然而，她現在不正走向了母親那條路……。並不在於對走入婚姻的誤判，而是在於在紅地毯另一端迎接著她的男人。

父親沒有把溫和的臉色給過母親，那麼，亞樹又曾經有多少次溫和的臉色給過倚虹？十幾年全無音訊的憤世嫉俗的哲學青年亞樹，突然的一通電話又將兩人與記憶連結起來了。年輕時期不原諒自己的父親而與他疏遠（因為三位叔叔抗日的壯烈犧牲，只留父親一人存活？），憂鬱成了烙在他身上的標記，並對死亡並不感到陌生。較年長懂事（律師父親是「後／再殖民」下的受害者）後反而認為父親是給自己害死的而更加深了他的痛苦。若倚虹的父親是惡魔，那麼亞樹則是「突然被騷擾而顯得不安的檻裡的獸」[99]，但當時倚虹已預感到無法逃脫的力量，使她走進了他的檻裡。然而他卻只與狗能和平共處，只把溫暖給了狗，只在手心上捧著一窩雛鳥時才會露出稚氣的笑容。他們曾經相愛，但連擁抱也帶著一種難解的苦楚和隨時要報復什麼的憤怒。他想擁抱的不是倚虹，而是「一個更龐大更飄渺的某物」[100]。在他為父親的死自責與追悔後就為父親買下了一個墓碑，在眾目睽睽的大白天下一路背著回家，他扛在肩

---

[99] 郭松棻，《驚婚》，頁51。
[100] 郭松棻，《驚婚》，頁55。

上的不僅是父親的碑，更是一整個沉重的家影，也是自己的十
字架。他更加憂鬱，更加沉默，卻能與不顧家庭並頹喪的倚虹
的父親時而深夜長談時而相對無語，進而結成忘年之交。兩個
充滿激動與秘密的反抗靈魂[101]，似乎壓在彼此的身上尋找宣洩
的出口。這麼說來，倚虹現在走的方向不正與母親的道路相通
嗎？在亞樹令人恐懼的喊叫中，她已和他結合在一起，從他的
聲音裡，瞭解到自己的不幸，家庭的不幸，在這個城市的不
快樂[102]；或者是她自願投向痛苦才感到著實的活著的想法在作
祟？「你忘了你以前的痛苦，我給整得夠苦的。也唯有那段時
間覺得自己活過，活得很充實。現在這種清靜反而落空了，反
而不算生活了，反是像一個廢人一般。」[103]倚虹即將嫁給一
個一輩子都痛苦的人。

　　初識亞樹的父親就認為他是一輩子都痛苦的人，而卻對他
有說不盡的話。這是因為痛苦的人才能瞭解另一個痛苦的人？
是他們彼此不用明說的默契？還是父親希望得到另一個男人諒
解的撫慰？父親談的還是那纏繞著心靈的女人——伯母。從她
的身世到利用亡夫之友的名義與她接觸，從甩開母親阻止他去
蘇家的顫抖雙手到暗自希望母親一病不起，甚至死亡，如惡魔
般的可怕念頭盤旋不去。妻子死亡的念頭並非認識伯母後才產
生的，而早已在初婚時萌生：「即使初婚不久，兩人還溫愛著
的時間，也偶然想到如果她被車子壓死了……而感到莫名的興

---

[101] 郭松棻，《驚婚》，寫於書背後的簡短導讀。
[102] 郭松棻，《驚婚》，頁91。
[103] 郭松棻，《驚婚》，頁60。

奮。」[104]這是怎樣的心思呢？一種用淒慘的方式製作永恆感情的標本？帶著自己的「懺念」對亡友之妻的同情、周濟、照顧是肯定的，但他從來沒有對她的身體產生過暇想嗎？追求美色而想佔有她的身體難到真是所有男人的弱點嗎？然而，父親常使亞樹感到「他做人最重要的不是為人之父，也不是為人之夫，而是另一種心思攫取了他」[105]。父親的自剖刺激了亞樹的自我面對。兩個同樣流著叛逆的血液，「被同樣的感受所陶養的心靈之間，產生了對話。」[106]他們心裡都有個秘密去慢慢摸索，「這探索的本身才是他們的友情建立起來的支柱，至於那秘密，彷彿早已不是秘密，隱約已被對方感知了。」[107]國變、家變、個人性情混雜糾葛在兩個人的心中成為難以解開的謎，而造成家變的禍首就是自己。父親經歷了「後／再殖民」的災難；成年後的亞樹則從自己父親的遭遇而感受到時代輪替下的社會動蕩不安。正如父親說的「厭倦了正常的陽光，覺得它是虛偽的，只有塵埃迴旋，濕霉瀰漫的那棟黑房子，才是**事變**[108]以後，人該去的地方。」[109]父親天天往蘇家奔馳而去；亞樹不時上獅頭山的廟裡靜坐、守齋。一個以蘇家為入世空間；一個以廟裡為出世空間。但兩人內心的激動與焦躁卻是不謀而合。他們的私人世界不是倚虹能進入的，她被排除在外而感到寂

---

[104] 郭松棻，《驚婚》，頁104。
[105] 郭松棻，《驚婚》，頁108。
[106] 郭松棻，《驚婚》，頁154。
[107] 郭松棻，《驚婚》，頁154。
[108] 筆者強調。
[109] 郭松棻，《驚婚》，頁104。

寞，又欣喜於父親的改變。這改變卻是短暫的，不久，父親的
臉上又回到不平靜的蒼老中。人若是如此善變，那麼，亞樹是
否也會如此？當他不再是憤世嫉俗的哲學青年後，他又會變成
了怎麼樣的一個人呢？

　　即將嫁給一個其實並不瞭解或說無法瞭解的男人，只從記
憶中回想起他曾對家不留戀、對自己父親的死而懺悔，並憎恨
遙遠的童年，沒有地方能讓他多停留而經常想要離開，加上父
親曾說過亞樹是個一生都痛苦的人，這些「殘影幢幢」的回憶
使踏在的紅地毯上的倚虹顯得正在做一件驚心動迫的事。而這
婚禮不就是一場「驚婚」？

　　《驚婚》同時也是從日據時代延燒到「二二八」事變之後
的故事。這兩個蕭條的時代雖不是故事的主要時代背景，卻深
深影響著一路走來的上一輩人物的心理，如倚虹開補習班的父
親、亞樹開律師事務所的父親。或因此成為孤兒的受難者，如
因「二二八」而失蹤（或死亡）的勳兒的醫生父親，使勳兒成
為「歷史孤兒」[110]，但這孤兒的歷史卻因母親和自己的英文老
師一起自殺而變得不光彩，抹消了「二二八」受難者家屬特有
的尊嚴。在羞愧中長大的勳兒雖然繼承父親的職志念了醫科，
但卻是一個只對「大體」感興趣而沒有光與熱的青年，一個根
本沒有經歷青年時期的青年，只求平靜和平凡，足見他的心靈
承受著多麼大的折磨與苦痛。

　　其次，郭松棻刻意翻轉當時在台灣普遍反日情緒下的日本人
形象，不是所有的殖民者都是面目可憎的，有如〈月印〉中佐良

---

[110] 請參閱本章節的第三小節〈歷史／病體／孤兒或浪子？〉。

先生和研究亞洲熱帶作戰的名家北村孝志。《驚婚》中的日本學監在「水田事件」被少年時期的倚虹父親等七人以「正義之名」痛毆一頓，卻在法庭上推翻一切事實而以「同情台灣人」的罪名遣返回國，使他們逃過了牢獄之災。這其中的轉變來自死於德國的表哥的理想主義信念與歐洲人文精神。這是與〈雪盲〉中的校長與亡兄相類比的一種精神與思想的傳承（雖然前者是正面，而後者是負面）。日本學監的表兄也是一位苦悶的哲學青年，具有洞察與反省的能力，能看見日本民族的弱性，甚至認為「亞細亞的憂鬱是整體性的」[111]。日本缺乏的不只是科學知識，更缺乏開明的人文思想，於是他主張學習西方宗教精神與歐洲精神。並強調在瞬息裡握住生命意義的重要。是已故的表哥的開明思想和「瞬間理論」拯救了他們七個少年。光復後，除了倚虹的父親以外，其他六人都被自己的同胞，陳儀的部隊給親手殺了。也因如此，倚虹的父親到年老仍經常想到這位日本學監，也感到他們年少的愚昧無知，視野狹隘。

　　二次大戰爆發，不能投身報國的學監將這股強而有力的氣魄與嚴厲灌注在沉睡中的「殖民地國民」，無論是用「清國奴」還是「南京蟲」以鄙視台灣學生，他的用意與任務都是為了喚醒他們。他已視他們為「國民」了，並以軍國主義男兒對他們曉以大義。但這只是一廂情願的看法，產生不了什麼作用，只換來了一陣圍毆。學監站在軍國主義的立場想喚醒沉睡中的台灣青年，這種表現似乎與表兄學習歐洲精神中的掌握生命意義的主張有所抵觸，畢竟「堅強的身心在民族的大題下卻

[111] 郭松棻，《驚婚》，頁114。

是什麼自我也沒有的」[112]。所以，在法庭上推翻原來的供詞而被卸下學監一職，遣返回日，不啻也是一種解放自己的機會。

綜觀全文，郭松棻的《驚婚》主要是站在經歷兩個時代的「台灣人」的立場與視角來書寫的，書寫他們的悲哀，他們的困頓，他們的壓抑，他們的煩躁，以及延續到戰後第二代台灣青年無以明言的憂鬱與悲觀，即使已出走到異鄉（美國）。這種在異鄉回憶起故鄉、家庭曾經受的種種打擊與創傷轉移到年輕一代心靈而產生的憂鬱與悲觀並不是簡單的「離散理論」所能解釋的。

第七節　結語

郭松棻在重拾創作之筆初期，是以「題組」的型態發表作品，例如包含〈向陽〉初稿、〈出名〉、〈寫作〉初稿的〈青石的守望──旅美小品三則〉[113]；包含〈含羞草〉、〈第一課〉、〈姑媽〉的〈三個小短篇〉；包含〈機場即景〉、〈奔跑的母親〉初稿的〈母與子〉。「題組」內的極短篇小品之間是否存在意義的關聯性其實並不是很明確，例如魏偉莉在處理〈青石的守望──旅美小品三則〉中，也只能以「語言與自由」和「父權的象徵體系」為議題以作為連結〈向陽〉初稿與〈寫作〉初稿的內在相通的意義，而絲毫沒有提及〈出名〉

---

[112] 郭松棻，《驚婚》，頁121。

[113] 郭松棻自述：「他（黃華成）是前衛藝術家，才氣縱橫，我寫過的〈青石的守望〉就是跟他致敬的，因為他曾於《現代文學》雜誌中，發表過〈青石〉這個名字的小說。」簡義明訪談錄，頁137。

這一小品。而〈三個小短篇〉的三個小品的主題更是迥異。只有〈母與子〉這一題組中的兩篇都明顯地涉及「母與子的糾葛」問題，但〈奔跑的母親〉即使是初稿也已承載了更豐富的意涵。因此，筆者認為這些「題組」中的部分作品仍能顯示出郭松棻的民族主義觀點；部分作品則顯示出他從政治、歷史、哲學性評論轉向文學創作的「過渡」之作，而這三個「題組」均可視為進入文學領域的啼聲初試，每個「題組」中的小品之間並不必然具有意義上的關聯性。也因如此，筆者將三個「題組」打散，根據筆者所認為重要而具代表性的作品重新檢視和主題歸類。整體說來，也就是筆者欲以「共時性」而非「歷時性」[114]觀點來耙梳、處理郭松棻的文學作品。

　　如前述可知，筆者先從〈秋雨〉、〈姑媽〉、〈向陽〉三個小短篇著手，以闡明郭松棻仍殘留的左傾意識與民族主義的思維和轉向。再從其他的作品出發，而不考量出版年代先後，歸納出六組主題加以探討：「回歸與超越日常生活」（〈成名〉、〈第一課〉、〈機場即景〉）、「女性／母性／聖母」（〈月嗥〉、〈奔跑的母親〉、〈月印〉、〈那噠噠的腳步〉、〈論創作〉、「歷史／病體／孤兒還是浪子？」（〈月印〉、〈奔跑的母親〉、〈雪盲〉）、「語言／孤寂／故鄉」（〈向陽〉、〈雪盲〉、〈論創作〉、〈草〉、《驚婚》）、「蛻變／輕死／重生」（〈今夜星光燦爛〉和〈落九花〉）、「紅地毯上殘影幢幢」（《驚婚》）。而且，每一篇作品不僅不歸屬於單一主題，

---

[114] 筆者借用索緒爾在《普通語言學教程》中觀察語言演變的兩種概念與詞彙來說明筆者如何處理郭松棻的文學作品。

往往是分散在不同主題之中，畢竟郭松棻的大多數的作品意涵並非單一性的，而是具有多義性的，以及多重解讀的可能性，即使筆者試圖歸納出六組主題以闡釋作品的多元主題現象，但也仍有遺珠之憾。

例如：〈向陽〉與〈落九花〉中都提及「歷史有什麼用」或「歷史總以說謊為職志」，難道意味著郭松棻長久以來對自己所重視的「歷史」觀點產生了變化與質疑？這點敘述者僅點到為止，並沒有在兩個文本中繼續發揮，但這點仍是可以加以探索之處。

〈月嗥〉中的女主人翁因丈夫意外的死亡而導致幾乎崩潰的反應，以及揭露丈夫在日本外遇並有一子的真相反而相對鎮靜的心理變化。「婚變」是此篇作品的主題。文中不時出現「他們的夫妻生活早該結束在那海港……」，似乎意味著除了對亡夫生前的種種回憶中的現實事件外，女主人翁對他們的婚姻，對丈夫的心思，只是她個人的看法與感受，而非事實，事實是她的一無所知，她的臆測，她的自言自語。有如〈草〉中的男主人翁對帶著「思慮」的沉默友人的「誤識」。

〈那嗒嗒的腳步〉中的兄妹之情，甚至可以說妹妹是「家變」後（包括母親發瘋）唯一支撐這個家的力量。若痛苦令人成長，這個妹妹在母親的腳步聲中由恐懼到熟悉的過程，每一次的腳步聲都標誌著她逐漸取代母親角色的痛苦成長經歷。這一點是可以再進一步闡釋之處。

〈雪盲〉中的時代轉變後的景像（光復後的災變）以暗渡陳倉的方式書寫：「狂犬病流行的台北。狗都帶上了口罩，在街

上一律不准開口。整個城一下子聽不到吠聲。狗變成了一種最沉默的動物。把尾巴夾起來，默默地跟在人的背後。巴眨著令人不解的眼神。帶著口罩的鼻子這裏嗅嗅那裏嗅嗅。連走在地上的狗爪子都是默然無聲的。」[115]以及米娘的遭遇隨著歷史進程而變化，並在幸鑾的心目中成為一種無可理解的形象與佔有重要的地位。這些書寫策略與內在意涵都是可以再深入鑽研之處。

〈論創作〉比較複雜難解。一是展示「花之聖母」的藝術家的自我閹割，他舉起割下的陽具宛若「自由神」和老病號眼裏看見林之雄將母親的臉往上提升，並與藝術家之友、醫生糾纏在一起的景像讓他聯想到紐約港的「自由神」，這兩個事件之間的內在聯繫是什麼？藝術與精神疾病總是相關聯的。而為什麼是「自由神」而非「自由女神」？這是可以繼續探討的。再者，在精神病院醫治林之雄的老醫生的遭遇與他熱愛哲學，以及特別關心林之雄的病情，尤其是他的失語症，這些是否有所隱喻或暗示？是否是有關精神分析、哲學與藝術三個既不同又相關的領域的暗示呢？這是個龐大的議題，即使用一本書的篇幅來談論也是不夠的。

〈落九花〉中的男性人物與女性人物的對比。相對於女性主人翁施劍翹和曉雲的剛毅絕決、不畏死亡，男性人物，尤其是曉雲的丈夫吳學義在〈落九花〉中反而被塑造成軟弱退縮、埋怨嫉妒，最後告密（〈月印〉中文惠是在不知時局的天真下告密；陳儀為自己的義子所出賣；吳學義則是清楚時勢變化下的刻意告密）的一般女性形象。他只安於現狀，生活化簡為自

---

[115] 郭松棻，〈雪盲〉，《奔跑的母親》，頁203。

己的警察工作和照料生病而成天擦著萬金油的母親。並且，生活空間縮小為家裏與警察署。母親過世後則沉浸在對母親的回憶與四處奔走的妻子身上。用精神分析的角度與象徵性的詞彙來說，即成為「被女性閹割的男性」。

又如《驚婚》中亞樹的父親是日治與光復兩個時代交替下的受害者。日據時代為「辯護士林正傑」，而光復後雖改為「律師林正傑」，但日本律法在光復後已是無用武之地，更何況隨國民政府來台的中國人是一羣烏合之眾，毫無真正的律法可言的「四腳仔」（只有槍桿子律法）。儘管輕視這些「豬肝」（豬官）也無法在這環境下生存。而赴日找尋機會一年後又敗興而歸，也曾向越南輸入一些石灰，想發點那邊的戰爭財，但也失敗。成天寫著他充滿數字的冊子（收支簿）。每天無所事事，直到家產用盡。這充滿數字的冊子是對時局的控訴，也是對自己的嘲諷。「光復後」這三個字不是令人欣喜的開始，而是另一個災難的到來。

另外，《驚婚》中的老牧師也是一位可深入挖掘的人物，並承載著文本中的特殊意義。不僅是他的生平事蹟，更值得注意的是他居然向即將成婚的倚虹「告解」。他發現在佈道時「犯罪意識越強，侍神的事業就越成功」，並且「越是抨擊上帝，越能得到喝彩」。老牧師的一番話使文本蒙上了一層神秘的色彩，也顯示出人普遍的罪惡心理，然而，這是上帝的旨意嗎？戰爭真是上帝降下的災禍以洗滌人心嗎？這些是屬於道德的問題？人性問題？信仰問題？還是形而上的超驗問題？或者三者兼具？關於這些問題必須另闢章節來談論。

　　筆者僅舉以上幾個較明顯的例子來說明歸納出的六組主題實無法將郭松棻的小說所有蘊涵的意義全部涵蓋，而其作品所賦予的言外之意，更是難以道盡。但「難以道盡」反而更能呈現出郭松棻小說內在意涵的厚度、深度與廣度，彷彿輕輕的幾筆已將其內涵從此地帶向深邃幽遠的「彼岸」了。

第五章 結論

　　郭松棻是個理想主義者，也是個夢想家。前者指的是他投入保釣運動到左派政治思想的鑽研，後者則為再從政治、哲學轉向文學的體現。從政治、哲學轉向文學也是一種意識型態的轉型，從馬克思社會主義的意識轉成藝術感性的文學意識，也是從論述語言轉型為抒情與唯美語言。這種轉變引起一些研究者的推測，例如黃錦樹認為這是「對哲學的反叛」，也可能是「以文學來見證他的幻滅」，或「深化他的思考」。[1] 進一步說，這種轉變是幻滅後的挫折感所造成的。「他在精神上烙上了戰後西方馬克思主義的基本標記，『一種共同的、潛在的悲觀主義』共同的思想背景，與及以憂鬱為主調的藝術感性。」[2] 但這種看法似乎與郭松棻的自述有很大的差距：「我記得《歐洲共產主義與國家》這本書的最後兩章我沒有譯完，現在回想起來，那時的興趣應該已經慢慢回到文學這個路上了，雖然我一直到1983、84才

---

[1] 黃錦樹，〈詩，歷史病體與母性〉，《中外文學》，第33卷，第1期，頁95。

[2] 黃錦樹，〈詩，歷史病體與母性〉，《中外文學》，第33卷，第1期，頁95。

發表小說，可是前面這幾年的時間應該都在準備，我很慢，而且左派的東西不是說斷就斷的，共產主義在整個歐洲、全世界都有不同的發展，我搞這些搞很久，要出來必須經過一段長時間的狀態。」[3]及「八二、八三年後收心回到文學：對哲學也開始淡了。一九七四年老朋友戴天在香港跟我說：『多一點文學吧！少一點哲學』非常合適的忠告！我也自覺到了這一點，八三年，就開始在台灣《文季》發表文章……。」[4]這兩段話說明他轉向文學的原因在於興趣的改變及朋友的建議，加上自覺意識，而並沒有如黃錦樹所說的挫折感所導致的「悲觀主義」[5]的精神烙印。幻滅與失望一定是有的，但將他納入「左派憂鬱症」又似乎有些武斷。難到他在1977年以後的三次精神疾病[6]都必然和他脫離馬克思主義的左派思想和哲學息息相關嗎？這一點郭松棻沒有說明，只能任憑研究者去推測、揣測，去填補這個空白。與精神疾病最密切相關的領域反而是藝術（包括文學），這一點，筆者已於前引述〈論創作 上〉尼采：《查拉圖斯特拉如是說》的一段話加以說明（見第四章第四節〈語言／孤寂／故鄉〉）。

　　筆者在此所關注的是，在他的意識型態轉型之間是否存有明顯的斷裂痕跡或仍具有連續性的問題。這似乎是端賴觀視的角度而定。就學術場域與書寫目的的觀點來看，從政治、哲學到文學的確是具有頗大差異的轉向，也就是從「改

---

[3]　簡義明訪談錄，頁160。
[4]　舞鶴訪談錄，頁49。
[5]　黃錦樹，〈詩，歷史病體與母性〉，《中外文學》，第33卷，第1期，頁95。
[6]　簡義明訪談錄，頁161。

造世界」轉為「呈現世界」（représentation）或「表現世界」
（expression）（而非「解釋世界」[7]）。但從「歷史」的角度
來看，它們卻具有某種延續性，也就是從他在保釣時期是積極
投入歷史，甚至創造歷史的行動派（受沙特的影響）到鑽研馬
克思主義（歷史唯物主義）的理論與發展史，以及從國際歷史
中看行動中的馬克思主義到台灣早期的國族、政治演變史（郭
松棻從童年到青年經歷了日本的殖民地後期、第二次世界大
戰、台灣光復國民政府遷台、二二八事件、白色恐怖、戒嚴時
期），雖然範圍縮小，不啻為歷史的範疇。況且在他的文學中
所呈現出來的大多是是「歷史暴力、病體、戰爭孤兒、失蹤的
父親、奔跑的母親、背叛的至愛……歷史廢墟中的寓言」[8]，
以及捲入歷史循環中的人物心路歷程和歷史災變下的精神困頓
或傳承等等。（文學研究者不也正是以各種方法與詮釋勾勒出
所研究的作家的「歷史」及其作品的整體輪廓嗎？）因此，
「歷史」可說是貫穿郭松棻的一生重要階段到他後來的整個思
想、情感（哲學、政治、文學）的一個關鍵詞。但這是一種比
較廣義說法，畢竟哲學、政治、文學對於歷史概念的認知和處

---

[7] 黃錦樹認為郭松棻從哲學轉向文學是從「改造世界」回到「解釋世界」。
（參閱黃錦樹，〈詩，歷史病體與母性〉，《中外文學》，第33卷，第1
期，頁95。）筆者則認為，文學不在解釋世界（解釋世界反而是哲學，或
文學研究者的工作），文學只在「呈現世界」，甚至可以說，文學在呈現
世界的同時，也可具有改造世界的功能，如五四運動的作家們，尤其是胡
適或魯迅不正是主張以文學來改造社會嗎？只是郭松棻的文學創作並沒有
這樣的企圖心：郭松棻於舞鶴的訪談論中自述「不為誰為何而寫」。

[8] 黃錦樹，〈詩，歷史病體與母性〉，《中外文學》，第33卷，第1期，
頁95。

理方法，以及論述或表述內容是不同的，必須落實到既成或具體事件本身，才不會陷溺於抽象概念的泥沼中，而這正是文學所要避免的窠臼。也就是說，歷史之於文學除了具有特定性之外，對人物也有或多或少的心理與精神影響，而郭松棻小說中的歷史與人物之間的關係不僅是緊扣相連，甚至欲透過「文學（詩）曖昧的具體性（與超驗的冥會）」而克服歷史，超越歷史，傾向於神秘主義[9]，如〈論創作〉、〈雪盲〉、〈今夜星光燦爛〉、〈落九花〉、《驚婚》等。

　　其次，郭松棻的意識型態轉型為文學創作實際上在批判卡繆和西方的形上學是「追逐共相的盲動」時已透露出一點訊息。他所重視的是人的「殊相」而非「共相」，一如郭松棻所言，卡繆在阿爾及利亞的演說失敗，就是因為拿抽象與共相的人道主義去面對受迫害的殖民地人民。換句話說，人性是受時代和社會條件所限制的，它超越不了這個條件。共相層次上的喜怒哀樂、悲歡離合只是平乏空洞的概念，唯有在不同的客觀條件（一定的歷史過程、一定的社會結構、一定的風俗習慣）下造成不同的主體反應，才能將這些概念轉化為有生命的觀象，具有人性的實質條件（意識型態與生活實質）。這樣對主體「殊相」的重視只能透過文學而非哲學才能表述出來。由此觀之，從共相到殊相，他的意識型態轉型為文學創作而去探索不同客觀條件下的人性展露似乎在此已可感到他的胎動。[10]於

---

[9]　黃錦樹，〈詩，歷史病體與母性〉，《中外文學》，第33卷，第1期，頁113。

[10]　羅安達（郭松棻的筆名），〈戰後西方自由主義的分化──談卡繆和沙特的思想論戰〉I，頁5。

是，他的文學中即使處理相同的歷史背景，也因人物本身的經歷、性情、品格、喜好、觀念等等的差異，以及作者的表意，呈現出來的故事情節與主題也就有所不同了。例如，同是以日據時代到光復後的「二二八」事件，再到白色恐怖為背景的〈月印〉和〈雪盲〉，無論在故事上、人物上、主題上都是南轅北轍。尋求具體的「殊相」而非抽象的「共相」以深入探索人性也許才是郭松棻從哲學轉向文學的重要原因之一。

　　從歷史到超越歷史，從共相到殊相，從理性到感性，他用凝鍊的文字（有如煉金術般的詩化語言）向「抒情傳統復歸」如「川端康成的新感覺派」，以呈現民族的感性經驗、故鄉的苦難經驗，而其意識流技巧是以「吳爾芙（Virginia Woolf）式的內在體驗」[11]描寫主體痛苦的內在蛻變經驗，這些都是塑造郭松棻為現代主義小說家的決定性因素。雖然他曾在〈談談台灣的文學〉中一度批判台灣西化作家剽竊西方書架上的情感。（見第一章第四節〈左派視野中的台灣〉）而他不也受到許多世界經典名著與作家的影響頗深嗎？而且，這些名著幾乎都是以憂鬱、不幸為主調，如托爾斯泰在《安娜‧卡列寧娜》開頭就言明：「幸福的家庭都是相似的，不幸的家庭各有各的不幸。」[12]並非只因為他的左派烏托邦理想的崩解而產生憂鬱的調性[13]。一如他對自己比較憂鬱和衰老的原因這樣說道：「我不曉

---

[11]　黃錦樹，〈詩，歷史病體與母性〉，《中外文學》，第33卷，第1期，頁114。

[12]　托爾斯泰，《安娜‧卡列寧娜》，《珍本世界名著》58，1998，頁1。

[13]　黃錦樹將郭松棻納入「左派憂鬱症」的系譜中，並認為它是具有積極的意義，一如本雅明所言：「憂鬱為了知識的緣故背叛了世界。但在其堅定的

得,人永遠是搞不清楚自己的。前面談過的紀德,他除了《偽幣製造者》我比較不喜歡外,其餘都很欣賞,他的思想也是忽左忽右,讓你覺得前後矛盾的,我大概也是這樣的人吧。」[14]

這段話同時也解釋了他的國族認同與文化認同的曖昧不明。

在客觀條件下深入探索人性殊相之餘,郭松棻是以文學來鋪陳他「追尋自由」的道路,而非為了自我救贖或自我拯救。救贖必須先承認自己有罪,拯救是為了瀕臨虛無主義的陷溺。從他在晚年自述是個「自由派」(這裡的自由並非沙特「處境中的自由」概念,亦非其師殷海光的「自由主義知識份子」的內涵,而是一種作為精神解放的自由),對保釣行動與對左派思想崇拜(包括他的中國意識)都不曾有過後悔之意的他(見第一章〈左傾意識的建立、質疑與再思考〉結語和第二章〈郭松棻的政治思想與理想〉前言)來說,並沒有自我救贖或自我拯救的必要。更何況他在過逝的前一年還在構思另一篇非關歷史的小說〈閣樓春秋〉[15]。誠如簡義明在《驚婚》中的導言說道:「他雖不斷面臨精神與身體的傷痕,但這些考驗也讓他走向一個更加靜謐與大器的世界。郭松棻的文學實踐所走向的遠方,不是一個聲名,不是一種定義,而是應許更多消解與自由的可能。」[16]

自我貫注中,憂鬱把已死的物體包括在自己的思辨中,為的是把他們拯救出來」。參閱黃錦樹,〈詩,歷史病體與母性〉,《中外文學》,第33卷,第1期,頁113。

[14] 簡義明訪談錄,頁149。

[15] 簡義明訪談錄,頁174。

[16] 簡義明在《驚婚》一書背面對郭松棻的文學實踐的觀感。

參考文獻

一、郭松棻的政治、哲學與文學作品

郭松芬，〈王懷和他的女人〉，《大學時代》10期，1958。

郭松芬，〈沙特存在主義的自我毀滅〉，《現代文學》第九期，1961。

郭松芬，〈這一代法國的聲音──沙特〉，《文星》第七十六期，1964。

郭松芬，〈大台北畫派1966年秋展〉，《劇場》，第7、8合期，1966。

乙龠欠（郭松棻的筆名），〈文學與風土病〉，《大學》（美國），1968。

鐵曡（郭松棻筆名），〈阿Q與革命〉，《盤古》（香港），36期，1971。

羅龍邁（郭松棻的筆名），〈「五四」運動的意義〉，《戰報》（美國）1
    期，1971。（收入《春雷聲聲──保釣運動三十週年文獻選輯》）。

羅龍邁（郭松棻的筆名），〈打倒博士買辦集團！〉，《戰報》（美國）2
    期，1971。（收入《春雷聲聲──保釣運動三十週年文獻選輯》）。

簡達（郭松棻的筆名），〈台獨極端主義與大國沙文主義〉，《戰報》
    （美國）2期，1971。（收入《春雷聲聲──保釣運動三十週年文獻選
    輯》）。

龍貫海（郭松棻的筆名），〈三種中國人，一種前途〉，《柏克萊快訊》
    （美國），缺期號，1971年12月。

羅龍邁（郭松棻的筆名），〈揭穿「小市民」的假面具〉，《柏克萊快訊》，
    第10期，1972。

簡達（郭松棻的筆名），〈把運動矛頭指向台灣〉，《東風》（美國）2
　　期，1972。羅龍邁（郭松棻的筆名），〈處變大驚下的一劑定心丸：一
　　駁「小市民心聲」〉，《東風》2期（美國），1972。

〈保釣運動是政治性的，也是民族性的，而歸根結底是民族性的〉，《東
　　風》（美國）1期，1972。

心台（郭松棻的筆名），〈台灣的前途〉，《東風》（美國）1期1972。

未屬名，〈有關「台灣人民」部份〉，《台灣人民通訊》1號，1972。

羅隆邁（郭松棻的筆名），〈處變大驚下的一劑定心丸：駁「小市民心
　　聲」〉，《東風》（美國）2期，1972。

簡達（郭松棻的筆名），〈談三反運動〉，《東風》（美國）4期，1973。

簡達（郭松棻的筆名），〈戰後台灣的改良派〉，《東風》（美國）5
　　期，1974。

羅隆邁（郭松棻的筆名），〈談談台灣的文學〉，《抖擻》創刊號，1974。

羅安達（郭松棻的筆名），〈戰後西方自由主義的分化──談卡繆和沙特的
　　思想論戰〉，香港《抖擻》雜誌，第2期，1974年3月。

羅安達（郭松棻的筆名），〈戰後西方自由主義的分化──談卡繆和沙特
　　的思想論戰〉，香港《抖擻》雜誌，第23期，1977年9月。

李寬木（郭松棻的筆名），〈從「荒謬」到〈反判〉──談卡繆的思想概
　　念（一）〉，《夏潮》，第14期，1977年5月。

李寬木（郭松棻的筆名），〈自由主義的解體──談卡繆的思想概念
　　（二）〉，《夏潮》，第15期，1977年6月。

李寬木（郭松棻的筆名），〈冷戰年代中西歐知識人的窘境──談卡繆的
　　思想概念（三）〉，《夏潮》，第16期，1977年7月。

羅安達（郭松棻的筆名），〈戰後西方自由主義的分化──談卡繆和沙特
　　的思想論戰：現代宗教法庭與新教義〉，香港《抖擻》雜誌，第24
　　期，1977年11月。

羅安達（郭松棻的筆名），〈戰後西方自由主義的分化──談卡繆和沙特
　　的思想論戰：替無產階級規定歷史任務〉，香港《抖擻》雜誌，第26
　　期，1978年3月。

羅安達（郭松棻的筆名），〈戰後西方自由主義的分化──行動中的列寧
　　主義〉，香港《抖擻》雜誌，第27期，1978年5月。

聖地牙哥・卡里略（Santiago Carrillo），《歐洲共產主義與國家》，羅安
　　達（郭松棻的筆名）譯，第一章到第四章，香港《抖擻》雜誌，第
　　29，30，31，32期，1978年9月-1979年3月。

郭松棻，〈一個創作的起點〉，《當代》，42期，1989。

《郭松棻集》，台北：前衛出版社，1997第三刷。

《奔跑的母親》，台北：麥田出版社，2002。

郭松棻，〈落九花〉，台北：《印刻》出版社，第23期，2005年7月。

郭松棻，《驚婚》，台北：INK印刻文學生活雜誌出版社，2012年7月。

二、郭松棻研究文獻（按發表年代先後排列）

唐文標，〈無邪的對視──〈月印〉評介〉，《一九八四台灣小說選》，
　　台北：前衛出版社，1985。

張恆豪，〈台灣小說裏的「二二八」經驗〉，會議論文，「二二八文學會
　　議」，1989。

羊子喬，〈橫切現實面・探索內心世界──郭松棻集序〉，《郭松棻集》，
　　台北：前衛出版社，1993。

吳達芸，〈齎恨含羞的異鄉人──評郭松棻的小說世界〉，《郭松棻集》，
　　台北：前衛出版社，1993。

董維良，〈小說初讀九則〉，《郭松棻集》，台北：前衛出版社，1993。

張恆豪，〈二二八的文學詮釋──比較〈泰姆山記〉與〈月印〉的主題意
　　識〉，《台灣文學與社會：第二屆台灣本土文化學術研討會論文集》，
　　台北：台灣師大人文中心。

南方朔，〈廢墟中的陳儀：評郭松棻〈今夜星光燦爛〉〉，《中外文學》25
　　卷第10期，1997。

李桂芳，〈終戰後的胎變──從女性、歷史想像與國族記憶閱讀郭松棻〉，
　　《水筆仔：台灣文學研究通訊》，第3期，1997。

李順興〈追憶似月年華：評《雙月記》〉，《中國時報·開卷》，2001年3月4日。

陳建忠，〈月之暗面〉，《自由副刊》，2001年11月29日。

范銘如，〈亞細亞的新孤兒：郭松棻《奔跑的母親》〉，《聯合報》，2002年10月20日。

王德威，〈冷酷異境裏的火種〉，《奔跑的母親》，台北：麥田出版社，2002。

許素蘭，〈流亡的父親·奔跑的母親——郭松棻小說中性／別烏托邦的矛盾與背離〉，《奔跑的母親》，台北：麥田出版社，2002。

陳明柔，〈當代台灣小說中歷史記憶的書寫——以郭松棻為觀察主軸〉，「台灣文學史書寫國際研討會」，台南：成功大學台灣文學系，2002。

何雅雯，〈震耳欲聾的寂靜——讀郭松棻、想像台灣〉，「第一屆國際青年學者漢學會議」會議論文，南投：暨南大學中文系，2003。

魏偉莉，〈論郭松棻文本中文化身份的思索〉，第九屆《府城文學獎得獎作品專集》，台南市立圖書館，2003。

黃錦樹，〈詩，歷史病體與母性〉，《中外文學》，第33卷第1期，2004。

魏偉莉，《異鄉與夢土：郭松棻思想與文學研究》，成功大學台灣文學研究所碩士論文，2004。

王韶君〈想像、象徵與真實——釋郭松棻作品中的母親形象〉，真理大學台灣文學研究集刊，第六期，2004年7月。

黃錦樹，〈未竟的書寫：閱讀郭松棻〉，《自由副刊》，2005年8月8日。

黃小民，《郭松棻小說研究》，文化大學中文研究所碩士論文，2005。

陳建忠，〈流亡者的思想病歷〉，《中國時報·開卷》，2005年7月18日。

吳靜儀，《文學的寂寞單音：郭松棻小說研究》，中山大學中文研究所碩士論文，2006。

林姵吟，〈Two Lonely Idealists：History and Memory in the words of Chen Yingzhen and Guo Songfen〉，「台灣文化論述——1990以後之發展」研討會會議論文，高雄：中山大學文學院，2006。

黃錦樹，〈游魂：亡兄、孤兒、廢人〉，《文與魂與體：論現代中國性》，台北：麥田出版社，2006。

劉雪真，〈在歷史的想像中重生——以「新歷史主義」觀點解讀郭松棻
　　〈今夜星光燦爛〉〉，《南榮學報》復刊9期，2006。

李娜，〈「美國」與郭松棻的文學／思想旅程〉，「2006青年文學會議」
　　會議論文，台北：文訊雜誌，2006。

許正宗，〈郭松棻〈月印〉的陰性書寫〉，《中國文化月刊》，317期，
　　2007年5月。

簡義明，《書寫郭松棻：一個沒有位置和定義的寫作者》，國立清華大學
　　博士論文，2007年7月。

三、訪談錄（按訪談年代先後排列）

李怡，〈昨日之路：七位留美左翼知識份子的人生歷程〉（郭松棻部分的標
　　題：「長期鑽研理論的郭松棻」），《七十年代》（香港），1982年7
　　月，本論文使用的是《春雷聲聲——保釣運動三十週年文獻選輯》，林
　　國炯編，台北：人間出版社，2001。

廖玉蕙訪談，〈生命裡的暫時停格：小說家郭松棻、李渝訪談錄〉，《聯
　　合文學》第225期，2003。

舞鶴訪談，李渝整理，〈不為何為誰而寫——在紐約訪談郭松棻〉，《印
　　刻》第23期，2005。

簡義明訪談，〈郭松棻訪談記錄〉，《書寫郭松棻：一個沒有位置和定義
　　的寫作者》，國立清華大學博士論文，2007年7月。

四、其他文獻資料（按出版年代先後排列）

Roland Barthes, *Intorduction à l'analyse structurale des récits*, In *L'Analyse
　　structurale du récit*, 1966.

Gérard Genette, *Frontières du récit*, In *L'Analyse structurale du récit*, 1966。

鍾肇政，《中元的構圖》，台北：前衛出版社，1968。

杜國清，〈川端康成與「詩的小說」〉，《中外文學》，第三卷，1972。

Emile Benveniste（1902-1976）, *La communication: Problème de linguistique générale*, t. 2, éd. Gallimard, Paris, 1974。

Ashcroft and Ahluwalia, *Eduward Said*, 薩依德訪談錄，《區辨》，1976。

Twvetan Todorov, *Les catégories du récits littéraire*, In *L'Analyse structurale du récit*, éd. Seuil, 1981,（1ère édition, Communications, 1966）。

Georg Lukas,*The Ideology of Modernism*，in David Lodge, ed. 20th Century Literary Criticism. A Reader, London and New York: Longman, 1972。

朱光潛，〈想像與靈感〉，《文藝心理學》，台北：商務出版社，1976。

王夢鷗，〈繼起的意象〉，《文學概論》，台北：藝文印書館，1982。

Roland Barthes, *L'effet de réel*, In *Littérature et réalité*, éd. Seuil, 1982。

Jean-Paul Sartre, *Cahiers pour une Morale*, éd. Gallimard, Paris, 1983。

Gilles Deleuze, *L'image-temps*, éd. Minuit, 1985。

伊格爾頓（T. Eagleton），《當代文學理論》，鍾嘉文譯，台北：南方出版社，1986。

威廉·K·維姆薩特、蒙羅·C·比爾茲利，《意圖謬見》，《「新批評」文集》，趙毅衡編選，中國社會科學出版社，1988。

熱拉爾，熱奈特（Gérard Genette），《敘事話語·新敘事話語》（*Discours Narratif, Nouveau Discours Narratif*），王文融譯，北京：社會科學研究院，1989。

王國維著，施議對譯注，《人間詞話譯注》，台北：貫雅文化公司，1991。

高宣揚，《存在主義》，台北：遠流出版公司，1993。

Ferdinand Alquié, *Le désir d'éternité*, éd. PUF, 1993。

陳清僑，〈美感形式與小說的文類特性——從盧卡奇到巴赫定〉，《當代》，第89期，1993年9月1號。

吳濁流，《亞細亞的孤兒》，台北：遠景出版社，1993再版。

陳芳明主講，「何謂新批評？」，台灣文學系列—「閱讀的樂趣·批評的嬉戲」，黃莉莉整理，敏隆講堂。請參閱：www.hfec.org.tw/course/data_2.asp?CTID={A76ADBBE-9B3B-442B-87D4

王先霈，〈中國古典詩歌的意象〉，收入於《中國詩歌藝術研究》，北京：北京大學出版社，1996。

André Gardies, Jean Bessalel, *200 mots-clés de la théorie du cinéma*, 1996。

海德格，〈什麼召喚思？〉，收入於《海德格選集 下》，上海：三聯書店，1996。

海德格，〈語言〉，收入於《海德格爾選集 下》，上海：三聯書店，1996。

《詩是什麼──20世紀中國詩人如是說》，沈奇編，台北：爾雅出版社，1996。

羅蘭·巴特（Roland Barthes），《明室──攝影札記》，許綺玲譯，台北：台灣攝影，1997。

索緒爾，《普通語言學教程》，高名凱譯，北京：商務印書館，2000新版。

李顯杰，《電影敘事學：理論和實例》，北京：中國電影出版社，2000。

蔡源煌，《從浪漫主義到後現代主義·意識流──剎那到永恆》，2002。

譚君強，《敘事理論與審美文化》，北京：中國社會科學出版社，2002。

《文學與批評研究的通用辭彙編》，廖炳惠編著，台北：麥田出版社，2003。

龔鵬程，《文學散步》，台北：學生書局，2003新版。

胡亞敏，《敘事學》，湖北：華中師範大學出版社，2004。

唐捐，〈詩化小說新論：漢語性與現代性〉，《東吳中文學報》，2004。

廖高會，《詩意的招魂》，北京：學苑出版社，2011。

盛寧，〈現代主義·現代派·現代話語──對「現代主義」的再審視〉，北京：北京大學出版社，2011。

百度百科：http://baike.baidu.com/view/40172.htm。

網路資源：http://zh.wikipedia.org/zh-tw/施劍翹

附錄

（一）郭松棻生平及寫作年表[*]

時間	年齡	生平及相關事件	著作發表
1938	1歲	8月27日生於台北市，父郭雪湖，母林阿琴，長子。原名郭松芬。	
1945	8歲	入台北日新國民中學校。 父親郭雪湖冒險搭船回台。	
1951	14歲	考取台北省立建國中學。 和父親郭雪湖同游觀音山，而有畫作「耕到天」。 初二時，初次閱讀魯迅。	
1954	17歲	考取台北省立師院附中，即今日台北的師大附中。念高中時期，認識黃華成。	
1957	20歲	考取台大哲學系。	
1958	21歲	轉入台大外文系。	4月，首篇短篇小說〈王懷與他的女人〉，發表於台大校園刊物《大學時代》第10期。

[*] 此年表轉載自簡義明的博士論文《書寫郭松棻：一個沒有位置和定義的寫作者》修訂版。郭松棻的遺作為筆者所增加。此年表參考資料如下：方美芬編，郭松棻增訂，〈郭松棻生平寫作年表〉，收於《郭松棻集》（台北：前衛，1993：625-628）；魏偉莉編〈郭松棻生平及著作繫年〉，收於氏著《異鄉與夢土：郭松棻思想與文學研究》（台南：成功大學台灣文學研究所碩士論文，2004：199-207）。另外，廖玉蕙（2003）、舞鶴（2005）、簡義明（2004）的訪談也是重要材料來源。此外，年表中著作的部分並不完整，因為目前還在整理他的文集中，有些是手稿，故未能放入年表中。

1960	23歲	外文系同窗白先勇、陳若曦等人創立「現代文學社」，發行《現代文學》雜誌，曾在創刊之前幫忙尋求贊助。	
1961	24歲	台大外文系畢業。 開始至軍中服役。	7月20日，首篇論文〈沙特存在主義的自我毀滅〉，發表於《現代文學》第9期。
1962	25歲	服役一年期滿。 於台大外文系擔任助教。	
1963	26歲	因蘇維熊教授生病，代為開授「英詩選讀」。 祖母去世。	
1964	27歲		2月1日，評論〈這一代法國的聲音——沙特〉，發表於《文星》第76期。
1965	28歲	參與《劇場》雜誌編務，介紹歐美新興表演藝術與新浪潮電影。 美國投入越戰，全美大學掀起反戰風潮。	
1966	29歲	3月，中華人民共和國領導人毛澤東發動「文化大革命」。 3月18日，於耕莘文教院，與黃華成、邱剛健、莊靈等人一起為《劇場》籌辦第一次電影發表會，發表電影「原」。 8月，台大哲學系教授殷海光因為在《自由中國》的言論為當局所忌，而被停止台大教職。 9月，赴美留學，入加州大學聖塔芭芭拉分校攻讀英國文學碩士學位。	12月15日，藝術評論〈大台北畫派1966秋展〉，發表於《劇場》第7、8合期。

1967	30歲	因陳世驤先生的賞識，轉入加州大學柏克萊分校，攻讀比較文學碩士學位。 5月，陳映真以「為匪宣傳」之罪被捕入獄七年。	
1968	31歲	名字聽從陳世驤先生的意見，從郭松芬改為郭松棻。	9月，評論〈文學與風土病〉，以筆名「乙爾欠」，發表於《大學》（美國加州大學中國同學會主編）1卷4期。
1969	32歲	取得柏克萊加大比較文學碩士學位，繼續攻讀博士學位。 暑假回台探親，並探視因胃癌而即將謝世的老師殷海光。9月，殷海光因胃癌去世。 與劉大任、張系國、唐文標等人在美成立「大風社」，準備發行《大風》雜誌。	
1970	33歲	6月15日，與唐文標合編《大風》創刊號。 7月，首屆「大風社」年會於美東普林斯頓大學舉辦，由於郭松棻與劉大任、唐文標於會中提出「學習新中國」的口號，因過於激烈，導致「大風社」解散。 8月，中華民國與日本政府皆主張擁有釣魚台的主權，釣魚台爭議浮上檯面。 9月10日，美國發表聲明，將於1972年將釣魚台群島連同琉球一併歸還日本，引發港臺保釣聲浪。 10月21日，中華民國與日本達成聯合開採石油的協議，不再堅持主權問題。	5月1日，評論〈中國近代史的再認識〉，發表於《大風通訊》，未屬名。 6月15日，創作〈秋雨〉，以筆名夢童，發表於《大風》創刊號。

		12月4日，中華人民共和國主張釣魚台群島應屬台灣省的一部分，屬於中國的領土。 12月19日，來自港、台的留美學生，在普林斯頓大學開會，商討釣魚台事件，美國地區保釣運動因此展開，郭松棻與好友劉大任亦參加此次會議，並籌辦1970年1月29日首度示威遊行。	
1971	34歲	1月29日，郭松棻所屬之「柏克萊保釣會」率先於美西發起首次保釣示威遊行，於活動中發表演講〈「五四」運動的意義〉。 2月，配合首次保釣示威活動，與劉大任等人發行《戰報》創刊號。 4月4日，《中央日報》在頭版暗指《戰報》編者為反政府的「野心分子」。 4月7日，中共與美國展開乒乓外交，中美關係逐漸解凍。 4月8日，《中央日報》具名點名郭松棻、劉大任、董敍霖三人為「共匪特務」。 4月9日，「柏克萊保釣會」於美西發起第二次示威遊行活動，會場被不明人士以噴漆噴上「毛賊學生走狗郭松棻」等字樣。 與劉大任、許信孚、周尚慈等人組成教學小組，以中共的近代史觀點，在校內教授「中國近代史」。	1月，評論〈阿Q與革命〉，以筆名鐵曇，發表於《盤古》（香港）36期。 2月15日，評論〈當頭棒打自由主義者〉，未屬名；評論〈「五四」運動的意義（一二九示威大會中郭松棻同學演說辭）〉，發表於《戰報》1期（一二九示威專號），柏克萊保衛釣魚台行動委員會發行。 6月1日，評論〈組織學生法庭 展開人權保障運動〉，以筆名賀靈；〈打倒博士買辦集團！〉，以筆名羅龍邁；評論〈台獨極端主義與大國沙文主義〉，以筆名簡達，發表於《戰報》2期，柏克萊保衛釣魚台行動委員會發行。 12月5日，評論〈三種中國文，一種前途〉，以筆名龍貫海，發表於《柏克萊快訊》

		5月15日，配合第2次保釣示威活動，與劉大任等人發行《戰報》第2期。 5月，陳世驤先生過世，郭松棻放棄博士學位攻讀，專心投入保釣運動。 9月3～5日，保釣學生於「安娜堡國是大會」中，通過「支持中華人民共和國」進入聯合國的決議，釣運開始變質為「統運」。 10月25日，聯合國大會通過「2758號」決議案，中華人民共和國進入聯合國，取代中華民國在聯合國中的「中國」席位，中華民國退出聯合國。 11月，保釣人士李我焱、王春生、王正方、陳治利、陳恆次「五人團」密訪中國，會見周恩來。 年底，「柏克萊保釣會」正式以書面文件要求其他保釣會一起改名為「統一行動委員會」	
1972	35歲	2月21日，尼克森訪問中華人民共和國。 5月15日，美國正式將釣魚台列嶼連同琉球群島交與日本，保釣運動暫畫句點。 9月，於聯合國擔任翻譯，成為終生維生的職業。	4月，評論〈保釣運動是政治性的，也是民族性的，而歸根結底是民族性的〉，以筆名簡達；評論〈台灣的前途〉，以筆名心台，發表於《東風》1期（美國）。 4月20日，評論〈五一五前夕的感言〉，以筆名胡飛，發表於《柏克萊快訊》9期（美國）。 7月5日，評論〈拆穿「小市民」的假面具〉，以筆名羅龍邁，發表於《柏克萊快訊》10期（美國）。

			10月，評論〈把運動的矛頭指向台灣〉，以筆名簡達，評論〈處變大驚下的一劑定心丸：一駁「小市民心聲」〉，以筆名羅龍邁，發表於《東風》2期（美國）。
1973	36歲		10月，評論〈談三反運動〉，以筆名簡達，發表於《東風》4期（美國）。
1974	37歲	7月，郭松棻與父親郭雪湖、李渝三人訪中國，共42天。一個多月的見聞使郭松棻對中共的憧憬幻滅，逐漸淡出「統運」，並重新研究馬克思主義。	1月，評論〈談談台灣的文學〉，以筆名羅隆邁，發表於香港《抖擻》創刊號（香港）。 2月，評論〈戰後台灣的改良派〉，以筆名簡達，發表於《東風》5期（美國）。 3月，評論〈戰後西方自由主義的分化──談卡繆和沙特的思想論戰〉，以筆名羅安達，發表於《抖擻》2期（香港）。 9月，評論〈蓋世比──美國七十年代的英雄典型？〉，以筆名張澍，發表於《抖擻》5期（香港）。
1976	39歲	在與顏元叔的談話中，提到思念台灣故鄉的心情是「連做夢都夢見台灣」。 1月8日，周恩來逝世。 9月9日，毛澤東逝世。	

| 1977 | 40歲 | | 5月，評論〈從「荒謬」到「反叛」──談卡謬的思想概念（一）〉，以筆名李寬木，發表於《夏潮》14期。
6月，評論〈自由主義的解體-談卡謬的思想概念（二）〉，以筆名李寬木，發表於《夏潮》15期。
7月，評論〈冷戰年代中西歐知識人的窘境──談卡謬的思想概念（三）〉，以筆名李寬木，發表於《夏潮》16期。
9月，重寫評論〈戰後西方自由主義的分化──談卡謬和沙特的思想論戰〉，以筆名羅安達，發表於《抖擻》23期（香港）。
11月，評論〈戰後西方自由主義的分化〉第二部分「現代宗教法庭與新教義」，以筆名羅安達，發表於《抖擻》24期（香港）。 |
| 1978 | 41歲 | 郭雪湖定居美國加州Richmond，郭家的家庭重心至此完全轉移至美國。 | 3月，評論〈戰後西方自由主義的分化〉第三部分「替無產階級規定歷史任務」，以筆名羅安達，發表於《抖擻》26期（香港）。
5月，評論〈戰後西方自由主義的分化〉第四部分「行動中的列寧主義」，以筆名羅安達，發表於《抖擻》27期（香港）。第四部分以後中斷發表。
9月，翻譯Santiago Carrillo所著之《歐洲共產主義與國家》第一章，以筆名羅安達，發表於《抖擻》29期（香港）。 |

			11月，翻譯《歐洲共產主義與國家》第二章，以筆名羅安達，發表於《抖擻》30期（香港）。
1979	42歲		1月，翻譯〈歐洲共產主義與國家〉第三章，以筆名羅安達，發表於《抖擻》第31期（香港）。 3月，翻譯〈歐洲共產主義與國家〉第四章，以筆名羅安達，發表於《抖擻》32期（香港）。第四章以後中斷，未翻譯完成。
1981	44歲	由於精神衰弱及胃病，身心健康逐漸出現問題，不得已停止馬克思主義的研究。	
1982	45歲	接受香港《七十年代》主編李怡訪問，訪談内容以〈昨日之路：七位留美左翼知識份子的人生歷程〉於《七十年代》1982年7月刊登。	
1983	46歲		6月，創作〈青石的守望〉（包括〈向陽〉、〈出名〉、〈寫作〉初稿），以筆名羅安達，發表於《文季》1卷2期。 8月，創作〈三個小短篇〉（包括〈含羞草〉初稿、〈第一課〉、〈姑媽〉），以筆名羅安達，發表於《文季》1卷3期。

1984	47歲		5月，創作〈母與子〉（包括〈機場及景〉、〈奔跑的母親〉初稿），發表於《九十年代》172期（香港）。 7月21～30日，創作〈月印〉初稿，發表於《中國時報》副刊。 8月12～18日，創作〈月嗥〉，發表於《中國時報》副刊。
1985	48歲		1月，創作〈雪盲〉，發表於《知識分子》1卷2期（美國）。 11月21日～12月5日，創作〈那嗒嗒的腳步〉，發表於《中報》副刊（美國）。
1986	49歲		6月20日，評論〈喜劇・彼岸・理性──談木心的散文〉，發表於《中報》副刊（美國）。 9月，創作〈草〉，發表於《知識份子》3卷1期（美國）。
1989	52歲	1988年底至1989年初，共四個多月時間，患嚴重憂鬱症。 9月，因父親郭雪湖回台舉辦「創作七十年回顧展」，於保釣運動被國民黨當局當作黑名單之後，首次返台。	10月，評論〈一個創作的起點〉，發表於《當代》42期。
1993	56歲		12月，前衛出版社選為「戰後第二代台灣作家」，出版《郭松棻集》。
1997	60歲	6月30日凌晨1時，不幸中風。	3月，創作〈今夜星光燦爛〉，發表於《中外文學》25卷10期。
1998	61歲	自聯合國的翻譯工作退休。	

2001	64歲		1月，出版《雙月記》，草根出版社。
2002	65歲		8月，出版《奔跑的母親》，麥田出版社。
2003	66歲		7月，廖玉蕙訪談郭松棻、李渝，〈生命裡的暫時停格〉，刊登於《聯合文學》225期。
2005	68歲	7月1日傍晚6時45分，第四次中風，7月7日上午10時，接受醫生診斷，拔除維生管，離開人世。	7月，創作〈落九花〉，發表於《印刻》23期。同期雜誌裡，有舞鶴訪談〈不為何為誰而寫——在紐約訪談郭松棻〉。並留下手稿〈驚婚〉待付梓。
2012			7月，郭松棻最後的遺作《驚婚》由其妻李渝花了八年的光陰謄文而成，再由印刻出版社編輯出版。

（二）Santiago Carrillo
（聖地牙哥‧卡里略）
生平與重要事蹟概述[1]

Solares（1915年1月18日出生於西班牙Asturias的Gijón）是一位西班牙共產主義政治家。從1960年到1982年擔任西班牙共產黨（PCE）的秘書長。曾參與西班牙內戰，是反對佛朗哥政權與《西班牙民主轉型》（二二三政變）的重要人物。

La Guerra Civil 西班牙內戰

7月18日的軍人起義震驚了當時在巴黎的Santiago Carrillo。他立即返回西班牙，越過邊境的伊倫（Irún），到了聖賽巴斯汀（San Sebastián）加入了共和軍，參與攻擊佔領酒店的叛軍，並從Aguilar de Campoo的方向，打算一路到達馬德里。但事與願違，他在Ubide山上（Bilbao附近）持續了數週的抗戰，他再次回到法國另尋從加泰羅尼亞邊境返回馬德里，頂著上尉軍銜，領軍作戰。持續數周的第一波戰爭，讓正處於分裂的青年共產黨和社會主義黨兩組織的領導人重整旗鼓。他們放棄了召開會議的想法，並在9月20日成立一個執行委員會，由7位社會主義

---

[1] 翻譯自西班牙文網站http://es.wikipedia.org/wiki/Santiago_Carrillo。

黨成員與7位共產主義黨成員組成，並由Santiago Carrillo擔任秘書長。從此開始，社會統一青年黨相當積極地參與各戰線上，許多青年們紛紛加入他們的行列，共同打擊叛亂。

Defensa de Madrid y fusilamientos de Paracuellos
馬德里國防軍隊與Paracuellos大屠殺

　　十月間，叛軍逼近馬德里，到了11月6日叛軍已抵達首都大門。首都淪陷，政府遷至瓦倫西亞（Valencia），並匆匆提交兩封信。一封給Miaja將軍，指示將軍組織馬德里的防禦。另一封給Pozas將軍，指示將司令總部撤離城市，以防落入到敵人手中。而Santiago Carrillo就在同一天，加入西班牙共產黨。西班牙防禦委員會隨即成立。徹夜不眠地開會，試圖擬出阻止叛軍進入到市中心的方法。Santiago Carrillo被任命為公安部長。防禦委員會不確定所能依賴的力量為何，雖然知道人數有限以及裝備不良。當下必須招募和組織人民，維護城市的次序（許多農民因躲避叛軍逃離城市），並且在知道政府拋下首都後（此戰爭被稱之為馬德里之戰）。同時，評估必須盡量制止因首都淪陷而助長判軍攻擊的可能性。在一些措施之下，決定疏散監獄的犯人、軍人和支持反政府武裝的一些平民。

　　次日早晨，11月7日，馬德里遭到空襲和火砲的攻擊，大學城和議會的展開激烈戰火，而在城市的另一邊，一列負責運送犯人到城外其他監獄的巴士車隊，在經過Paracuellos de Jarama鎮時遭到槍斃。同樣的事件兩天後再次發生，這次是在Torrejón de Ardoz鎮。直到12月4日並非所有的巴士安全抵達目的地。總

共有2,396-5,000位犯人、平民和軍人遭到槍殺，而他們的屍體
被埋葬在萬人坑。

　　20多年後，Carrillo被任命為PCE的秘書長後，佛朗明哥政
權立即要求他為這次的屠殺行為負責，指責他身為公安部長竟
允許或包庇此事情的發生。對此歷史學家至今仍有爭議（注意
Carrillo在Paracuellos大屠殺中的職責為何），部分學者認為，
Carrillo身為公安部長不可能不知道屠殺事件，至少從11月7日
開始，但他卻未採取任何預防措施。由塞薩爾・維達爾（César
Vidal）領導的作者群，更進一步的認為，Carrillo應對殺戮的
規劃與執行直接負責，即便有其他作者像是伊恩・吉布森（Ian
Gibson）或安和・比尼亞斯（Ángel Viñas）提出反證（有時候
是假的）。Carrillo始終否認曾參與屠殺或應對屠殺事件負責。

　　1936年12月24日，當馬德里的陣線已穩定，Santiago
Carrillo離開JDM，並將所有的力量集中在JSU。內戰期間證實
JSU是一個具有戰鬥能力的組織，加入共和軍的成員（超過20
萬）。在1937年，成為PCE政黨黨工，類似候補委員。

　　Carrillo，自從加入PCE，在戰爭期間，嚴謹遵守黨的理
念。他沒有提出任何重大分歧，並且承擔了國際共產主義的所
有命令。

Exilio y clandestinidad流亡與藏匿La lucha desde París

　　戰爭接近尾聲時，Carrillo穿越加泰羅尼亞邊境抵達法國，
在此他參加了最後的幾場戰鬥。在當時有一位名叫Chon的女同
伴和一個女兒，試圖從Alicante港離開西班牙。Chon和她女兒被

逮捕，關押在Albatera的集中營。不讓國民知道這位是Santiago Carrillo的女同伴，透過法國獲知她的行蹤，並帶她通過比利牛斯山。Chon的女兒在Albareta境內感染了疾病而病死，不久之後就和Santiago分開了。

他從巴黎前往比利時，IC在那裡為他準備前往莫斯科的行程。為成立IJC他前往許多國家。因PCE秘書長José Díaz的逝世，Carrillo在古巴表示唯一有能力承擔PCE的重任是Dolores Ibárruri。很快地，激情的Dolores Ibárruri克服一切困難獲任為秘書長一職，成功擠下聲望極高的候選人Vicente Uribe。Carrillo人在Argel時，被任命為政治局委員，且受命負責西班牙PCE黨當時黨內最高層職務：在。從Argel他搭乘法國軍艦到達巴黎，猶如偷渡客一般。1942年在法國，決定阻止侵略阿蘭山谷的行動（Valle de Arán）。Carrillo認為該行動是會導致游擊隊死傷慘重的荒唐決策。他命令全體撤退，並成立 "馬基組織（maquis）"，該組織直到1949年解散。

在1948年，Carrillo拜訪Ttito請求提供武器給游擊隊；不久後，在史達林的要求下，Carrillo陪同黨內高層會晤史達林。對於游擊隊徒勞無益的努力，史達林建議滲入「垂直工會」，認為這是一個共產主義者可用於對抗佛朗哥政權的合法組織。PCE黨內高層不認為有必要滲入到工人組織當中，但依舊決在會晤後定接受史達林的建議。在決定滲入垂直工會的同時，黨內高層決定清算武裝鬥爭，即便此決定非史達林建議。黨要求Carrillo在共產黨期刊【我們的旗幟（Nuestra Bandera）】中提出新策略。

1949年，他與Carmen Menéndez Menéndez（生於1923年）在巴黎結婚，育有三子，Santiago、José（*Pepe*）和Jorge。Carrillo家庭持假法國身份，Santiago表示他長期不在家是由於他從事的貿易工作。他的孩子們，在他們早期童年，不知道他們真實身分，而「Giscard」家庭的重擔落在Carmen身上，她不但維持家計，教育孩子，照顧家庭，甚至成為PCE的一員，將工作和理念融合在一起。

Ascenso a la secretaría general升遷至總秘書處

50年代，因對於黨團在巴黎的組織方式看法相異，導致Dolores Ibárruri和Carrillo之間的關係疏遠。Carrillo指出法國黨團負責人Uribe的管理不善。之前，另一位領導人，安東（Antón），也曾提出相同的批評，結果遭黨高層除名並被送到Varsovia。

第五屆PCE代表大會於1954年在捷克斯洛伐克舉行，會中Carrillo提議黨的民主化。

1955年，在美國的提議及蘇聯的表決通過下，西班牙加入聯合國（ONU）。史達林已於1953年過世，並開始出現一個緩和的過程。美國和蘇聯雙方達成協議，任一國的加入均會得到另一方的同意。Santiago Carrillo從巴黎在我們旗幟期刊（Nuestra Badera）上發表一篇文章，文中表示同意加入並提出了「民族和解的政策」。PCE黨高層在不知此篇文章的情況下，發表反對的看法。Carrillo得知時，文章在印刷廠中已經無法取回。結果險些導致Santiago Carrillo遭受開除黨籍的處分。

　　Santiago Carrillo引起嚴重的爭議。Santiago Carrillo原是PCE
黨在西班牙的最高政治負責人，他全權控管全黨。黨高層不接
受將這麼大的權力託付給一位他們無法控制的人手中，且他的
行為已被認為是嚴重背叛。在此時舉辦了第二十屆蘇聯共產黨
（Partido Comunista de la Unión Soviética（PCUS））代表大
會，共產黨代表團以Carrillo在巴黎分身乏術為由，將他排除在
名單之外。會議當中，由Dolores Ibárruri帶領的PCE黨高層宣示
抵制Carrillo。當所有的人表明Carrillo因製造分裂而將被開除黨
籍時，Dolores Ibárruri拿到Nikita Jrushchov的秘密報告。這是一
份有關PCUS的內部報告，其中他譴責了史達林的做法，並檢討
PCUS的內部結構。Dolores Ibárruri了解時代變了，因此說服黨
內其他高層重新思考黨的未來方向。

　　不久後，受黨高層的召集，Santiago Carrillo前往布達佩斯
（Budapest）。前往途中，Carrillo相信他會被開除黨籍。然而，
他卻以下屆秘書長的身分回到巴黎，因為Dolores Ibárruri將他所有
的職責轉託於他。在第六屆PCE代表大會中，當Dolores Ibárruri打
算參選總統時，Santiago Carrillo正式地接掌秘書長一職。

　　1963年，Santiago Carrillo在SED國會中，Walter Ulbricht和
Nikita Kruschev在右，Nicolae Ceauşescu在左。

　　在Carrillo的領導下，PCE成為反對佛朗哥政權最有力
的組織。當Carrillo獲得了PCE的這個舞台時，佛朗哥政權以
「Paraguellos大屠殺」為標題積極宣傳，要求Carrillo為此殺戮事
件負責。

　　隨著Carrillo晉升秘書長時，以往仿史達林的手段並未消失，只是顯得較為婉轉。在1964年，Fernando Claudín和Jorge Semprún之間的紛歧，以引起分裂為由開除黨籍。Santiago Carrillo很有威權的執行其秘書長之職。Claudín表示他曾在黨中央提出以下的問題：「同志們，自從Santiago接下這份工作，8年來，我們從未表示任何與他立場相左的意見，你們不覺得奇怪嗎？」。Claudín提到在一片寧靜之後，Mije說「有過一次，當Santiago提議秘密地前往Asturias，我們拒絕了他」。在他領導期間，共產黨未能解決黨內的民主問題。內部意見從未順利地被接受，且大多數的情況是少數黨退出。

　　從1968年起，隨著他批評蘇聯入侵捷克斯洛伐克的同時，他開始疏遠USRR的保護，並向意大利共產黨領袖恩里科·貝林格（Enrico Berlinguer）和法國喬治·馬歇（Georges Marchais）靠攏一同傾向莫斯科獨立路線的歐洲共產主義。

La transición democrática民主過渡時期

　　在1976年，佛朗哥去世後，Carrillo偷偷地回到西班牙，並在他主導的一次行動中遭到逮捕。此行動的目的是要讓政府承認該黨的存在與影響力，如同在藏匿期間為了爭取自由而進行的努力。

　　在此返國前，已透過第三者與阿道夫·蘇亞雷斯（Adolfo Suárez）政府會談過。Carrillo曾保證會在軍力方面做些調整，如同他承認君主政體和國旗，藉此為自身的社會主義政黨鋪路。他的行動與思維都比其他黨員要來的開放與謹慎，因此被

一些歷史學家視為是西班牙民主過渡期間轉型成功的政治人物之一。

1977年1月24日，當許多人認為Carrillo正努力獲得西班牙社會主義和Suárez的絕對支持時，發生了Atocha槍殺命案，四位PCE律師黨員遭到一組極右份子的射擊殺害。槍擊事件隔天展開由左翼派群政推動了第一次大規模的示威遊行，之後數十次支持共產黨的罷工與和平示威活動持續了數周。

1月27日，Carrillo與Suárez會面允諾PCE放棄收復共和政體以換取合法化。3月2日，馬歇（Marchais）和貝林格（Berlinguer）出席了在馬德里舉行的一場會議，Carrillo正式宣布了歐洲共產主義運動。4月9日，PCE在Suárez政府下合法化，也因此造成些許的緊張局勢且謠言四起，而海洋部部長立即請辭，。在知道此消息後，Santiago Carrillo的發言如下：

我剛獲悉PCE合法化。我相信西班牙數百萬名的工人與民主主義者跟我一樣都為此消息感到喜悅。這是一個信用與邁向民主化的表徵。現在至關重要的是，其政黨也可以合法化並且可以達到有效的工會自由。終於，在我們的國家，工人階級和文化工作者可以為自己發言。我不認為Suárez總統是共產主義者的朋友。我認為他是反共產主義者，但是他是一位聰明的反共產主義者，因為他明白理念不會被鎮壓和不法手段所毀滅，並且願意面對我們的以及他們的理念，所以這是紛歧可以獲得解決的時機，而民眾可以透過選票做出決定，但這個還需要伴隨著合法化政黨具有真正的自由以及不受國家媒體的歧視對待。

Periodo democrático民主時期

6月15日舉行第一次民主選舉，Carrillo當選馬德里國會議員，之後成為起草新憲法過程中的一員。

La debacle y su expulsión崩潰與驅逐

他繼續參與競選1979和1982的選舉，然而選舉結果不佳，因此有些屬於革新派的人士開始陸續離開。這使得Gerardo Iglesias在1982年接任總秘書長一職。Iglesias較年輕且屬於言論派，很快的雙方開始有激烈的衝突繼而導致在1985年4月15日Carrillo他的追隨者被撤除黨籍。

次年，他成立了一個新的政黨稱為西班牙共產工人團黨（PTE-UC），很快顯現出沒有能力吸引選民青睞的能力，該黨最終只得加入PSOE，黨內高層也一起加入，除了Carrillo以外，由於多年以來一直是共產黨員，因此他不願意接受加入社會主義黨。

En segundo plano, los últimos años幕後，近年來

今日，從活躍的政治舞台退下後，他寫書、演講並參與電台談話性節目。

2005年10月20日，榮獲頒授馬德里自治大學榮譽博士學位。該儀式因一個由少數人組成的小團體的激烈的抗議而受到關注。其中，有些人闖入大廳揮著佛朗哥旗幟，高喊反對且侮辱Carrillo是「兇手」和「滅殺種族」。數月前，4月16日，在馬

德里的一家書店裡參加作者Santos Juliá的新書《兩個西班牙的歷史》發表會期間，極右者曾試圖攻擊他。類似的事情又發生在2006年2月23日，Complutense大學資訊科學學院舉辦的23-F政變25週年紀念儀式中，一些人對著Santiago Carrillo怒罵。

多年來，Santigo Carrillo每週一次與Javier Pérez Royo和Nativel Preciado一同上Ser電視網（la Cadena SER）的La Ventana（扇窗）學者訪談的節目。目前，已年逾97歲，仍照常地與國家日報（El País）和Ser電視網（la Cadena SER）等電視媒體合作。

（三）【另類閱讀[1]】

現實之外與內在融合

——郭松棻〈奔跑的母親〉巴什拉式閱讀

一、前言

　　對於研究郭松棻〈奔跑的母親〉方法，筆者試圖跳脫前述的主題式研究，即在歷史與政治框架中的「女性」或「母性」議題與研究方向，以巴什拉（Gaston Bachelard, 1884-1962）《夢想的詩學》（*La Poétique de la rêverie*）[2]的思想脈絡，窺探該小說的敘述建構型態（內心獨白、夢境陳述、想像與回憶的內在融合）、所運用的語言詞彙性別（陰anima文陽animus筆），以及作為夢想的創作者（並非只是作夢者）在作品中所呈現之狀態與其「可伊托」（Cogito）[3]，由此而形成一種巴什

---

[1] 本論文為2011年11月於輔仁大學中文系所主辦的「抒情與敘事的多音交響國際學術研討會」上筆者所發表的會議論文〈現實之外與內在融合——郭松棻〈奔跑的母親〉巴什拉式閱讀〉其中的重要部分。

[2] 加斯東‧巴什拉，《夢想的詩學》，劉自強譯，北京：生活‧讀書‧新知三聯書店，1997。

[3] 「可伊托」（Cogito）留待後敘。

拉式閱讀，亦為一種夢想者閱讀。以期開闢一種「另類閱讀」的途徑。

　　這裡須先說明的是，巴什拉《夢想的詩學》中所引用的例子大多為詩作，但有幾處也以小說為例，如巴爾扎克（Balzac）的小說，因此，其著作雖名為「詩學」，但並非排除其他文類而不論，也就是說，若文本具有巴什拉所謂的「夢想特質」，即「安尼瑪（陰性anima）特質」[4]（但也包含「安尼姆斯」（陽性animus）力量[5]的共存狀態），均可納入其思想脈絡中，更何況是郭松棻〈奔跑的母親〉，這篇在詞彙與意義上具有「雌雄同體」[6]特性的詩（化）小說，並令人同時感到平和、冷靜、寧謐及焦慮、不安、幽隱的雙重情思的夢想文本。

二、〈奔跑的母親〉巴什拉式閱讀

　　《夢想的詩學》（*La Poétique de la rêverie*）是法國哲學家加斯東‧巴什拉（Gaston Bachelard, 1884-1962）生前最後一部論述「夢想」的哲學著作。除了導言（Introduction）外，全書分為

---

[4]　巴什拉所論之「陰性（anima）特質」有別於許正宗所提及的「陰性書寫」（écriture féminine）。後者係由茱莉亞‧克里絲蒂娃（Julia Kristeva）、伊蓮那‧西蘇（Hélène Cixous）與露絲‧依麗格瑞（Luce Errigaray）等三為法國女性主義者所提出，她們批評傳統的父權文化與象徵秩序，透過男人自我凝視將女性建構成差異的他者。於是企圖透過與母親之間的關係（m/other）的多元性（plurality）的呈顯，來顛覆父系社會有關主體的看法。《文學與批評研究的通用辭彙編》，廖炳惠編著，台北：麥田出版社，2003，頁91-92。至於巴什拉所謂的「陰性（anima）特質」則留待後敘。

[5]　安尼姆斯（animus）陽性力量留待後敘。

[6]　「雌雄同體」留待後敘。

五個章節：一、追尋夢想的夢想——詞的夢想者（Rêveries sur la
rêverie. Le rêveur de mots）；二、追尋夢想的夢想「安尼姆斯」
與「安尼瑪」（Rêveries sur la rêverie.《Animus》-《Anima》）；
三、想往童年的夢想（Les rêverie vers l'enfance）；四、夢想
者的「可伊托」[7]（Le《Cogito》du rêveur）；五、夢想與宇宙
（Rêverie et cosmos）。以下筆者以郭松棻〈奔跑的母親〉為參照
依據，概述巴什拉的《夢想的詩學》。

　　首先，在導言中，巴什拉說明詩意的夢想狀態，以及作夢
者與夢想者或說夢者之間的差異，巴什拉認為：

> 說夢的主體與作夢的主體當然不具有同一性。〔……〕
> 我們應在夢境中研究夢想而不是在夢想中研究夢境。即
> 使在惡夢中也會有一片片寧靜的沙灘。〔……〕夢想表
> 明了人的存在進入了一種休息，夢想表明了一種安逸狀
> 態。〔……〕詩意的夢想能賦予我們所有的世界中最美
> 好的世界。詩的夢想是一種宇宙的夢想，它朝著一個
> 美的世界的開口。它賦予我一個非我，這非我是我的財
> 富；我的非我。正是這個非我使夢想者無限欣喜，它是
> 詩人讓我們與他共同享有的。[8]

---

[7]　可伊托（Cogito）來自拉丁文的Cogito Ergo Sum「我思故我在」中的「我
　　思」。法國哲學家笛卡爾（René Descartes 1596-1650）提出「我思」（Je
　　pense）作為最根本的認識論原則，也是所有知識的基礎。
[8]　加斯東‧巴什拉，《夢想的詩學》，劉自強譯，頁16，18。

其次，夢想詩文中的詞彙性別——「安尼瑪」（陰anima）與「安尼姆斯」（陽animus），這「安尼瑪」與「安尼姆斯」的概念來自於精神分析學家榮格的深層心理學，前者意謂心靈，後者意謂心智。巴什拉根據榮格的學說說道：

> 在許多著作中都曾指出人類心靈具有深沉的二元性，他（榮格）用「安尼姆斯」與「安尼瑪」這對符號來象徵這種二元性。（……）我們只說夢想在其最簡單最純粹的狀態下屬於「安尼瑪」。誠然，任何概括都可能有損於實際情況，但是卻能有助於確定某些展望。因此，總的說來，我們認為作夢屬於「安尼姆斯」而夢想則屬於「安尼瑪」。既無戲劇衝突又無事件故事的夢想，給我們提供了真正的安寧，陰性的安寧。我們在夢想中得到了生活的溫馨。溫馨、安寧、悠然自得，這就是屬於「安尼瑪」的夢想箴言。正是在夢想中才能找到構成安寧哲學的基本成分。[9]

「安尼姆斯」與「安尼瑪」不僅限於法語中詞的陰陽性，也涉及詞的聲韻輕重，特別是詞與物對應而產生的意義，以及詞本身的性質而定。夢想的詞彙是偏愛「安尼瑪」的柔和、寧靜與溫馨。詩歌中的陰性詞彙能給陽性存在增添優雅。但是當實體與名詞相互矛盾時，雌雄同體與意義混淆交織著。最後雌雄同體與意義混淆終於在詞彙的夢想者的夢想中相互支持。並

---

[9] 加斯東・巴什拉，《夢想的詩學》，劉自強譯，頁27。

且，一旦世界的某個存在具有一種力量，它幾乎立即自我表現為陽性力量或陰性力量。任何一種力量均有性別。它甚至可能具有兩種性別。[10]

再者，巴什拉舉出榮格認為人類原始狀態便是「陰陽同體」的看法：

> 無意識並非一種被抑制的意識，並非由被遺忘的回憶形成，而是一種最原始的天性。因此，無意識在我們身心中保留有陰陽同體性功能。誰若談到陰陽同體性，誰就以雙重的觸覺觸及他本身的無意識的深層。[11]

因此，無論男人或女人，和諧的陰陽同體性都保留其功能，即將夢想保持在使人平靜的作用中。若陰陽同體性離開所在之處，如深沉的夢想所在處，就會失去平衡。但當夢想漸臻於深沉時，心理便會恢復和平，即對詞語夢想的人所經歷的和平。夢想的基本特徵在於將任何夢想者，從要求權利的世界解放出來。夢想與任何權利要求背道而馳。在純粹的夢想裡，在使夢想者回歸於他安靜而孤獨的夢想時，都會找到他在深層的「安尼瑪」中的安寧。即使在白日的夢想也享有一種清醒的平靜，就算它染上憂鬱的色彩，那也是令人安寧的憂鬱，使我們的安寧延續不斷而藹可親的憂鬱。[12]

---

[10] 加斯東‧巴什拉，《夢想的詩學》，劉自強譯，頁42-46。
[11] 加斯東‧巴什拉，《夢想的詩學》，劉自強譯，頁74。
[12] 加斯東‧巴什拉，《夢想的詩學》，劉自強譯，頁79-80。

　　巴什拉繼續追隨榮格對煉金術的偉大宇宙夢想之研究。他
認為：

　　　煉金術的語言是一種夢想的語言，一種對宇宙夢想的母
　　　語。這一種語言，必須像它曾被夢想那樣，在孤獨中學
　　　習它。人從沒有像他在讀一本煉金術的書時那麼孤獨。
　　　人似乎「獨居於世界上」。一開始，他立即夢想世界，
　　　也說世界之初的語言。〔……〕煉金術家的語言是激情
　　　洋溢的語言，這一語言，我們只有把它看作在夢想者心
　　　靈中，互相結合的「安尼姆斯」與「安尼瑪」的對話，
　　　才能有所理解。[13]

　　對於煉金術所命名或褒貶之物，猶如對於心靈，其奧秘在
於內部。內在的夢想，永遠是人的內在，對進入物質奧秘的人展
開。事實上，任何一位「小說家」由進行想像的心理產生的夢
想，均追隨著眾多的投射活動，這些投射使他能交替地生活在他
各個不同的人物中的某一人的「安尼姆斯」與「安尼瑪」裡。
　　心靈交融的夢想是在一個化身中的生活，透過化身的生
活，是在「安尼姆斯」與「安尼瑪」的內在辯證關係中獲得生
氣的生活。存在的分化與分化的解除互相發揮作用，在把我們
的存在分化為二的同時，我們把所愛的人理想化。如此，我們
就解除了我們處於「安尼姆斯」與「安尼瑪」兩種力量中的存
在的分化。在最孤獨的夢想中，當我們回想起已經消逝的人，

[13] 加斯東・巴什拉，《夢想的詩學》，劉自強譯，頁89。

當我們將我們熱愛的人理想化，當我們在閱讀中有足夠的自由
作為男人或女人而生活時，我們感到全部生活變為雙重的，過
去變為雙重的，所有的人在將他們理想化時變為雙重的，而世
界呈現出所有我們幻想的美。[14]

　　在〈想往童年的夢想〉這一章節中，巴什拉試圖回歸到
童年的孤獨夢想所帶來的自由意識，成長並不能將它遺忘。因
為，一種潛在的童年存在於我們的身心中。當我們更多的是在
夢想中而不是在現實中重尋童年時，我們再次體驗到它的可能
性。在我們夢想童年時所感到的夢想重疊、夢想深化，說明在
任何夢想中，甚至在我們面對世界的宏偉進入沉思時降臨在我
們的夢想中，我們已回想聯翩；在不知不覺中，我們被帶回到
某些古遠的夢想，以致我們不再想它們來自何年何月。我們邊
夢想，邊回憶；邊回憶又邊夢想。

　　心靈與心智的記憶有所不同。只有在心靈與心智通過夢想
在夢想中結合時，我們才享有想像與記憶結合的效益。想像與
記憶在其原始心理中，呈現為不可分的複合體。再次回憶起的
過去並非單純的曾感知的過去。既然人在回憶，過去的夢想就
已成為形象價值。想像從一開始即對它所樂於再看到的畫面進
行渲染。而清楚說出一生的實際歷史中的事實，那是陽性「安
尼姆斯」的記憶任務。但是，「安尼姆斯」是外在的人，他需
要其他人才能思考。而詩人有助於我們感到在回憶的夢想中的
安慰與寧靜，讓我們感到「安尼瑪」的幸福。[15]

---

[14] 加斯東・巴什拉，《夢想的詩學》，劉自強譯，頁99。
[15] 加斯東・巴什拉，《夢想的詩學》，劉自強譯，頁126-132。

　　一次夢想將我們帶回到純粹的生命中心，回憶只將幻想之門重新打開而已。原型就在那兒，不變不動地留在記憶之下，靜止不動地留在幻想之下。當人們通過幻想使童年的原型力量得到再生時，所有父系力量和母系力量的偉大原型，就重新開始行動。兩者均脫離了時間的統治。兩者均與我們共同生活在另一種時間裡。童年是在不定的過去時間中由片斷組成，是由某些隱隱約約的開始胡亂構成的花束。即刻是明確思想的一種時間功能，是在單一的面上展開生活的時間功能在對夢想沉思以求深入到原型的安全感中時，必須使夢想加深，並且用煉金術士所喜歡使用的話語。因此，只要詩人的一句話，只要一個嶄新而在原型上是真實的形象，就足以使我們再找到童年的天地。[16]在嚮往童年的夢想中，詩人呼喚我們回到意識的安寧，他願意向我們傳遞夢想使人安寧的力量。但這種安寧擁有一種實體，即安寧的憂鬱之實體，沒有這憂鬱的實體，安寧必會落空，它將成為烏有的安寧。[17]

　　在〈夢想者的「可伊托Cogito」〉這一章節裡，巴什拉從作夢者的非存在與夢想的存在進入，進而闡釋夜夢與夢想之間的根本差異。作夢者是失去自我的影子，而夢想者若稍有哲學家的氣質，便能在其愛幻想的自我中心提出「可伊托」。換句話說，夢想是一種夢景依稀的活動，其中繼續存在一線意識的微光。夢想者在夢想中在場，即使夢想給人以逃離現實、逃離時間及地點的印象，夢想者知道他暫時離開了，他這有血有肉

---

[16] 加斯東・巴什拉，《夢想的詩學》，劉自強譯，頁158-160。
[17] 加斯東・巴什拉，《夢想的詩學》，劉自強譯，頁163。

的人便成一種「精神」，過去或旅行的幽靈。夢想將自然會在沒有壓力的意識覺醒和靈活的「可伊托」之中誕生，並在悅人的形象出現時提供存在的肯定性，這是賞心悅目的形象，因為我們從夢想的絕對自由中，在無任何責任要求的情況下把它創造出來。進行想像的意識直接把握它的客體，它想像的某個形象。夢想者的存在是由他所激發的形象構成的，形象使我們從遲鈍中甦醒，而我們的覺醒表明一次「可伊托」的出現。若更上一層樓，我們即可達到積極的夢想，能進行生產的夢想，這一夢想無論產生的東西多麼微弱，卻完全稱得上是詩的夢想。夢想使存在聚集在夢想者的周圍，它使夢想者產生超出他實際所是的幻想。因此，這種次存在，也就是夢想在其中形成的放鬆狀態呈現出一種氣勢。一種詩人善於使之膨脹，直至達到更加充沛的存在的氣勢。[18]

　　思想的「可伊托」能閑蕩、期待、選擇，而夢想的「可伊托」卻立即與其對象和形象相結合。在光芒四射的形象中心生活的夢想者的心靈中，「可伊托」得到了確定。「可伊托」是通過世上的一個對象，一個獨自代表世界的對象而贏得的。想像在夢想者的腦海裡引起有形的沉思，它的存在是形象的存在。一旦詩人選擇了他的對象，這對象本身即產生了存在的變異，它被晉升到詩的領域。[19]夢想者與其世界的關係是極其緊密的。這是夢想中體驗的世界最直接地反射到孤獨者的存在中的

[18] 加斯東・巴什拉，《夢想的詩學》，劉自強譯，頁190-191。
[19] 加斯東・巴什拉，《夢想的詩學》，劉自強譯，頁192-193。

世界，孤獨者直接佔有他夢想的所有世界。夢想的「可伊托」
如是說：「我夢想世界，故世界像我夢想的那樣存在」。[20]

　　由於最後一章〈夢想與宇宙〉的內容超出以下筆者所欲談
論〈奔跑的母親〉的相關內容，因此，在此不作概述。

1、〈奔跑的母親〉敘述建構──內心獨白、夢境陳述、想像　與回憶的融合

　　郭松棻詩（化）小說〈奔跑的母親〉文本的敘述建構大致
上包括內心獨白、回憶童年夢境（有關母親）的陳述、現實中
與廖的對話、童年現實（對廖，父親、祖父、舅舅與母親）的
回憶、想像（對母親、大自然生物）等型態交叉、合併而成，
但實際上在細讀之下，可發現這些型態在整個文本中是融合互
滲而形成一種跳躍、片斷、模糊的組合狀態，如同能「將夢
境、幻境、回憶、想像凝聚在一起的詩」。[21]這些型態的融合來
自於作者／夢想者的「夢想」心靈。即使是夢境的陳述也可納
入夢想的範疇，如巴什拉所述：「我們應在夢境中研究夢想，
而不是在夢想中研究夢境。即使在惡夢中也會有一片片寧靜的
沙灘」。[22]並且，夢想與作夢有所不同，夢想是不能講述的。
要將它傳達出來，必須將它寫下來，裏挾著激情，充滿情趣地
寫。[23]於是，〈奔跑的母親〉中不時穿插著「我」的恐懼夢境：
「把夢的眼集中在黑夜和海連接的那一片遼闊而成為無聲的恐

---

[20] 加斯東・巴什拉，《夢想的詩學》，劉自強譯，頁199。
[21] 加斯東・巴什拉，《夢想的詩學》，劉自強譯，頁14。
[22] 加斯東・巴什拉，《夢想的詩學》，劉自強譯，頁16。
[23] 加斯東・巴什拉，《夢想的詩學》，劉自強譯，頁10。

懼……」成為書寫下的夢想，一種帶著焦慮又富於詩意的夢想
書寫。

　　這種夢想書寫或書寫夢想在對有關於母親的夢境、回憶、
想像交融中表露無遺。作者／夢想者透過「我／你」對「母親
形象」描繪從現實中的生身之母到想像中的「理想母親」，這
種轉換與擴大是企圖讓「母親」與文本的書寫過程結合而構築
另一個更廣大的非現實世界。如李桂芳所言：「理想化的母親
形象，無論是犧牲自己的受難聖母，或是光明之源的善母形
象，都凸顯了郭松棻對於書寫欲望與母親形象結合的企願。」[24]
以下筆者引述「我」的幼時夢境陳述（夜的夢想）、想像與回
憶混融到（日的）夢想中的「理想母親」作為例子：「平常是
我買好了開水以後，母親就走上來接去那溫水罐的。／我正
要穿過街的黑暗，母親的半張臉從石柱的後面伸了出來。／
「媽。」／然後那半張臉又縮了進去，不見了。／母親又從另
一根石柱的背後伸出她的半張臉來，那充滿戲謔而又無語的
臉。／我奔向母親的方向。／然而，我每跑一步，母親就後退
一步。／母親好像決意離我而去，又好像在跟我捉迷藏。／她
在石柱後面，把自己藏起來，然後暗暗地笑著。／久久，才又
伸出那半張捉弄的臉，無言地看著我。／……／母親乾脆跑了
起來。她在馬路的中央奔跑。／她望著那更漆黑的遠處跑去，
好像奔向海。／那麼拼命，那麼固執，那麼決絕，跑得一頭長
髮都飛了起來。／……／柏油路上，母親逐漸變小的腳印，一

---

[24] 李桂芳〈終戰後的胎變——從女性、歷史想像與國族記憶閱讀郭松棻〉，
　　頁16。

隻一隻跳躍起來，越遠越小，越跳越模糊，最後跟著我的叫喊一起，完全消失在夢的那一端。」[25]；模糊的回憶：「我模糊記得太原路上母親的那次撫愛。／父親走了以後，有一天下午在他的書桌下我不覺睡著了，被母親抱上床後，依稀知道母親正用熱毛巾擦著我骯髒的赤腳。」[26]；想像與回憶交融互滲：「我看到年輕的母親腋下挾著麵粉袋，像蚱蜢一般，一躍就跳上了徐徐駛開的卡車，去外鄉買黑市米」、「戰爭把高等女子學校的母親鍛鍊出一身如蚱蜢般的手腳……」、「把一向嫻靜美麗的母親變成一隻蚱蜢似的……善於跳卡車」，「母親彎下身，把一頭用髮鉗子燙得捲捲如金魚藻的長髮泡在茶枯裏，而露出了一截細白的後頸，任由簷瓦下的陽光照拂著。」[27]；想像的母親：「過橋時，母親印花布的裙幅像海浪一樣飄起來」；幼年對母親的回想：「美麗，而且勝於美麗。」[28]日的夢想抑或想像的母親：「母親的裙幅飄過石橋／一步一步飄過來／一步一步接近／到了／接著她的體溫漫過來／而其實是一步一步跑遠了」[29]；理想母親的回憶抑或夢想：「於是母親的裙幅飄過馬路。／一步一步飄過來／一步一步接近了。／到了。／接著母親的體溫漫過來。」[30]在這些夢境、回憶、想像、夢想的融合下，「我」終於感受到「平生第一次的溫婉，在即將失去什麼

---

[25] 郭松棻，〈奔跑的母親〉，《奔跑的母親》，頁116-117。

[26] 郭松棻，〈奔跑的母親〉，《奔跑的母親》，頁120。

[27] 郭松棻，〈奔跑的母親〉，《奔跑的母親》，頁121-122。

[28] 郭松棻，〈奔跑的母親〉，《奔跑的母親》，頁124。

[29] 郭松棻，〈奔跑的母親〉，《奔跑的母親》，頁125-126。

[30] 郭松棻，〈奔跑的母親〉，《奔跑的母親》，頁136。

的驚悚中，不期然產生了奇妙的招喊，好像有人引領著你，走
入豐饒和華麗的旋舞。」[31]以及體悟到「在那精神旺盛的年代，
哪一個不曾夢想過歡樂的無限。隨著火車尾聲的離去而悠然出
現的黑夜與海連接的那片遼闊，也許就是你安身的好所在。你
將流泊的暮色一一收攬入目，一如你在記憶中收攬著母親的體
溫。」[32]

　　即使是與廖對話的現實場景，「我／你」也經常飛向現
實之外，在回想童年時廖與我／你及廖與祖父、母親的關係或
在現實中欲反駁廖的看法卻改變口氣，隨即又轉為有關先前恐
懼夢境的內心獨白，從而形成內外世界的裂縫或分離，折射
出作者／夢想者的「夢想」狀態：「廖一邊試著新茶一邊說，
對朋友是很難精神分析的，何況又是一個從小就認識的朋友。
／「記不記得你祖父抓起雞毛撢子，從二樓追下來的樣子？」
／廖拿著他的小茶碗……／我不同意他的看法，正想提出異
議，卻又一時感到語塞。／於是我終於改口氣說，「你真地這
麼認為嗎？」／每當入冬，黃昏將逝，那夢的眼就喚醒黑夜和
海……」[33]；又如在一段與廖的對話時，「你」又跳脫了現在
（實），而以臆測、回想、描述（現在的「你」眼中的廖）的
混合方式述說廖的童年與現在：「因有了母子這樣的牽扯，世
間才洋溢著燦爛的光華。／……／你一時語塞不為別的，只因
一時想到了眼前的廖這個人。／你再次懷疑，這些話說的莫非

[31] 郭松棻，〈奔跑的母親〉，《奔跑的母親》，頁136。
[32] 郭松棻，〈奔跑的母親〉，《奔跑的母親》，頁137。
[33] 郭松棻，〈奔跑的母親〉，《奔跑的母親》，頁119。

就是他自己？／因為是孤兒，母親經常將小時候的他留在家裏與我做伴。／廖的父親突然死於光復後的第二年，他隻身離開了嘉義來到台北，寄宿在這棟由他二叔經營的祖業。／他第一次由級任⋯⋯／現在，他靠著藤椅，三十多年後仍然留著漠然的那雙眼穿過窗外的冬青，越過了圍牆，越過了靜臥的鐵軌，而投向那已然黯淡的天空⋯⋯」。[34]

這種內外世界的裂縫或分離所擴大的「夢想」世界之意圖貫穿了整個文本。如巴什拉所言：

> 它（夢想）是現實之外的一次逃逸，而且也並不能總是找到一個穩定的非現實的世界。〔⋯⋯〕是擴展的意識能夠追隨的夢想。這樣的夢想是用筆寫下來的夢想，或者說至少是可以形諸筆墨的夢想。它已面對白紙這一廣闊的天地。這時，形象開始組合、排列。夢想者已經聽到寫成的鏗鏘言語。〔⋯⋯〕一個世界在我們的夢想中形成，這是一個屬於我們的世界。這個夢幻的世界向我們揭示出這屬於我們天地宇宙中拓展我們的生存空間的可能性。[35]

面對真實的世界，人們能在自己身上發現那憂慮的本體存在，而向現實之外逃逸或從現實機能解放出來的書寫夢想與夢想書寫，作者／夢想者在夢想的深處重新找到自己的心靈，

---

[34] 郭松棻，〈奔跑的母親〉，《奔跑的母親》，頁130-131。
[35] 加斯東・巴什拉，《夢想的詩學》，劉自強譯，頁7，8，10。

一個揭示默默無聞的童年心靈，夢想將我們置於新的心靈狀態中，而心靈在夢想所想像的天地中找到自己的寧靜。[36]如在一次次的回想母親與回應廖的提問後，最終迎面而來的是美好現在與夢影般的童年回憶交合的夢想，時間在此失去了它的統治權。如前所述，當我們更多的是在夢想中而不是在現實中重尋童年時，我們再次體驗到它的可能性。在我們夢想童年時所感到的夢想重疊、夢想深化，說明在任何夢想中，甚至在我們面對世界的宏偉進入沉思時降臨在我們的夢想中，我們已回想聯翩；在不知不覺中，我們被帶回到某些古遠的夢想，以致我們不再想它們來自何年何月。我們邊夢想，邊回憶；邊回憶又邊夢想[37]，如接近〈奔跑的母親〉文本結尾之處：

> 淡水線的最後夜車已從門口駛過。飛揚而去的汽笛席捲了我們的思辯，留下廣闊的空間顯出我們自身的渺小。就像我們又回到了幼小時代，赤腳逗留在雙連一帶的稻田裏。
>
> 每當火車來而復去，鐵軌兩旁的矮屋就顯得更其矮小，蒼鬱的綠野舒展成為全部的天地。遠去的笛聲揭開了天空的奧秘。只有這時，你心甘情願做成了小孩。長腳鷺不是被驚動，而是為了迎合急駛的火車，紛紛從田裏飛起，在空中吐露了生命的寒弱。這時，即使太陽還在頭頂，只要仔細望去，雙連附近總有一團一團露靄在

---

[36] 加斯東・巴什拉，《夢想的詩學》，劉自強譯，頁21。
[37] 加斯東・巴什拉，《夢想的詩學》，劉自強譯，頁126-127。

移動。凝聚了又擴散，擴散了又凝聚，從你的面前一直
流蕩到圓山鐵橋。這正是撩進水溝去堵捉泥鰍和土獅的
好時光。[38]

　　由上述可見，〈奔跑的母親〉敘述建構主要根植於不時向
現實之外飛躍與開展的夢境、回憶、想像、幻境的內在融合之
「夢想」心靈上。

2、〈奔跑的母親〉中的陰（anima）文陽（animus）筆

　　書寫夢想與夢想書寫的作者／夢想者對詞彙也在夢想。詞
彙的夢想或夢想的詞彙是什麼呢？巴什拉將夢想的詞彙賦予性
別，這詞彙的性別並非只涉及法語本身就具有的陰（féminin）
陽（masculin）性區分，而巴什拉主要談論的詞彙陰陽性，
是來自於心理分析家榮格在其深層心理學研究時所運用的陰
陽二元性的象徵符號「安尼瑪」（anima）與「安尼姆斯」
（animus），前者意指心靈，後者意指心智[39]。此外，詞彙的性
別也涉及詞的聲韻輕重，特別是詞彙與物對應而產生的意義，
以及詞彙本身的性質而定。夢想的詞彙是偏愛安尼瑪的柔和、
寧靜與溫馨。詩歌中的陰性詞彙能給陽性存在增添優雅。但是
當實體與名詞相互矛盾時，雌雄同體與意義混淆交織著。最後
雌雄同體與意義混淆終於在詞彙的夢想者的夢想中相互支持。
並且，一旦世界的某個存在具有一種力量，它幾乎立即自我表

---

[38] 郭松棻，〈奔跑的母親〉，《奔跑的母親》，頁135。
[39] 加斯東・巴什拉，《夢想的詩學》，劉自強譯，頁38。

現為陽性力量或陰性力量。任何一種力量均有性別。它甚至可能具有兩種性別。[40]那麼，在〈奔跑的母親〉中，作者／夢想者如何對詞彙夢想呢？以下筆者根據巴什拉在意義與性質上對詞彙的性別區分來審視〈奔跑的母親〉中的陰（anima）文陽（animus）筆。

　　首先，巴什拉認為，夢是陽性的，夢想是陰性的。[41]〈奔跑的母親〉一開始便是一段夢境的陳述，若按照巴什拉的觀點，這段故事性的恐懼夢境應是屬於陽性「安尼姆斯」（animus）的波動，然而，一來它是夢境的陳述而成為夢想型態[42]，二來它又是詩意般的夢想書寫，三來它的夢境內容為母親，即陰性形象，於是，它形成上述所說的「雌雄同體」，與意義混淆交織而成的性別型態。在這「雌雄同體」的型態中，陰陽性詞彙相互支持、相互交錯配合，如柔和、溫婉的陰性詞「她在石柱後面，把自己藏起來，然後暗暗地笑」轉換成堅決、硬固、對立的陽性詞「那麼拼命，那麼固執，那麼決絕，跑得一頭長髮都飛了起來」[43]。兩種詞彙的性別在對像一致的情況下形成矛盾對立的統一。並且，當作者／夢想者給予詞彙最難分解，最侷促不安的感情相通而添上詞彙的陰陽性色彩後，他心中的衝突或吸引力就得以明確的表現。[44]此外，從夢的無意識的角度而言，

[40]　加斯東‧巴什拉，《夢想的詩學》，劉自強譯，頁42-46。
[41]　加斯東‧巴什拉，《夢想的詩學》，劉自強譯，頁38。
[42]　請參閱上一小節〈奔跑的母親〉敘述建構──內心獨白、夢境陳述、想像與回憶的融合。
[43]　郭松棻，〈奔跑的母親〉，《奔跑的母親》，頁117。
[44]　加斯東‧巴什拉，《夢想的詩學》，劉自強譯，頁50。

巴什拉舉出榮格認為人類原始狀態便是陰陽同體的看法：「無
意識並非一種被抑制的意識，並非由被遺忘的回憶形成，而是
一種最原始的天性。因此，無意識在我們身心中保留有陰陽同
體性功能。誰若談到陰陽同體性，誰就以雙重的觸覺觸及他本
身的無意識的深層。」[45]因此，無論是從夢境的陳述，或是意
義的混淆，或是詞彙性別的配合，甚至以榮格的無意識觀點來
看，這段開場白都呈現出「雌雄同體」的狀態。

　〈奔跑的母親〉中，另一處「雌雄同體」的詞彙運用在於
心靈（anima）與心智（animus）同在一句或一段語句之中出
現，陰性詞彙與陽性詞彙並用的情況。但陽性的力量似乎大於
陰性的力量，在冷冽的語氣中，它引發我們沉重地去思考母親
「最辛辣」的慈愛：「在精神旺盛的年代，我們哪一個不曾夢
想過母愛的單純和可靠。隨著身心的委頓，取悅於母親的年代
也一晃而去。／……／誰說你在母愛的身上無法找到人間的遺
憾。／……／然而天下的母親莫非都是夢幻的野心家。想以慈
愛統御著早已離家的兒女。／然而並非每個人都具備浸淫於這
種愛的天賦。／有誰能夠享受母親比幼時的撫愛更為溫婉的嫉
意？／在那犧牲別人也犧牲自己的慈愛中，你不經意撒下的有
多少歡樂就有多少災難。／……／嫉妒和允諾，敵視和慈祥，
經常那樣和睦毗鄰，隨時成為你精神的重荷。／……／即使最
安祥最體貼的片刻都是暗中播下未來的遺恨。／這場母子相互
摧殘的戰爭是無休無止的啊。」[46]

---

[45] 加斯東・巴什拉，《夢想的詩學》，劉自強譯，頁74。
[46] 郭松棻，〈奔跑的母親〉，《奔跑的母親》，頁133。

　　夢想是不說故事，沒有故事情節的（夢才會跟我們說故事），事件、故事的陳述是心智與理性活動，於是它具有陽性「安尼姆斯」（animus）的力量。[47]在〈奔跑的母親〉中的對話場景，對寄居到舅舅家所發生的事件，父親的離去，廖的童年到現在的狀況，這些林林總總的片斷回憶與臆測都染上陽性的色彩。在陽性的橋段之中，也不乏閑適、溫馨、安寧的陰性詞彙穿插於其中，這些陰性詞彙往往出現在上一小節中所提及的「我／你」經常飛向現實或回憶中的現實之外的夢想與想像，這是白日清醒的夢想，這種夢想的詞彙有如煉金術家的語言，「是熱情洋溢的語言，這一語言，我們只有把它看作在夢想者心靈中，互相結合的「安尼姆斯」與「安尼瑪」的對話，才能有所理解。」[48]如「我」陳述幼年的夢境後，希望廖為他精神分析（陽性書寫），而此時「我」所專注的對像轉移，並感到慵懶、舒適而彷彿進入夢想中：「我們坐在一座荷蘭式的老洋房裏，正抿嘗著他新近突然熱衷起來的工夫茶。／夕陽穿過茂密的棻櫚葉，射入洋房東翼的窗口，射在案上那一組纖細的陶土茶具上。／……／我舒適地陷在老藤椅裏，任由那逝去的火車，引我走向夢中的那片海。」又如「我」的父親走後，從此就沒有再回來，一天下午成為他回想與想像童年美好、輕快的時刻：「我模糊記得太原路上母親的那次撫愛。／……／太陽照到溝裏，溝壁的紅蟲就開始悠悠搖擺著尾巴，好像在淘沙。」[49]巴什拉說道：「只有在心靈

---

[47] 加斯東‧巴什拉，《夢想的詩學》，劉自強譯，頁27。

[48] 加斯東‧巴什拉，《夢想的詩學》，劉自強譯，頁89。

[49] 郭松棻，〈奔跑的母親〉，《奔跑的母親》，頁117-118，120。

（anima）與心智（animus）通過夢想在夢想中結合時，我們才享有想像與記憶結合的效益」。[50]想像與記憶在其原始心理中，呈現為不可分的複合體。再次回憶起的過去並非單純的曾感知的過去。既然人在回憶，過去的夢想就已成為形象價值。想像從一開始即對它所樂於再看到的畫面進行渲染。而清楚說出一生的實際歷史中的事實，那是「安尼姆斯」的記憶的任務。但是，「安尼姆斯」是外在的人，他需要其他人才能思考。而詩人有助於我們感到在回憶的夢想中的安慰與寧靜，讓我們感到「安尼瑪」的幸福。[51]

　　最符合巴什拉的上述這段話，莫過於〈奔跑的母親〉中最歡樂、恬適、無憂、無懼與寧謐的兩個段落：

　　　　淡水線的最後夜車已從門口駛過。飛揚而去的汽笛席捲了我們的思辯，留下廣闊的空間顯出我們自身的渺小。就像我們又回到了幼小時代，赤腳逗留在雙連一帶的稻田裏。

　　　　每當火車來而復去，鐵軌兩旁的矮屋就顯得更其矮小，蒼鬱的綠野舒展成為全部的天地。遠去的笛聲揭開了天空的奧秘。只有這時，你心甘情願做成了小孩。長腳鷺不是被驚動，而是為了迎合急駛的火車，紛紛從田裏飛起，在空中吐露了生命的寒弱。這時，即使太陽還在頭頂，只要仔細望去，雙連附近總有一團一團露靄在

---

[50] 加斯東‧巴什拉，《夢想的詩學》，劉自強譯，頁131。
[51] 加斯東‧巴什拉，《夢想的詩學》，劉自強譯，頁126-132。

移動。凝聚了又擴散，擴散了又凝聚，從你的面前一直
流蕩到圓山鐵橋。這正是撩進水溝去堵捉泥鰍和土獅的
好時光。[52]

......

　　近來夢裏慢慢忘記了B-29的轟炸。而母親比往常
更加頻頻出現了。不過無論如何，出現的都不是纏綿病
床的老嫗而是亭亭玉立的那個年輕的母親。／對街桼櫔
木的樹蔭裏，母親拿著便當等待著。／……／於是母親
的裙幅飄過馬路。／一步一步飄過來。／一步一步接近
了。／到了。／接著母親的體溫漫過來。／……／平生
第一次的溫婉，在即將失去什麼的驚悚中，不期然產
生了奇妙的招喊，好像有人安然引領著你，走入豐饒與
華麗的旋舞。／……／在那犧牲別人也犧牲自己的眩
暈中，不知道有誰能夠安然的擠身於幸福天軍的行列。
在那精神旺盛的年代，哪一個不曾夢想過歡樂的無限。
隨著火車尾聲的離去而悠然出現黑夜與海連接的那片遼
闊，也許就是你安身的好所在。你將流泪的暮色一一收
攬入目，一如你在記憶中收攬著母親的體溫。[53]

　　如前所述，心靈交融的夢想是在一個化身中的生活，透過
化身的生活，是在「安尼姆斯」與「安尼瑪」的內在辯證關係
中獲得生氣的生活。存在的分化與分化的解除互相發揮作用，

---

[52] 郭松棻，〈奔跑的母親〉，《奔跑的母親》，頁135。
[53] 郭松棻，〈奔跑的母親〉，《奔跑的母親》，頁136，137。

在把我們的存在分化為二的同時，我們把所愛的人理想化。如此，我們就解除了我們處於「安尼姆斯」與「安尼瑪」兩種力量中的存在的分化。在最孤獨的夢想中，當我們回想起已經消逝的人，當我們將我們熱愛的人理想化，我們感到全部生活變為雙重的，過去變為雙重的，所有的人在將他們理想化時變為雙重的，而世界呈現出所有我們幻想的美。[54]

3、〈奔跑的母親〉作者／夢想者的「可伊托」（Cogito）

在論及夢想者的「可伊托」（Cogito），即「我思」時，巴什拉首先將之對比於作夢者的非存在。他認為在絕對的夢中，我們回歸於一種先於主體的狀態。我們變得自己不能理解自己。夢將我們的存在分散在某些怪誕存在的幽靈上，這類幽靈甚至不是我們的影子。極端的夜夢不能成為人可以提出一種「可伊托」的經驗。[55]作夢者是失去自我的影子，而夢想者若稍有哲學家的氣質（有如郭松棻），便能在其愛幻想的自我中心提出「可伊托」。換句話說，夢想是一種夢景依稀的活動，其中繼續存在一線意識的微光。夢想者在夢想中在場，即使夢想給人以逃離現實、逃離時間及地點的印象，夢想者知道他暫時離開了，他這有血有肉的人便成一種「精神」，過去或旅行的幽靈。夢想將自然會在沒有壓力的意識覺醒和靈活的「可伊托」之中誕生，並在悅人的形象出現時提供存在的肯定性，這

---

[54] 加斯東・巴什拉，《夢想的詩學》，劉自強譯，頁99。
[55] 加斯東・巴什拉，《夢想的詩學》，劉自強譯，頁183，184。

是賞心悅目的形象,因為我們從夢想的絕對自由中,在無任何
責任要求的情況下把它創造出來。[56]

　　透過前面章節的巴什拉式閱讀,在此可將〈奔跑的母親〉
的作者郭松棻視為夢想者而非作夢者,並談論他這夢想者的
「可伊托」,應是順勢而前進的結果。「可伊托」是通過世上
的一個對象,一個獨自代表世界的對象贏得的。」[57]「母親」是
〈奔跑的母親〉作者/夢想者誘發其「可伊托」的形象(具體
形象與想像的理想母親),由此也構成作者/夢想者的存在:
「進行想像的意識直接把握它的客體,它想像的某個形象。夢
想者的存在是由他所激發的形象構成的,形象使我們從遲鈍中
蘇醒,而我們的覺醒表明一次「可伊托」的出現」。這是夢想
的「可伊托」。[58]夢想的「可伊托」將可如是說:「我夢想世
界,故世界像我夢想的那樣存在」。[59]並且,夢想者的「可伊
托」是平易而誠懇。美好、悅人的事物單純地呈現在單純的夢
想者面前,面對熟悉的東西,他夢想聯翩,物於是成為夢想者
的夢想伙伴,平易而確信充實了夢想者。在夢想者與其世界之
間,進行著存在的雙向交流。[60]

　　此外,〈奔跑的母親〉中,藉由「母親」的形象,擴展了
作者/夢想者的生活深度,及其心理現實,甚至延伸出他的思

---

[56] 加斯東・巴什拉,《夢想的詩學》,劉自強譯,頁99。
[57] 加斯東・巴什拉,《夢想的詩學》,劉自強譯,頁193。
[58] 加斯東・巴什拉,《夢想的詩學》,劉自強譯,頁189-190。
[59] 加斯東・巴什拉,《夢想的詩學》,劉自強譯,頁199。
[60] 加斯東・巴什拉,《夢想的詩學》,劉自強譯,頁206。

想，而且，並非總是與母親直接關聯的思想，如關於廖的回想
與觀感：

> 因為是孤兒，母親經常將小時候的他留在家裏與我做
> 伴。／廖的父親突然死於光復後的第二年，他隻身離開
> 了嘉義來到台北，寄宿在這棟由他二叔經營的祖業。／
> 他第一次由級任老師帶著來到我們二年級甲班的教室門口
> 時，他早已非常蒼老。不是因為他比我們大兩歲，而也許
> 是由於他剛剛喪父的緣故罷，我們看到他的手臂還帶著
> 孝。／級任老師為我們介紹這位插班的新生。他麻木地站
> 在講台上，眼神漠然引起了我們的好奇。／現在，他靠著
> 藤椅，三十多年後仍然留著漠然的那雙眼穿過窗外的冬
> 青，越過了圍牆，越過了靜臥的鐵軌，而投向那已然黯淡
> 的天空／小學畢業前夕，二叔的自殺也使他連續好幾天這
> 樣漠然地坐在藤椅上／現在，他已是這棟老洋房的主人
> 了。他是嘉義那個名望世家的唯一後嗣。也是整個家族的
> 不幸和傷感的唯一倖存者。……」。[61]

因此，他在〈奔跑的母親〉中的「可伊托」既是夢想的又是思想
的。「思想的『可伊托』能閑蕩、期待、選擇，而夢想的『可伊
托』卻立即與其對象和與其形象相結合。」[62]再舉一例關於〈奔
跑的母親〉作者／夢想者有關「母親」的思想的「可伊托」：

---

[61] 郭松棻，〈奔跑的母親〉，《奔跑的母親》，頁130-131。
[62] 加斯東‧巴什拉，《夢想的詩學》，劉自強譯，頁192。

> ……在那犧牲別人也犧牲自己的眩暈中,不知道有誰能
> 夠安然的擠身於幸福天軍的行列。在那精神旺盛的年
> 代,哪一個不曾夢想過歡樂的無限。隨著火車尾聲的離
> 去而悠然出現黑夜與海連接的那片遼闊,也許就是你安
> 身的好所在。你將流汨的暮色一一收攬入目,一如你在
> 記憶中收攬著母親的體溫。[63]

　　無論是夢想的「可伊托」或是思想的「可伊托」,都突
顯出作者/夢想者的存在,雖然前者不如後者活躍、肯定。而
且,夢想者的存在是一種分散但傳播的存在[64],它執行從作者到
讀者的交流手段。

　　在郭松棻〈奔跑的母親〉中,雖是人物「我/你」在說話,
但作者達到與人物同樣的深度及同樣的清醒時,既是人物在說話
也是作者的心裡話,作者在此創造了兩個世界,現實的與夢想
的,這兩個世界相互滲透,在不知不覺中創造了另一個撲朔迷
離的現實與夢想之間的第三世界(作為中介的書寫世界),如
同前述,他將書寫欲望與母親結合而成的另一個世界。

　　從讀者的角度而言,當作者/夢想者邀我們夢想他之所
見,他之所是,讀者/夢想者的「可伊托」改變了位置,他將
自身存在賦予作者/夢想者的人、事、物。無論對於作者/夢
想者還是讀者/夢想者而言,這種存在是鬆弛的。關於此,巴
什拉說道:「閱讀時,我們的確在夢想。那詩般的夢想作用將

---

[63] 郭松棻,〈奔跑的母親〉,《奔跑的母親》,頁136,137。
[64] 加斯東・巴什拉,《夢想的詩學》,劉自強譯,頁211。

我們保持在一個沒有邊界的親切空間，這空間將我們夢想的存在親切感與我們所夢想的存在親切感統一起來。正是在這種混合的親切感中，協調而成一種『夢想的詩學』，於是，世界的整個存在如詩一般地聚集在夢想者的『可伊托』四周。」[65]

三、結語

　　郭松棻〈奔跑的母親〉的詩（化）現象與敘述建構的綜合體現，猶如巴什拉所言：「能將夢境、幻境、回憶、想像凝聚在一起的詩」[66]。這種表面上似分離實融合的組合型態正是〈奔跑的母親〉文本敘述建構的特徵，也是具有詩意的「夢想」（la rêverie）的具體呈現。巴什拉的夢想概念並非指一般人所謂的對生活期許一個未來希望與志願，而是夢想者在現實之裂縫或逃向現實之外的休憩、安逸、寧靜，以及在心靈統合下，書寫出來的情思。它屬於「安尼瑪」（陰性anima）夢想狀態，即使〈奔跑的母親〉不時出現回憶幼時中的恐懼、不安、焦慮之感，也是作者／夢想者在夢想中的憂慮或憂鬱，但這種「安寧擁有一種實體，即安寧的憂鬱之實體，沒有這憂鬱的實體，安寧必會落空，它將成為烏有的安寧」。[67]

　　夢想書寫或書寫夢想的作者／夢想者郭松棻也是對詞彙的作者／夢想者。根據巴什拉對詞彙作「安尼瑪」（陰性anima）與「安尼姆斯」（陽性animus）性別的區分，〈奔跑的母親〉

---

[65] 加斯東・巴什拉，《夢想的詩學》，劉自強譯，頁205。
[66] 加斯東・巴什拉，《夢想的詩學》，劉自強譯，頁14。
[67] 加斯東・巴什拉，《夢想的詩學》，劉自強譯，頁163。

呈現出這兩種力量，前者不說故事，而是想像、回憶最熱愛的人的形象；後者如夜夢，向我們敘述事件、講述故事（兩者當然具有本質上的差異），或者顯示出與「安尼瑪」（陰性anima）敵對、相反、對立之意義。此外，〈奔跑的母親〉中甚至具有「雌雄同體」的平衡狀態，作者／夢想者運用煉金術般的語言詞彙將它們一一展開，但越到文本最後越顯示出「安尼瑪」（陰性anima）特質，這也說明作者／夢想者透過「我／你」尋獲「理想母親」，同時也找到自己的內在安寧。

在這夢想與尋找的過程中，作者／夢想者的「可伊托」不是作夢者的「可伊托」，前者的存在是由它所激發的形象構成的；後者則是一種非存在，「我」在作夢的實體中溶解、消失，只能支持某些過時的偶然事件。[68]作者／夢想者的「可伊托」又分為夢想的「可伊托」與思想的「可伊托」，〈奔跑的母親〉中兼具這兩種作者／夢想者的「可伊托」。

此外，夢想者的存在也是一種分散但傳播的存在，它執行從作者到讀者的交流手段。孤獨的閱讀正如夢想的孤獨，讀者受作者／夢想者之邀而沉浸於現實與夢想之間的第三世界，一個撲朔迷離的詩般的書寫世界，使讀者成為讀者／夢想者，正如在〈奔跑的母親〉中，作者郭松棻讓我們看見飄逸的裙幅，是「母親的裙幅」，每個讀者／夢想者的母親的裙幅，從遠處緩緩飄過來；也讓讀者感覺到「母親的體溫」。這可以視覺與觸覺感知的「美麗更勝於美麗」的母親形象最終「普遍化」為每個讀者／夢想者的「理想母親」。

---

[68] 加斯東‧巴什拉，《夢想的詩學》，劉自強譯，頁187。

參考書目：

加斯東・巴什拉（Gaston Bachelard），《夢想的詩學》，劉自強譯，北京：生活・讀書・新知三聯書店，1997。

文學視界13　語言文學類　PG0847

從「介入境遇」到「自我解放」
——郭松棻再探

作　　　者／顧正萍
責任編輯／鄭伊庭
圖文排版／楊家齊
封面設計／王嵩賀

發 行 人／宋政坤
法律顧問／毛國樑　律師
印製出版／秀威資訊科技股份有限公司
　　　　　114台北市內湖區瑞光路76巷65號1樓
　　　　　電話：+886-2-2796-3638　傳真：+886-2-2796-1377
　　　　　http://www.showwe.com.tw
劃撥帳號／19563868　戶名：秀威資訊科技股份有限公司
　　　　　讀者服務信箱：service@showwe.com.tw
展售門市／國家書店（松江門市）
　　　　　104台北市中山區松江路209號1樓
　　　　　電話：+886-2-2518-0207　傳真：+886-2-2518-0778
網路訂購／秀威網路書店：http://www.bodbooks.com.tw
　　　　　國家網路書店：http://www.govbooks.com.tw
圖書經銷／紅螞蟻圖書有限公司
　　　　　114台北市內湖區舊宗路二段121巷28、32號4樓
　　　　　電話：+886-2-2795-3656　傳真：+886-2-2795-4100

2012年11月BOD一版
定價：400元
版權所有　翻印必究
本書如有缺頁、破損或裝訂錯誤，請寄回更換

國家圖書館出版品預行編目

從「介入境遇」到「自我解放」:郭松棻再探 / 顧正萍著.
-- 一版. -- 臺北市 : 秀威資訊科技, 2012.11
　　面; 公分. -- (語言文學類)
BOD版
ISBN 978-986-326-012-7(平裝)

1. 郭松棻 2. 政治思想 3. 臺灣小說 4. 文學評論

863.57　　　　　　　　　　　　　　　101020128

讀者回函卡

感謝您購買本書，為提升服務品質，請填妥以下資料，將讀者回函卡直接寄回或傳真本公司，收到您的寶貴意見後，我們會收藏記錄及檢討，謝謝！如您需要了解本公司最新出版書目、購書優惠或企劃活動，歡迎您上網查詢或下載相關資料：http:// www.showwe.com.tw

您購買的書名：_____

出生日期：_____年_____月_____日

學歷：□高中 (含) 以下　　□大專　　□研究所 (含) 以上

職業：□製造業　□金融業　□資訊業　□軍警　□傳播業　□自由業
　　　□服務業　□公務員　□教職　　□學生　□家管　　□其它____

購書地點：□網路書店　□實體書店　□書展　□郵購　□贈閱　□其他

您從何得知本書的消息？

　□網路書店　□實體書店　□網路搜尋　□電子報　□書訊　□雜誌
　□傳播媒體　□親友推薦　□網站推薦　□部落格　□其他_____

您對本書的評價：(請填代號　1.非常滿意　2.滿意　3.尚可　4.再改進)

　封面設計____　版面編排____　內容____　文／譯筆____　價格____

讀完書後您覺得：

　□很有收穫　□有收穫　□收穫不多　□沒收穫

對我們的建議：_____

_____

_____

_____

11466
台北市內湖區瑞光路 76 巷 65 號 1 樓

秀威資訊科技股份有限公司　　　收

BOD 數位出版事業部

· ·

（請沿線對折寄回，謝謝！）

姓　　名：＿＿＿＿＿＿＿＿　年齡：＿＿＿＿　性別：□女　□男

郵遞區號：□□□□□

地　　址：＿＿＿＿＿＿＿＿＿＿＿＿＿＿＿＿＿＿＿＿＿

聯絡電話：(日) ＿＿＿＿＿＿＿＿＿　(夜) ＿＿＿＿＿＿＿＿＿

E-mail：＿＿＿＿＿＿＿＿＿＿＿＿＿＿＿＿＿＿＿